SAS

LES AMAZONES DE PYONGYANG

DU MÊME AUTEUR
AUX PRESSES DE LA CITÉ

N° 1 S.A.S. À ISTANBUL
N° 2 S.A.S. CONTRE C.I.A.
N° 3 S.A.S. OPÉRATION APOCALYPSE
N° 4 SAMBA POUR S.A.S.
N° 5 S.A.S. RENDEZ-VOUS À SAN FRANCISCO
N° 6 S.A.S. DOSSIER KENNEDY
N° 7 S.A.S. BROIE DU NOIR
N° 8 S.A.S. AUX CARAÏBES
N° 9 S.A.S. À L'OUEST DE JÉRUSALEM
N° 10 S.A.S. L'OR DE LA RIVIÈRE KWAÏ
N° 11 S.A.S. MAGIE NOIRE À NEW YORK
N° 12 S.A.S. LES TROIS VEUVES DE HONG-KONG
N° 13 S.A.S. L'ABOMINABLE SIRÈNE
N° 14 S.A.S. LES PENDUS DE BAGDAD
N° 15 S.A.S. LA PANTHÈRE D'HOLLYWOOD
N° 16 S.A.S. ESCALE À PAGO-PAGO
N° 17 S.A.S. AMOK À BALI
N° 18 S.A.S. QUE VIVA GUEVARA
N° 19 S.A.S. CYCLONE À L'ONU
N° 20 S.A.S. MISSION À SAÏGON
N° 21 S.A.S. LE BAL DE LA COMTESSE ADLER
N° 22 S.A.S. LES PARIAS DE CEYLAN
N° 23 S.A.S. MASSACRE À AMMAN
N° 24 S.A.S. REQUIEM POUR TONTONS MACOUTES
N° 25 S.A.S. L'HOMME DE KABUL
N° 26 S.A.S. MORT À BEYROUTH
N° 27 S.A.S. SAFARI À LA PAZ
N° 28 S.A.S. L'HÉROÏNE DE VIENTIANE
N° 29 S.A.S. BERLIN CHECK POINT CHARLIE
N° 30 S.A.S. MOURIR POUR ZANZIBAR
N° 31 S.A.S. L'ANGE DE MONTEVIDEO
N° 32 S.A.S. MURDER INC. LAS VEGAS
N° 33 S.A.S. RENDEZ-VOUS À BORIS GLEB
N° 34 S.A.S. KILL HENRY KISSINGER !
N° 35 S.A.S. ROULETTE CAMBODGIENNE
N° 36 S.A.S. FURIE À BELFAST
N° 37 S.A.S. GUÊPIER EN ANGOLA
N° 38 S.A.S. LES OTAGES DE TOKYO
N° 39 S.A.S. L'ORDRE RÈGNE À SANTIAGO
N° 40 S.A.S. LES SORCIERS DU TAGE
N° 41 S.A.S. EMBARGO
N° 42 S.A.S. LE DISPARU DE SINGAPOUR
N° 43 S.A.S. COMPTE À REBOURS EN RHODÉSIE
N° 44 S.A.S. MEURTRE À ATHÈNES
N° 45 S.A.S. LE TRÉSOR DU NÉGUS
N° 46 S.A.S. PROTECTION POUR TEDDY BEAR
N° 47 S.A.S. MISSION IMPOSSIBLE EN SOMALIE
N° 48 S.A.S. MARATHON À SPANISH HARLEM
N° 49 S.A.S. NAUFRAGE AUX SEYCHELLES
N° 50 S.A.S. LE PRINTEMPS DE VARSOVIE
N° 51 S.A.S. LE GARDIEN D'ISRAËL

N° 52 S.A.S. PANIQUE AU ZAÏRE
N° 53 S.A.S. CROISADE À MANAGUA
N° 54 S.A.S. VOIR MALTE ET MOURIR
N° 55 S.A.S. SHANGHAÏ EXPRESS
N° 56 S.A.S. OPÉRATION MATADOR
N° 57 S.A.S. DUEL À BARRANQUILLA
N° 58 S.A.S. PIÈGE À BUDAPEST
N° 59 S.A.S. CARNAGE À ABU DHABI
N° 60 S.A.S. TERREUR À SAN SALVADOR
N° 61 S.A.S. LE COMPLOT DU CAIRE
N° 62 S.A.S. VENGEANCE ROMAINE
N° 63 S.A.S. DES ARMES POUR KHARTOUM
N° 64 S.A.S. TORNADE SUR MANILLE
N° 65 S.A.S. LE FUGITIF DE HAMBOURG
N° 66 S.A.S. OBJECTIF REAGAN
N° 67 S.A.S. ROUGE GRENADE
N° 68 S.A.S. COMMANDO SUR TUNIS
N° 69 S.A.S. LE TUEUR DE MIAMI
N° 70 S.A.S. LA FILIÈRE BULGARE
N° 71 S.A.S. AVENTURE AU SURINAM
N° 72 S.A.S. EMBUSCADE A LA KHYBER PASS
N° 73 S.A.S. LE VOL 007 NE RÉPOND PLUS
N° 74 S.A.S. LES FOUS DE BAALBEK
N° 75 S.A.S. LES ENRAGÉS D'AMSTERDAM
N° 76 S.A.S. PUTSCH A OUAGADOUGOU
N° 77 S.A.S. LA BLONDE DE PRÉTORIA
N° 78 S.A.S. LA VEUVE DE L'AYATOLLAH
N° 79 S.A.S. CHASSE A L'HOMME AU PÉROU
N° 80 S.A.S. L'AFFAIRE KIRSANOV
N° 81 S.A.S. MORT A GANDHI
N° 82 S.A.S. DANSE MACABRE A BELGRADE
N° 83 S.A.S. COUP D'ÉTAT AU YEMEN
N° 84 S.A.S. LE PLAN NASSER
N° 85 S.A.S. EMBROUILLES A PANAMA
N° 86 S.A.S. LA MADONE DE STOCKHOLM
N° 87 S.A.S. L'OTAGE D'OMAN
N° 88 S.A.S. ESCALE À GIBRALTAR

L'IRRÉSISTIBLE ASCENSION DE MOHAMMAD REZA, SHAH D'IRAN
LA CHINE S'ÉVEILLE
LA CUISINE APHRODISIAQUE DE S.A.S
PAPILLON ÉPINGLÉ
LES DOSSIERS SECRETS DE LA BRIGADE MONDAINE
LES DOSSIERS ROSES DE LA BRIGADE MONDAINE

AUX ÉDITIONS DU ROCHER

LA MORT AUX CHATS
LES SOUCIS DE SI-SIOU

AUX ÉDITIONS GÉRARD DE VILLIERS

N° 89 S.A.S. AVENTURE EN SIERRA LEONE
N° 90 S.A.S. LA TAUPE DE LANGLEY

GÉRARD DE VILLIERS

SAS

LES AMAZONES DE PYONGYANG

DE VILLIERS

Photo de la couverture : Michel MOREAU
Arme prêtée par l'armurerie GERAND

ISBN : 2 - 7386 - 0002 - 6

ISSN : 0295 - 7604

CHAPITRE PREMIER

Le sergent Chan Soon Ho, de garde sur le mirador-pagode aux tuiles multicolores dominant la Freedom House – le bâtiment administratif sud-coréen –, contemplait d'un air absent la ligne invisible, à quelques mètres en contrebas, qui coupait en deux la Corée, depuis l'armistice de 1953. En 1950, la Corée du Nord, sous influence sino-soviétique, avait envahi la Corée du Sud. Après deux ans de combats acharnés et grâce à l'aide des Américains, les troupes nord-coréennes avaient été repoussées sur leurs lignes de départ. Pan Mun Jom était depuis le seul lieu de contact entre le Nord et le Sud.

Le sous-officier sud-coréen détourna les yeux pour consulter sa montre. Onze heures cinquante. Plus que dix minutes avant d'être relevé. Et deux mois avant de retourner à Séoul. Il avait déjà effectué vingt-cinq mois de son service militaire dans la Zone Démilitarisée de Pan Mun Jom et aspirait à retrouver la vie civile.

A Pan Mun Jom, les nerfs étaient mis à rude épreuve. Les glapissements des haut-parleurs nord-coréens installés le long de la ligne de démarcation clamant la gloire de Kim Il Sung (1) ne cessaient ni jour ni nuit. La zone démilitarisée était un univers clos, hérissé de

(1) Leader de la Corée du Nord.

barbelés et de mines d'où l'on ne pouvait s'échapper. Le sergent Chan Soon Ho reprit sa veille.

La Corée du Nord commençait à quelques mètres de lui, exactement au milieu des bâtiments bleus aux toits de tôle abritant la « Military Commission Armistice ». Derrière le pagodon où il se trouvait, quelques arbustes entourant un grand bassin enjambé par un pont de pierre blanche, le tout pompeusement baptisé « the Sunken Garden (1) » aménagé afin d'égayer un peu la tristesse des bâtiments administratifs. Ensuite, il n'y avait plus rien que la route menant au Camp Bonifas à trois kilomètres. Un bataillon de troupes américano-coréennes stationnait là, protégeant la « Joint Security Area », la zone tampon.

Autour, c'était un *no man's land* de mines, de barbelés et de fossés antichars.

Le village de Pan Mun Jom avait été détruit durant la guerre de Corée, bien avant l'armistice de 1953. Il n'en restait qu'une douzaine de familles regroupées dans des maisons préfabriquées, exploitant leurs rizières sous la protection des Casques Bleus. Tenues à se calfeutrer chez elles dès onze heures du soir, elles passaient leurs journées à affirmer aux visiteurs de la « Joint Security Area » leur fierté de se trouver aux avant-postes de la Liberté...

Le regard du sergent Chan Soon Ho repéra soudain trois gros oiseaux en train de survoler la Sachon River à moins d'un kilomètre, en Corée du Nord. Il prit ses jumelles pour suivre leur vol. C'étaient des grues de Mandchourie, à la superbe tête écarlate. Se dirigeant vers le sud. Indifférentes à la ligne qui depuis trente-cinq ans coupait la Corée en deux à la hauteur du 38e parallèle... L'une d'elles se détacha de la formation et perdit de l'altitude. En vol plané, elle vint se poser délicatement sur le bord du grand building blanc de

(1) Le jardin englouti.

deux étages au toit plat qui se dressait à cent mètres devant le sergent Ho, de l'autre côté de l'invisible ligne de démarcation.

Le Pan Mun Gok, quartier général des Nord-Coréens, bâtiment sans grâce, hérissé de haut-parleurs et de caméras braquées sur le Sud. C'est là que l'administration nord-coréenne recevait les visiteurs de marque autorisés à visiter Pan Mun Jom. La colline qui se dressait derrière avait été dépouillée de sa maigre végétation sur un grand carré où les propagandistes de Pyongyang avaient dessiné à la chaux, en caractères visibles à des kilomètres : « Yankee go home ».

La grue de Mandchourie perchée sur le Pan Mun Gok commença à lisser ses plumes et le sergent Chan Soon Ho s'en désintéressa. La chasse étant interdite dans la zone frontière, les animaux les plus timides s'y ébattaient sans crainte. Un coup de feu pouvant déclencher la troisième guerre mondiale, personne ne se risquait à braconner; seuls des cerfs tombaient parfois, victimes des champs de mines...

Un groupe de visiteurs apparut sur le perron du Pan Mun Gok, encadré par des soldats en uniforme gris-bleu, avec un brassard rouge, et l'inévitable badge à l'effigie de Kim Il Sung épinglé sur le cœur.

Le sergent sud-coréen braqua ses jumelles sur les nouveaux venus. Deux hommes, qui, d'après leur apparence, devaient être soviétiques, un Africain en tenue Mao et deux femmes. Une Asiatique en pantalon et une grande jeune femme dont les cheveux blonds cascadaient sur les épaules, les yeux protégés par des lunettes noires. Les jumelles descendirent, relevant un pull bien rempli et une mini-jupe s'arrêtant à mi-cuisses, découvrant de longues jambes bien galbées. Le sergent Chan Soon Ho en avait le ventre en feu. Il y avait longtemps qu'il n'avait pas contemplé une femme aussi belle. Il se retourna, appelant son collègue américain partageant sa garde.

– Hé Wayne, viens voir!

Il lui donna les jumelles et l'Américain lâcha aussitôt un sifflement admiratif. Les soldats nord-coréens qui escortaient les visiteurs semblaient tout aussi extasiés. Le groupe s'arrêta au pied du perron. Il y eut une série de coups de sifflets et un petit détachement déboucha de la cour du Pan Mun Gok, se dirigeant vers un mirador nord-coréen : la relève. Les douze soldats marchaient au pas de l'oie, rythmant leur défilé de cris gutturaux. Les visiteurs applaudirent poliment.

Leurs guides en uniforme leur firent ensuite traverser la route conduisant au mirador afin de les amener aux trois baraques bleues de la Military Armistice Commission. Chacune comportait deux entrées, l'une en secteur nord-coréen, l'autre sud-coréen. La ligne de démarcation Nord-Sud passait au milieu de la table de conférence.

– Ce sont sûrement des copains de Kim Il Sung, ricana le sergent Ho, les yeux toujours fixés sur la blonde.

Seuls les visiteurs de haut rang avaient le droit de s'approcher aussi près des Diables Impérialistes du Sud. Entre chaque baraque bleue, des sentinelles nord-coréennes et sud-coréennes se regardaient en chiens de faïence, relevées toutes les deux heures. C'était le seul point de la ligne de démarcation qui ne soit pas rendu infranchissable par des barbelés et des mines.

Le sergent Chan Soon Ho récupéra ses jumelles et les braqua à nouveau sur l'inconnue blonde. Il s'attarda sur le pull blanc moulant une somptueuse poitrine; le balancement sensuel de ses hanches lui vidait le cerveau. Hélas, elle était aussi inaccessible que si elle s'était trouvée sur une autre planète... Le petit groupe pénétra dans une des baraques bleues et le sergent Ho la perdit de vue. La fin d'un beau rêve. Il balaya l'horizon, à la recherche d'un autre miracle, mais n'aperçut que le Dodge amenant la relève.

Abandonnant ses jumelles à son copain Wayne, il descendit l'escalier en colimaçon du pagodon-mirador, gagnant la route goudronnée passant devant les baraques bleues.

Il la traversa et vint coller son visage à une des fenêtres. Des soldats nord-coréens, à quelques mètres de lui, en faisaient autant, certains prenant même des photos. Il aperçut les cinq visiteurs à qui un guide expliquait le fonctionnement de la Commission d'armistice. La jeune femme asiatique avait un appareil photo et fit signe à la grande blonde de passer de l'autre côté de la table de conférence, en territoire sud-coréen, pour faire une photo. Autorisée par le guide, la blonde obtempéra, aussitôt mitraillée par sa copine.

Le sergent Ho ne pouvait entendre ce qu'elles se disaient, mais il vit l'Asiatique se tourner vers l'Africain en tenue Mao et lui demander quelque chose, en lui tendant son appareil.

Le Noir le prit et l'Asiatique rejoignit l'autre femme, la prenant par l'épaule. La blonde était à moins d'un mètre du sergent Ho. S'il n'y avait pas eu la vitre, il aurait pu la toucher.

Flash. Sourires. L'Africain baissa l'appareil. Le sergent Ho était mesmerisé par la poitrine de la blonde. Et soudain, il se passa quelque chose d'inouï! Au lieu de revenir vers la table, l'inconnue blonde fonça vers la porte donnant sur la Corée du Sud!

Celle-ci n'était jamais fermée à clef.

La jeune femme l'ouvrit à la volée et déboula à deux mètres du sergent Ho, l'Asiatique sur ses talons, courant vers la Freedom House, distante d'une vingtaine de mètres.

*
**

En quelques secondes, le calme de la Joint Security Area fit place à une incroyable pagaille.

Le guide nord-coréen ressortit de la baraque bleue côté Nord, poussant devant lui l'Africain et les deux Blancs. Attirés par ses glapissements, une douzaine de soldats nord-coréens se ruèrent entre les baraques bleues, bousculant les gardes américains et sud-coréens et franchirent à leur tour la ligne de démarcation, à la poursuite des deux femmes. La sirène du mirador à droite du Pan Mun Gok se mit à hululer d'un son strident, faisant jaillir de nouveaux soldats nord-coréens de partout. Sur le mirador-pagode, Wayne, le sergent américain de garde, appelait frénétiquement Camp Bonifas sur son walkie-talkie, réclamant du renfort.

Un « quatre-quatre » dont l'aile avant gauche était décorée d'une énorme inscription : « Merry Mad Monks of the DMZ (1) » stoppa en face de la Freedom House. Un lieutenant US et trois soldats bondirent à terre, barrant la route aux Nord-Coréens. L'officier arracha son Colt 45 de sa gaine, l'arma, puis tira trois coups en l'air en hurlant :

– *Stop! You're trespassing the border* (2).

Quelques-uns s'arrêtèrent, mais une poignée d'autres continua à poursuivre les deux fugitives qui avaient déjà atteint le « Sunken Garden ». Elles semblaient s'enfuir au hasard, cherchant seulement à s'éloigner le plus possible de la ligne de démarcation.

Trois soldats nord-coréens les rattrapèrent à la hauteur du pont de pierre blanche enjambant le bassin.

Ils se jetèrent aussitôt sur elles, commençant à les traîner en sens inverse : ils avaient une cinquantaine de mètres à franchir avant de les ramener en Corée du Nord. Sur leur chemin se trouvait le lieutenant U.S. débarqué du 4 × 4. Celui-ci braqua son Colt sur un Nord-Coréen qui fonçait à leur aide.

(1) Les joyeux moines de la DMZ.
(2) Arrêtez! Vous franchissez la frontière.

– *Stop or I shoot you!* (1)

Le canon de l'arme était enfoncé juste à côté du badge de Kim Il Sung épinglé sur l'uniforme. Le soldat s'immobilisa, crachant des injures. La radio du 4 × 4 envoyait SOS sur SOS. A leur tour des Américains et des ROKA (2) accouraient, brandissant des M.16.

Des hurlements stridents éclatèrent, venant d'un massif de végétation au coin de la Freedom House.

– *Help! Help! Help! I am swedish!*

C'était la jeune femme blonde qui se débattait entre deux soldats à brassard rouge essayant de l'entraîner vers la ligne de démarcation. Un autre maîtrisait la Japonaise avec une clef au cou. Ils se lancèrent sur la route séparant la Freedom House des baraques bleues. Encore une dizaine de mètres et ils seraient en Corée du Nord.

Le lieutenant US hésitait. Dans quelques secondes, il serait trop tard. Une fois la ligne franchie, impossible de récupérer les fugitives. Les soldats nord-coréens accouraient de partout. Il se tourna vers le sergent Ho.

– Sergent, empêchez-les d'emmener ces deux femmes. C'est un ordre.

Le sergent Ho se rua en avant, dégainant son pistolet, suivi de quatre de ses hommes. Le meuglement d'une sirène d'alerte se rapprochait. Les renforts de Camp Bonifas arrivaient.

Le sergent Chan Soon Ho et ses hommes interceptèrent les Nord-Coréens et leurs prisonnières à deux mètres des baraques. D'un coup de crosse, le sous-officier sud-coréen brisa le poignet d'un des soldats entraînant la blonde. Il lâcha prise avec un hurlement de douleur. Ho attrapa l'autre par son baudrier et le projeta à terre.

(1) Arrêtez ou je tire!
(2) Republic of Korea Army.

La blonde se redressa, hagarde, les cheveux en bataille.

– *Run away!* cria le sergent Ho.

Son anglais était limité. Les lunettes noires de l'inconnue étaient tombées, il aperçut de merveilleux yeux bleus pleins de larmes. La blonde fit quelques pas vers le 4 × 4 et le lieutenant américain. Les haut-parleurs nord-coréens vomissaient des injures et des ordres, ajoutant encore à la pagaille. Les caméras automatiques de l'US Army filmaient silencieusement toute la scène. Il y eut quelques secondes d'accalmie.

Les hommes du sergent Ho avaient réussi à libérer l'Asiatique qui demeura sur place, tétanisée, en proie à une crise de nerfs. Un hélicoptère sud-coréen surgit au ras des toits, salué aussitôt par une rafale de mitrailleuse d'avertissement, tirée d'un des miradors nord-coréens.

L'officier US eut un soupir terrifié.

– *My God!* Ils sont fous.

Il agita les bras, faisant signe aux deux femmes de venir dans sa direction.

Deux de ses hommes, M.16 à la hanche, tenaient en respect une douzaine de Nord-Coréens entassés entre deux baraques.

La blonde et l'Asiatique obéirent, longeant la Freedom House. Le sergent Ho et ses hommes les couvraient. Le lieutenant rentra son Colt. Trois transports de troupe hérissés de soldats du 4e Bataillon d'Infanterie US venaient d'apparaître derrière le Sunken Garden.

Le sergent Chan Soon Ho, discipliné, à son tour remit son Colt dans son étui. La tension retombait. Un hurlement sauvage lui fit tout à coup tourner la tête. Un soldat nord-coréen venait d'arracher de la paroi d'une baraque bleue une hache appartenant au matériel d'incendie, et, les yeux fous, courait en direction des deux femmes.

*
**

Le cri du soldat fit se retourner la jeune femme blonde. Avec un jappement de terreur, elle se mit à courir en direction du lieutenant US réalisant aussitôt que le soldat à la hache allait lui couper la route. Brutalement, elle bifurqua, empruntant un passage sous la pagode-mirador, en direction du Sunken Garden. L'Asiatique était sur ses talons, essayant de ne pas se faire distancer. La blonde fonça vers un autocar vide stationné entre la Freedom House et le Sunken Garden, avec l'intention manifeste de s'y réfugier.

Le lieutenant arracha son Colt de son holster, et tira au jugé en direction de l'homme à la hache, le ratant. Les soldats en renfort se déployaient au fond du Sunken Garden, ne sachant pas ce qui se passait, encore inutiles. Le sergent Ho, voyant les autres cloués au sol par la stupéfaction, bondit le long de la pagode-mirador, semblant voler, à la poursuite du fou!

Un soldat américain, casqué, le visage barbouillé de camouflage, se dressa près du bassin, fusil-mitrailleur à la hanche, visant le Nord-Coréen qui poursuivait les deux femmes.

Impossible de tirer, elles se trouvaient entre eux et lui...

L'Asiatique trébucha dans le gravier et s'étala de tout son long. Huit secondes plus tard, le Nord-Coréen à la hache était sur elle. D'un seul élan, il abattit son arme, comme un bourreau professionnel. Le tranchant sectionna la nuque et une partie de l'épaule de la femme, faisant jaillir un geyser de sang.

La Japonaise eut un ultime sursaut et s'immobilisa. Le soldat nord-coréen se redressait déjà, brandissant le tranchant ensanglanté de sa hache.

Hurlant de terreur, affolée, la Suédoise venait de se ruer dans le bus vide, le prenant comme abri, au lieu de courir vers l'Américain au fusil-mitrailleur. Le soldat nord-coréen se précipita à ses trousses, le sergent Ho sur ses talons. Celui-ci atteignit le bus au moment où l'homme à la hache montait dedans. Tout s'était passé si vite que son Colt était toujours dans son étui. Plongeant en avant, le sergent Chan Soon Ho saisit les jambes du Nord-Coréen, le faisant retomber à l'extérieur. Ce dernier ne lâcha pas sa hache et, vif comme l'éclair, se releva le premier, le visage déformé par la haine. D'un coup de pied en plein visage, il se débarrassa de Chan Soon Ho qui chuta sur le dos. Le sergent sud-coréen vit son adversaire lever sa hache avec un rictus dément. Criant de terreur, il tenta d'arracher son Colt de son étui. La dernière chose qu'il vit fut la lame de la hache qui s'abattait, lui fendant le visage et la tête en deux.

***

Le soldat US vomissait, hurlait et tirait à la fois. Les projectiles de son fusil-mitrailleur semblaient épingler le Nord-Coréen à la hache contre l'autobus et l'empêcher de tomber, lui arrachant sa tenue, faisant jaillir des éclats de métal et de verre. Il était mort depuis longtemps, sa hache encore plantée dans la tête du sergent Chan Soon Ho.

La culasse claqua avec un bruit sec, le chargeur épuisé. L'Américain resta sur place, les jambes écartées, pleurant, criant encore, tétanisé par les deux horribles assassinats.

Le silence retomba d'un coup, troublé par les glapissements des haut-parleurs. Des soldats américains et coréens en tenue camouflée avaient pris place derrière chaque bosquet du Sunken Garden. Un véhicule blindé, canon braqué, faisait face à la ligne de démarcation. Toute la zone était maintenant en alerte sur une profondeur de cinquante kilomètres. Inférieurs en nombre, les quelques soldats nord-coréens qui avaient participé à la poursuite étaient reconduits à coups de crosse vers leur zone.

Le colonel Kirkbride, commandant le Camp Bonifas, arriva, casqué, Colt au poing.

Il se dirigea vers le lieutenant encore choqué.

– Que s'est-il passé?

– Sir, expliqua le lieutenant, il semble que deux femmes aient profité d'une visite de l'autre côté pour s'enfuir chez nous. Ensuite, je ne sais plus, ils sont devenus fous. Il y a au moins deux morts et plusieurs blessés. Ils nous ont attaqués à la hache...

– Où sont ces femmes? demanda le colonel.

– L'une d'elles a été assassinée. A coups de hache. L'autre est dans le bus, là-bas. Une Caucasienne (1), Sir.

Le colonel Kirkbride se ruait déjà vers le bus. Il y monta, évitant le corps du sergent Chan Soon Ho.

La jeune femme blonde était prostrée sur le plancher du bus, hagarde, le regard vide, des larmes ruisselant sur son visage. Elle sursauta en entendant des pas et se mit à trembler convulsivement. L'Américain s'accroupit près d'elle.

– Ne craignez rien, Miss, dit-il, je suis le colonel Kirkbride, commandant le 4e bataillon de Camp Bonifas. Vous êtes en sécurité maintenant. Qui êtes-vous?

Ses mâchoires claquaient tellement qu'elle mit un moment à répondre.

– Anita Kalmar, murmura la jeune femme. Je suis suédoise.

– Que s'est-il passé?

Elle essuya des larmes qui coulaient sur son visage.

– J'ai été kidnappée en Corée du Nord, fit-elle d'une voix brisée. Depuis deux ans je n'avais pas le droit de sortir. J'ai profité de cette visite à Pan Mun Jom pour

(1) Une Blanche.

essayer de me sauver. Oh, c'est horrible, cette hache, tout ce sang...

Elle se remit à trembler, incapable d'en dire plus. Le colonel Kirkbride l'aida à se relever et à sortir du bus. Une ambulance attendait. On l'étendit sur une civière.

– Prévenez l'ambassade de Suède à Séoul, dit-il. Tentez d'identifier l'autre femme. Prévenez aussi l'Intelligence Officer. Je veux un rapport complet sur cette affaire.

CHAPITRE II

Les images en noir et blanc semblaient floues, déformées par la taille de l'écran collé contre le mur de la salle de conférence au sixième étage du bâtiment principal de la Central Intelligence Agency, à Langley. Néanmoins, les spectateurs avaient le regard glué à l'écran. Les claquements des ordres hurlés en coréen ajoutaient à l'intensité dramatique. Ce film était le résultat du montage des contenus de trois des caméras installées dans la zone démilitarisée de Pan Mun Jom.

Elles avaient enregistré toutes les péripéties de la dramatique évasion d'Anita Kalmar, dans l'ordre chronologique. Sur l'écran se déroulait la séquence de l'homme à la hache, jusqu'au meurtre sauvage du sergent Chan Soon Ho.

– Revenez au début de cette séquence et passez-la en ralenti, ordonna le Directeur des Opérations, Richard Thomson.

Le projectionniste s'exécuta et on revit toute la séquence depuis le moment où le soldat se ruait sur la hache accrochée au mur.

– Ce type a agi de lui-même, remarqua Richard Thomson. Il n'a parlé à personne.

– C'est exact, renchérit le général Anh, officier de liaison sud-coréen. On n'entend aucun ordre.

Sur l'écran, le soldat courait au ralenti, brandissant

son arme improvisée. D'autres images montrèrent les expressions stupéfaites de soldats nord-coréens, qui ne s'attendaient visiblement pas à une telle réaction.

– Je me demande pourquoi il a fait cela, murmura Richard Thomson.

La voix un peu saccadée du général Anh s'éleva dans la pénombre.

– Un fanatique. Bien sûr les Nord-Coréens auraient pu abattre ces deux jeunes femmes, mais ils n'ignoraient pas que si on commençait à tirer, l'incident pouvait dégénérer en quelque chose de beaucoup plus grave.

– *Disgusting!* murmura Richard Thomson.

La hache venait de s'abattre au ralenti sur la malheureuse Japonaise. L'image suivante montrait le lieutenant US, l'air égaré, brandissant son Colt.

– Ce fou a pris tout le monde par surprise, commenta Michael Kotter, chef de station de la CIA à Séoul. J'ai déjà visionné ce film une dizaine de fois. Il n'y a aucun doute. C'est l'acte d'un isolé. Si notre lieutenant avait été un meilleur tireur, la Japonaise et le sergent sud-coréen seraient encore vivants.

– *Shit,* j'espère que ce type a été décoré! lança le Directeur des Opérations.

– Yes, sir, répondit la voix du général Anh.

L'objectif de la caméra se déplaça, jusqu'au corps de la femme gisant dans une mare de sang, et s'y fixa puis la lumière se ralluma.

– Cette femme a été identifiée avec précision? demanda le Directeur des Opérations.

– Oui, sir, confirma Michael Kotter. Grâce aux Japonais. Il s'agit d'une starlette japonaise de vingt-six ans disparue depuis deux ans, ainsi que son fiancé : Ayako Honchu. La disparition avait eu lieu sur une plage à côté du port japonais de Simonoseki. A l'époque, l'affaire n'avait pu être élucidée. On avait parlé d'un double suicide, sans en déceler les raisons.

– On a retrouvé l'homme, le fiancé?

– Non, sir.

– Et on est certain de l'identité de cette Ayako Honchu?

– Absolument, sir, à cause des empreintes digitales. Elle les avait données pour obtenir un passeport. Sa famille l'a reconnue également.

– Vous avez pu reconstituer son parcours?

– Oui, sir, à travers le témoignage d'Anita Kalmar, la Suédoise. Ayako Honchu lui a raconté avoir été enlevée sur la plage par quatre hommes masqués. Ceux-ci l'avaient d'abord transportée, elle et son fiancé, à bord d'un Zodiac. Ensuite, elle aurait gagné la Corée du Nord à bord d'un bateau extrêmement rapide. Là, elle aurait été séparée de son fiancé qu'elle n'a jamais revu, et emmenée à Pyongyang. Après l'avoir séquestrée dans une villa isolée pendant une semaine, ses ravisseurs l'auraient mise en présence de Kim Jong Il, le fils du président de la Corée du Nord, Kim Il Sung.

– C'est une histoire de fou, murmura Richard Thomson.

– Pas tellement, sir, contra respectueusement le chef de station de Séoul. Kim Jong Il est dingue de cinéma. Lorsqu'il a rencontré Ayako Honchu, il lui a expliqué qu'il avait vu sa photo dans des magazines japonais et qu'il avait alors décidé de la faire travailler pour le cinéma nord-coréen. Il lui avait écrit, mais elle n'avait jamais répondu. Cela a été confirmé par l'agent d'Ayako Honchu. C'est à la suite de ce silence qu'il aurait résolu d'envoyer un commando la kidnapper... Il aurait donc demandé à cette Japonaise de travailler avec lui, à Pyongyang. D'après ce qu'elle a raconté à Miss Kalmar, elle aurait d'abord refusé, exigeant d'être renvoyée au Japon. Au lieu de céder, Kim Jong Il l'aurait alors fait jeter dans une cellule. Pour qu'elle réfléchisse...

– Elle n'avait guère le choix, remarqua Richard Thomson.

Michael Kotter ne sourit même pas.

– Exact, sir. Aussi, après trois semaines de cellule, elle a accepté l'offre de Kim Jong Il. Aussitôt, elle fut transférée dans un pavillon de la banlieue de Pyongyang, gardé par des hommes du Korean Worker's Party Research Department (1). La police secrète d'Etat. Elle n'en sortait que pour se rendre dans un studio de cinéma, sous bonne garde.

– Et son fiancé? Elle ne s'en est pas préoccupée?

– Si. On lui a juré qu'il avait été renvoyé au Japon. Elle n'avait évidemment aucun moyen de vérifier, n'ayant comme source d'information que la télévision nord-coréenne.

– Les Nord-Coréens l'ont très certainement assassiné, lança le général Anh d'une voix acide.

Personne ne le contredit.

– C'est vraiment une histoire de dingues, répéta le Directeur des Opérations. Cette fille a réellement fait du cinéma pendant deux ans?

– Des essais surtout, et de petits films tournés par Kim Jong Il lui-même, expliqua Michael Kotter. Ce dernier voulait qu'elle fasse un film long métrage et elle en a profité pour exiger un peu plus de liberté. Pour la satisfaire, on l'autorisa à venir visiter Pan Mun Jom, lieu historique très prisé des Nord-Coréens.

– C'est elle qui a eu l'idée de l'évasion?

– Non, sir, la Suédoise, Anita Kalmar. Ayako Honchu lui a raconté son histoire durant le trajet.

Le projectionniste s'éclipsa discrètement et les trois hommes se servirent de café et de sucre.

Le Directeur des Opérations alluma ensuite une cigarette et se tourna vers le chef de station de Séoul.

– Cette Suédoise, Michael. Qu'en pensez-vous?

(1) Département des Recherches du Parti des Travailleurs Coréens.

– Je n'ai pas pu la voir, mais nos homologues m'ont remis une traduction de son interrogatoire.

« Son histoire tient debout et ressemble étrangement à celle d'Ayako Honchu. Il y a deux ans, elle a été couronnée Miss Suède, après une courte carrière de théâtre et de cinéma. Un jour, elle a reçu une invitation officielle pour visiter la Corée du Nord. Vous savez que la Suède entretient des relations diplomatiques avec les deux Corée. Comme le voyage était payé et qu'elle pouvait emmener son Jules, elle a accepté.

« A Pyongyang cela s'est très bien passé. Elle a été présentée à Kim Jong Il, qui lui a fait part de son admiration pour sa beauté et l'a priée de revenir en Corée du Nord travailler pour le cinéma local. Bien entendu, elle n'a pas pris cette proposition au sérieux. Or, quelques semaines plus tard, elle fut contactée par des officiels nord-coréens qui lui offrirent un contrat en bonne et due forme de cent mille dollars, dont vingt mille payables d'avance pour venir tourner à Pyongyang.

« Pour une simple et éphémère reine de beauté, c'était inespéré : elle a accepté et a gagné Pyongyang, via Moscou.

– Et ensuite? interrogea Richard Thomson.

– Elle s'est rendu compte très vite qu'elle avait été piégée, enchaîna Michael Kotter. D'abord, on lui a pris son passeport dès son arrivée. Ensuite elle a été assignée à résidence dans une propriété à l'écart de Pyongyang. Sans aucun contact avec l'extérieur. Cependant Kim Jong Il est venu lui rendre visite à plusieurs reprises et a même assisté à plusieurs bouts d'essai. Des films de publicité, assez déshabillés...

Une exclamation de dégoût fusa de la bouche du Directeur des Opérations.

– Vous voulez dire que ce singe l'a sautée?

Michael Kotter secoua la tête.

– Non, non, sir, il s'est contenté de lui faire un peu

de « sexual harassment ». Mais aucune violence. Seulement, elle s'est vite rendu compte qu'il était fou, que la Corée du Nord n'avait pas d'industrie cinématographique et qu'on lui offrait des projets sans intérêt. Excédée, elle a alors proposé de rendre les vingt mille dollars et de repartir en Suède.

« Kim Jong Il a fait la sourde oreille.

« Anita Kalmar a tenté de s'évader. Elle a été reprise dans Pyongyang et, cette fois, a été l'objet de menaces de la part d'un de ses anges gardiens, un certain « Cho », qui lui a dit qu'elle serait abattue si elle tentait d'entrer en contact avec des gens de l'Ouest. Qu'elle devait remplir son contrat. Mais si elle rendait des services de propagande à la Corée du Nord, on la libérerait avant.

– Quels services?

– Tourner un film à la gloire de Kim Il Sung. Elle a refusé.

– Et ensuite? demanda Richard Thomson.

– Elle a décidé sérieusement de s'évader. De Pyongyang, c'était impossible. Elle ne pouvait même pas contacter son ambassade. Mais elle avait appris que, quelques années plus tôt, un jeune technicien soviétique avait choisi la liberté à Pan Mun Jom. Alors, elle a fait du charme à Kim Jong Il, lui promettant d'être plus docile si on la laissait plus libre. Elle a suggéré la visite de Pan Mun Jom et il a accédé à sa demande. Elle a retrouvé la Japonaise dans le bus, et lui a proposé de se joindre à elle. Elle est malade d'avoir été la cause indirecte de sa mort.

Le Directeur des Opérations eut un hochement de tête attristé.

– Il s'en est fallu de peu pour elle aussi. Sans l'héroïsme de ce sergent sud-coréen, elle y laissait sa peau... Que pensez-vous de tout cela, général Anh?

Le général sud-coréen eut un sourire froid, et dit dans son anglais hésitant et appliqué :

– Cette histoire est tout à fait vraisemblable, sir. Kim Jong Il est fou, comme son père Kim Il Sung, et passionné de cinéma. Nous savions qu'il avait fait enlever des dizaines de jeunes femmes pour se constituer un vivier d'actrices en Corée du Nord. Mais aucune n'était revenue pour dire comment cela se passait. Il est presque impossible de s'enfuir de Corée du Nord. Maintenant, nous avons vérifié cette hypothèse, grâce au récit de Miss Kalmar.

– Vous pensez que les Soviétiques sont au courant de cette « manie »?

– Absolument. La Corée du Nord est un pays très surveillé, avec comme frontières la Chine et l'Union soviétique. Mais les Russes ne veulent pas faire de peine à Kim Jong Il. Ils ont besoin des ports de Corée du Nord, quand Vladivostok est pris par les glaces, six mois de l'année. D'ailleurs, les avions militaires soviétiques ont maintenant un droit de survol sans contrôle en Corée du Nord.

Le Directeur des Opérations l'arrêta d'un geste. Sur le sujet, le général Anh était intarissable.

– Où se trouve cette Suédoise?

– A Séoul, sir. Toutes ses déclarations ont été vérifiées, elles paraissent exactes, nous disposons de recoupements grâce à des transfuges.

– Elle n'est pas trop secouée par ce qui est arrivé?

– Si, bien sûr, mais c'est devenue une héroïne en Corée du Sud! Alors, tout le monde veut l'interviewer, l'inviter, la faire travailler, elle est très belle. On lui a offert de faire le mannequin et elle va gagner beaucoup d'argent...

– Elle ne retourne pas en Suède?

– Je ne sais pas. Je crois qu'elle désire rester quelques semaines à Séoul... Pour remplir ses engagements. La Direction de l'hôtel *Chosun* a mis gratuitement une suite à sa disposition. Beaucoup de journalistes étrangers viennent la voir.

Le Directeur des Opérations eut une mimique étonnée.

– S'il m'était arrivé un truc pareil, je rentrerais chez moi à toute vitesse...

– Nous souhaitons qu'elle reste encore un peu dans notre pays, avoua le général Anh. C'est un excellent moyen de montrer la barbarie nord-coréenne. Nous avons monté un film de l'incident qui va être distribué en cassette à tous les journalistes qui viendront pour les Jeux Olympiques...

Ils ne perdaient pas le nord.

Richard Thomson consulta ostensiblement sa montre et dit avec un sourire :

– Nous vous remercions d'être venu à ce meeting, Général.

Le général sud-coréen se leva, serra les mains et sortit ensuite, pris en charge par un garde de la CIA. Demeurés seuls, les deux Américains se regardèrent gravement. Le Directeur des Opérations rompit le premier le silence.

– Curieuse affaire, non?

– Encore plus que vous ne le pensez, sir, renchérit Michael Kotter, le chef de station de Séoul. Nous avons identifié le « Cho » qui veillait sur la Suédoise. Grâce à nos amis des services chinois.

– Qui est-ce?

– Il fait partie du Département « Covert Operations » des Services nord-coréens.

– Nos homologues?

– Absolument, sir. Il se nomme en réalité He Wang Ki des « Spetnatz (1) » soviétiques. Les Chinois le connaissent très bien. Il est venu souvent à Macao transmettre des ordres à ses agents. Il séjourna à l'hôtel Aido. Les Nord-Coréens ont implanté une base d'opé-

(1) Commandos de sabotage.

rations clandestines là-bas et les Chinois laissent faire. En surveillant.

– Vous croyez donc que cette histoire de films est une couverture? Qu'un agent de son importance ne s'amuserait pas à ces enfantillages...

– Je ne sais pas, sir, avoua Michael Kotter. Kim Jong Il est capable de se servir de ses Services spéciaux pour assouvir ses lubies, mais cette affaire peut cacher autre chose qui soit lié à notre problème. Cette Suédoise est « claire », mais je n'en dirai pas autant de la Japonaise qui devait être là pour la surveiller.

– Ainsi, son meurtre serait une erreur?

– Oui, sir. A Pan Mun Jom c'est l'impression qu'ils ont eue. Les Nord-Coréens ont insisté pour récupérer le corps de la Japonaise, prétendant qu'elle avait pris la nationalité nord-coréenne.

– J'espère que vous ne me faites pas perdre mon temps, soupira Richard Thomson, parce que les lubies cinématographiques du jeune Kim Jong Il, je m'en fous.

– Nous sommes obligés de tout explorer, se défendit le chef de station de Séoul. Depuis un bon moment, les Sud-Coréens, les Chinois et les Japonais nous avertissent que la Corée du Nord prépare une action contre nos athlètes à Séoul, durant les Jeux Olympiques. Mais, à ce jour, je ne suis parvenu à obtenir rien de précis.

– Vous croyez vraiment les Chinois?

– Le fait que Macao soit une base clandestine nord-coréenne les ennuie, expliqua Michael Kotter. Ça les mouille, s'il y a un gros problème. De plus, les Nord-Coréens se tournent de plus en plus vers l'Union Soviétique, ce qui leur fait peur.

Un ange passa, les yeux bridés.

– L'opération de Vienne prend une importance de plus en plus grande, dans ce cas, souligna le Directeur des Opérations. J'espérais apprendre quelque chose par vous.

Il se pencha sur l'interphone et appela :

– Dites à Frank Woodmill de venir.

Trois minutes plus tard, un homme pénétra dans la pièce, l'air volontairement abruti : le Directeur-Adjoint des Opérations.

– Frank, demanda Richard Thomson, que dit la station de Vienne sur notre opération?

– Tout semble se dérouler comme prévu.

– Pas de réaction après l'histoire de Pan Mun Jom?

– Non.

Le Directeur des Opérations fixa gravement son subordonné.

– Il faut absolument mener cette opération à bien! L'histoire de Pan Mun Jom risque de renforcer la méfiance des Nord-Coréens.

– Hélas, remarqua Frank Woodmill, nous ne la contrôlons pas... Mais nous sommes prêts.

– Qui s'en occupe à Vienne?

– Malko Linge, répondit Frank Woodmill. Un de nos meilleurs chefs de mission.

– Alors, je dors sur mes deux oreilles, fit le Directeur des Opérations avec un sourire un peu forcé.

Même les meilleurs chefs de mission ne faisaient pas toujours de miracles.

CHAPITRE III

C'était Mozart qu'on assassinait. Après l'avoir longuement torturé. La salle de bal du Schloss Eisenstadt avait été transformée en auditorium l'espace d'une soirée afin de permettre à la baronne Frederika de démontrer ses talents de pianiste, au cours d'un concert interminable, clou de sa grande fête du printemps. Alignés dans des fauteuils de velours rouge plutôt branlants, les invités subissaient stoïquement la punition.

Malko, installé prudemment au dernier rang, se pencha à l'oreille d'Alexandra.

– Si on allait faire un tour sur la terrasse...

Ses doigts pianotaient sur la cuisse gainée de nylon noir, remontant sournoisement, tandis que sur l'estrade improvisée la pianiste attaquait la dernière ligne droite, dans un envol de mousseline verdâtre... Alexandra tourna les yeux vers Malko.

– Pour quoi faire?

Elle se moquait ouvertement de lui. Sa tenue était un appel au viol. Sa somptueuse poitrine était à peine dissimulée sous un voile d'organza mauve, laissant deviner une guêpière assortie. La jupe noire, très serrée à la taille, s'évasait en tulipe, dévoilant très haut les cuisses. Malko n'était pas le seul à s'être aperçu que ses bas étaient ses seuls dessous... Ingénument, elle avait prétendu que cette absence de protection était faite pour l'exciter. Malko avait cependant surpris certains regards d'hommes, au cours de la journée, fixés sur le haut des cuisses d'Alexandra, lorsqu'elle s'installait sur un canapé un peu profond, qui reflétaient un peu plus que du trouble.

Lorsqu'il avait alors croisé le regard de la jeune femme, il y avait lu une intense jubilation.

Trop heureuse de faire fantasmer comme des fous ces vieux hobereaux qui l'auraient bien cravachée de dépit.

Chez les aristocrates autrichiens, on ne troussait pas une femme du monde comme une bonne, même si elle ne portait pas de culotte. En repensant à cela, Malko éprouva une pulsion brutale. Saisissant Alexandra par la main, il l'arracha à son fauteuil.

– Viens.

Elle le suivit docilement. La grande terrasse dominant la pelouse était déserte, à peine éclairée par des lampadaires. Malko choisit le coin le plus éloigné de la salle de bal et appuya Alexandra à la rambarde de pierre. Sans un mot, il plongea la main sous la jupe-tulipe noire, s'emparant d'elle et de sa bouche en même temps. En un clin d'œil, la jeune femme se tordait sous ses doigts, haletante, les ongles accrochés dans les replis de sa chemise de smoking en soie rose.

Fiévreusement, Malko se libéra. Il tâtonna dans la moiteur des cuisses, trouva le sexe inondé et y plongea d'un seul coup, pliant légèrement les genoux pour se redresser d'un élan violent, bestial, clouant la jeune femme à la rambarde rugueuse.

– Attention, souffla Alexandra. On vient.

Un couple venait d'échapper à son tour à l'horreur musicale. Enlacés, ils gagnèrent un autre coin de la rambarde. Impitoyables, les notes du piano continuaient à les poursuivre... La baronne Frederika les aurait à l'usure. Alexandra resserra les cuisses, enfermant Malko dans son ventre. De loin, on aurait dit un flirt plein de romantisme. Le sexe raidi était pourtant enfoncé jusqu'à la garde, prenant possession de la jeune femme d'un lent mouvement circulaire. Celle-ci gémissait au plus léger déplacement, son clitoris gorgé de sang si sensible qu'elle se mordait les lèvres pour ne pas exploser.

Son orgasme se déclencha par vagues, comme Malko, incapable de se retenir plus, explosait au fond de son ventre. Les mains crispées sur les hanches d'Alexandra, les jambes flageolantes de plaisir, il se vida avec violence, accompagné de quelques ultimes notes discordantes.

– Il y avait longtemps que je n'avais pas joui aussi fort, soupira Alexandra.

Amoureusement, elle emprisonna le sexe brûlant qui venait de sortir de son ventre.

– On dirait que tu as encore envie de moi, ajouta-t-elle.

C'était vrai. Malko suivait des doigts les contours de sa fabuleuse chute de reins. Alexandra soupira hypocritement :

– Tu aurais dû me sodomiser, j'en avais envie.

– Il n'est pas trop tard, fit Malko.

Il était en train de la faire pivoter lorsqu'il aperçut un des maîtres d'hôtel s'approcher avec componction, le regard vide comme s'il ne se doutait de rien. Il s'arrêta à trois pas et lança respectueusement :

– On demande son Altesse Sérénissime au téléphone.

Il fit demi-tour et Alexandra pouffa.

– Ce sera pour une autre fois... Si j'en ai envie.

Malko trouva l'appareil décroché sur une commode dans le grand hall lambrissé. Il se doutait déjà de quoi il s'agissait. Il avait laissé au château de Liezen le numéro où il se trouvait.

– Allô. Ici, Malko Linge.

– Malko, fit une voix connue. C'est pour demain matin. Prenez de quoi écrire, j'ai des informations à vous communiquer.

Il raccrocha ensuite très vite, laissant Malko furieux. Il n'avait pas envie de travailler pour la CIA en ce moment. Les réceptions se succédaient en Haute-Autriche et les Schloss bruissaient des éclats de fêtes grandioses. La pulpeuse Alexandra, bronzée par un séjour aux Caraïbes, était la reine de ces soirées. A nouveau amoureuse, elle s'ingéniait à le rendre fou de désir, arborant des tenues à la limite de la décence.

Seulement, le château de Liezen était un gouffre. Avant l'été, il fallait d'urgence procéder à de vulgaires travaux de plomberie qui allaient encore coûter une fortune.

Boudeur, Malko alla retrouver Alexandra. Autant en profiter jusqu'au bout. Demain serait un autre jour.

*
**

Les tours du château de Bratislava, dominant le Danube, émergeaient du brouillard, comme une forteresse médiévale. Il allait faire très beau, mais l'air était encore frais. Sa Rolls embusquée derrière des engins de travaux publics en train de refaire la route Bratislava-Vienne, Malko surveillait le ruban asphalté qui se terminait un kilomètre plus loin par le double poste frontière tchéco-autrichien.

A part la colline où était construit le château, le paysage était absolument plat, coupé de bosquets et des miradors du Rideau de fer courant à travers la plaine austro-hongroise. A quelques mètres de la Rolls, un panneau rouillé planté devant un sentier annonçait : *Achtung : Staatsgrenze* (1). Plusieurs voitures approchaient, venant de Tchécoslovaquie, des plaques noires

(1) Attention : frontière d'Etat.

tchèques venant faire leur marché dans le monde libre et des touristes revenant de Prague.

Assis à côté de Malko, Elko Krisantem étouffa un bâillement. Ils avaient quitté Liezen à six heures et demie du matin et le vieux maître d'hôtel turc s'était levé une heure plus tôt pour préparer la voiture. Ses yeux plissés respiraient la joie. Enfin, il repartait en mission avec son maître bien-aimé... Certes, ce n'était pas encore une grande aventure, mais cela valait mieux que de jouer l'homme à tout faire au château de Liezen. Peu à peu, la vétusté des lieux avait amené le Turc à se familiariser avec des métiers très éloignés de sa vocation première : tueur.

Il maniait maintenant la lampe à souder et la clef anglaise en virtuose et purgeait le chauffage central en professionnel... Pour l'instant, son vieux parabellum Astra glissé dans la ceinture de son jeans, il jouait avec son lacet d'étrangleur comme d'autres égrènent un chapelet... Bien que cette mission doive se passer en principe en douceur, Malko l'avait emmené, l'expérience lui ayant appris la prudence...

Elko monta un peu le chauffage et alluma la radio. Encore un détournement d'avion au Moyen-Orient... On se battait au Nicaragua. Malko était heureux que la CIA lui ait confié une mission sur son sol. Un bus arrivait, venant de Bratislava. Malko lut la plaque noire et blanche.

Son cœur battit un peu plus vite. C'était le bus qu'il attendait.

Le gros véhicule passa dans un grondement de tonnerre, filant vers Vienne. Malko attendit un peu avant de le prendre en filature. Ce qui n'était pas un travail d'Hercule... Le bus arriva en ville, parcourut toute la Simmeringer Hauptstrasse, jusqu'à la gare centrale, pour remonter ensuite vers l'ouest. Comme s'il se rendait au château de Schönbrunn.

Mais, arrivé à la lisière de la ville, il tourna dans Beckmanngasse, une petite voie tranquille, et stoppa.

Malko en fit autant, au coin de la rue. Il s'était muni d'une paire de jumelles et assista au débarquement des passagers du car – une vingtaine environ – qui pénétrèrent dans un immeuble. Dès que le véhicule fut vide, il remonta la rue à petite allure. Là où avaient disparu les passagers du car, une plaque de cuivre indiquait : *Botschaft der Koreanischen Demokratischen Volksrepublik* (1).

Malko continua jusqu'au carrefour suivant et se tourna vers Krisantem.

– Eh bien, nous y voilà...

– Qu'est-ce qu'on fait? interrogea le Turc.

– Rien, dit Malko, nous ne sommes qu'un échelon de recueil. Quelqu'un dans ce car est censé choisir la liberté. Nous devons lui faciliter les choses.

– Un Coréen? demanda Elko.

– Pas vraiment, dit Malko en souriant.

Il prit dans sa poche une série de photos.

– Voilà notre objectif, Elko.

Le Turc prit les photos, écarquillant les yeux.

– Vous plaisantez, votre Altesse?

La première photo était tirée du magazine américain *People*. Une splendide brune mordillant une chaîne de diamants, des mèches dissimulant l'œil gauche, une bouche charnue et rouge tout en avant et un regard provocant de salope en manque. La légende indiquait qu'il s'agissait de Cynthia Jordan, jeune comédienne pleine d'avenir, qui venait de tourner dans une série TV de la CBS.

Trois autres photos la représentaient dans des tenues hypersexy, en pied et en plan américain, découvrant une poitrine à faire pâlir de jalousie feu Marilyn Monroe.

Enfin, une coupure du *Hollywood Reporter* annonçait

(1) Ambassade de la République Démocratique de Corée.

que Cynthia Jordan allait tourner un grand film en Tchécoslovaquie, comme star.

Le Turc se tourna vers Malko.

– Elle est là-dedans?

– Je le souhaite.

– Mais qu'est-ce qu'elle fait?

– Le bus que nous avons suivi transporte les acteurs qui tournent à Prague en ce moment dans une production tchéco-nord-coréenne, expliqua Malko. Cynthia Jordan est avec eux. En principe, elle devrait leur fausser compagnie. Je suis là pour la recueillir.

– Nous l'emmenons à Liezen? demanda timidement Elko Krisantem. La comtesse Alexandra ne va pas être contente.

Il entrevoyait déjà un drame horrible.

– Non, dit Malko. Nous l'emmenons à l'ambassade américaine ou plutôt dans une « safehouse ». Attention!

Les passagers du bus étaient en train de ressortir de l'ambassade et remontaient dans le bus. Malko aperçut fugitivement Cynthia Jordan, facilement reconnaissable au milieu des Asiatiques. Quelques instants plus tard, le bus repartit. Il fit demi-tour, direction le centre de la ville. Il emprunta tous les « Rings » successifs enserrant la vieille ville pour stopper près de l'Opéra en face de Kartnerstrasse, la grande rue piétonnière de Vienne.

Ses occupants descendirent à la queue leu leu, s'engageant dans la voie barrée d'une chaîne.

– Attendez-moi en face du *Sacher,* demanda Malko à Krisantem, lui laissant le volant.

Il se mêla à la foule déambulant dans Kartnerstrasse. Pas difficile de se perdre dans le flot des touristes. Les occupants du car flânaient devant les vitrines. Malko les observa. Cynthia Jordan était véritablement magnifique. Elle était flanquée d'un personnage étonnant : une Asiatique de grande taille, avec des épaules de docker et une coiffure punk complètement inattendue :

ses cheveux en brosse avaient toutes les couleurs de l'arc-en-ciel. A ce détail près, elle eut été séduisante avec son épaisse bouche sensuelle et ses yeux étirés vers le côté.

Médusés, les Viennois se retournaient sur cette créature d'un autre monde.

Peu à peu, Malko se rapprocha du groupe, parvenant à quelques mètres de la jeune Américaine qu'il surveillait. En l'observant mieux, il réalisa qu'elle paraissait nerveuse, regardant sans cesse autour d'elle. A un moment, leurs regards se croisèrent dans une vitrine et il lui adressa un sourire, essayant d'y mettre autre chose que l'espoir d'un dragueur.

Elle ne réagit pas, mais elle continua à le fixer quelques fractions de seconde...

Le groupe s'étirait au gré des boutiques. Il repéra deux Coréens trapus, sûrement des membres de la Sécurité, qui gardaient le troupeau, veillant à ce que personne ne s'éloigne trop.

Il réalisa soudain que Cynthia Jordan se laissait distancer par le groupe et il jura intérieurement. Sa voiture se trouvait à plus de cinq cents mètres et il risquait une forte opposition des Coréens, veillant sur l'Américaine. Forcément des spécialistes de taek won do, le karaté coréen. Contre cela, il n'y avait que les armes à feu. Certes, son pistolet extra-plat était glissé dans sa ceinture, mais il se voyait mal s'en servir dans une rue passante de Vienne. En plus l'opération devait rester discrète.

Cynthia Jordan s'arrêta devant une vitrine de porcelaines. Il se plaça à côté d'elle. Cette fois leurs regards se trouvèrent et il comprit que la jeune Américaine l'avait repéré. Elle esquissa même l'amorce discrète d'un sourire. La grande Asiatique était à une vitrine devant, les jambes moulées par d'épais bas noirs. Cynthia repartit. Laissant tomber un foulard. Le sang de Malko se rua dans ses artères. C'était sûrement le truc qu'elle avait trouvé. Il attendit, à côté du foulard, apparemment perdu dans la contemplation de la vitrine.

Trente secondes plus tard, Cynthia Jordan s'arrêta, regarda autour d'elle et fit demi-tour. Malko se prépara à agir. Le mieux était de l'entraîner dans une boutique.

C'était le moment.

L'actrice américaine n'avait pas parcouru deux mètres que l'Asiatique se retourna. Elle vit Cynthia qui s'éloignait dans la direction opposée et revint aussitôt sur elle à grandes enjambées. Malko n'eut que le temps d'entrer dans une boutique de coutellerie. Il observa le dialogue des deux femmes qui repartirent ensemble avec force sourires. L'Asiatique était le garde du corps de Cynthia, c'était clair. Il faudrait donc la neutraliser.

Avec Krisantem ce ne serait pas trop difficile, mais pour l'instant, il fallait patienter...

Le groupe des acteurs, parvenu au bout de Kartnerstrasse, repartit comme il était venu. Ils s'arrêtèrent encore une fois longuement devant la vitrine d'un magasin de décoration exposant les dernières créations de Claude Dalle. Des sofas recouverts de satin bleu, des consoles en bois précieux, un magnifique lit Tiffany avec un jeté de lit tissé de soie et de fils d'or. Dix minutes plus tard, tous remontaient dans le bus, les bras chargés de paquets. Le véhicule contourna le Ring, pour emprunter les rives du canal coupant Vienne d'est en ouest. Au volant de la Rolls, Malko commençait à s'inquiéter. Si le car revenait à l'ambassade de Corée du Nord, les choses allaient se compliquer. Les instructions du chef de station de la CIA à Vienne ne mentionnaient pas une « extraction » violente. D'après lui, tout devait se passer en douceur...

Cela n'en prenait pas le chemin.

Malko respira mieux lorsqu'ils passèrent devant Beckmanngasse sans s'arrêter. Dix minutes plus tard, ils atteignaient le château de Schönbrunn. L'esplanade en face de la demeure historique était encombrée de bus de tous les pays...

Les touristes se pressaient à l'entrée principale.

C'était peut-être l'occasion rêvée...

Il se gara devant la grille. Les bus étaient obligés de stationner un peu plus loin, donc les visiteurs allaient forcément passer devant lui à pied. Laissant le volant à Elko Krisantem, il sortit de la Rolls, se plaçant bien en vue.

Le groupe des Nord-Coréens apparut quelques instants plus tard. Cynthia Jordan était facile à repérer, flanquée de la fille aux cheveux multicolores... Elles marchaient en queue. Se dirigeant droit vers lui. Avec un peu de chance, cela allait bien se passer... Mentalement, il se prépara.

Cynthia Jordan ralentit en arrivant à sa hauteur. Les autres faisaient déjà la queue pour acheter les tickets. Malko avança un peu afin qu'elle le voie bien.

Leurs regards s'accrochèrent. Trois secondes plus tard, Cynthia Jordan bifurqua vers la Rolls d'un pas naturel. L'Asiatique aux cheveux arc-en-ciel ne réagit pas tout de suite. Cynthia eut le temps de faire trois mètres avant qu'elle ne s'aperçoive de quelque chose. Elle appela :

– Cynthia !

L'Américaine ne répondit pas et se mit à courir. La Rolls se trouvait à moins de dix mètres. Malko se pencha et ouvrit la portière avant. Cynthia Jordan, quatre secondes plus tard, s'y engouffra sans un mot. Malko la claqua sur elle, sauta sur le siège arrière, et cria à Elko Krisantem :

– Allez-y ! Verrouillez !

Un claquement sec. Les quatre portières venaient de se verrouiller. Elko passa en « drive » et donna un coup de klaxon. Il était temps. L'Asiatique aux cheveux arc-en-ciel était déjà en train de secouer la poignée de la portière à l'arracher. Malko aperçut son visage crispé de haine, les yeux presque invisibles, la bouche ouverte sur de grandes dents jaunes.

Elko décollait déjà du trottoir.

*
**

Brutalement, l'Asiatique lâcha la portière et, d'un bond, se planta, les jambes écartées, devant le capot de la Rolls. Instinctivement, Elko Krisantem freina, pour ne pas l'écraser.

– Allez-y, cria Malko.

– Oui, oui, vite! supplia Cynthia Jordan.

C'était déjà trop tard. Un groupe d'enfants traversait devant la Rolls, dans le dos de l'Asiatique. Toute une école. Impossible d'avancer. Malko jura entre ses dents. Mais il se sentait quand même à l'abri, les portières verrouillées. Son sentiment de sécurité ne dura pas.

La fille aux cheveux multicolores contourna la voiture. Malko la vit prendre son élan et projeter son poing fermé contre la glace de la portière avant droite. Le choc secoua toute la lourde voiture. Cynthia Jordan poussa un hurlement.

– Partez! Partez vite! Elle va me tuer.

Impossible, les écoliers défilaient toujours. Malko arracha son pistolet extra-plat de sa ceinture, prêt à tout.

L'Asiatique revint à la charge. Un vrai bulldozer. Son poing martelait la glace en sécurit, comme un marteau. Hallucinant! Avec une rapidité de piston de locomotive. N'importe qui aurait eu les phalanges en bouillie! Les siennes n'étaient même pas égratignées. Son poing semblait être en acier. Soudain, cessant son martèlement, elle recula et, de profil, lança son pied en avant à toute volée, d'une détente d'une violence inouïe. Il fit voler la glace en éclats, heurta Cynthia Jordan à la tempe, la projetant contre Elko Krisantem.

L'Asiatique retomba sur ses pieds et fonça sur la

Rolls. Elle passa la main par la glace brisée, souleva le loquet et arracha presque la portière de ses gonds! A demi assommée, Cynthia Jordan réagit à peine. Des gens commençaient à s'attrouper.

Malko bondit hors de la Rolls, pistolet au poing. L'Asiatique fit comme si elle ne le voyait pas. Il lui était difficile de se servir de son arme dans cette foule compacte. Saisissant Cynthia Jordan par le poignet, la fille aux cheveux multicolores la tira à l'extérieur, la jetant sur le bitume. La jeune femme se mit à hurler mais personne ne vint à son secours.

Elko Krisantem bondit à son tour et fonça. L'Asiatique lâcha sa proie une fraction de seconde. Elle se ramassa sur elle-même, son pied se détendit de nouveau, avec une force incroyable, frappant le Turc au niveau des côtes. Il fut projeté violemment en arrière et retomba sur la chaussée, la bouche ouverte, les yeux vitreux, le visage crispé de douleur.

En un éclair, l'Asiatique s'était retournée vers Malko. Celui-ci braqua sur elle son pistolet extra-plat, hésitant quand même à tirer.

– Reculez!

Avec un cri sauvage, elle effectua une sorte d'entrechat et son pied se détendit à l'horizontale, frappant le poignet de Malko avec une force telle qu'il pensa qu'il volait en éclats. La glace brisée de la Rolls était là pour lui rappeler de quoi cette furie était capable...

Sans se préoccuper des passants la fille aux cheveux arc-en-ciel ramassa Cynthia Jordan qui tentait de regagner la voiture. Malko plongea vers son arme tombée dans le caniveau et la ramassa. Prudent, cette fois, il la braqua à distance respectueuse :

– Lâchez cette femme! cria-t-il.

La fille s'immobilisa, jaugeant la situation. Les autres Nord-Coréens étaient tous en train de regagner le car. Deux shupos accouraient du fond du parc. Brusquement, elle repoussa Cynthia Jordan. A toute volée, elle lui assena une manchette à la gorge. Malko en eut le cœur retourné!... Cynthia s'écroula sur place et roula sur le ventre. L'Asiatique se pencha sur elle, levant la main pour l'achever en lui brisant les vertèbres cervicales. Le pistolet extra-plat claqua et elle poussa un cri de douleur. Une balle lui avait traversé le poignet droit.

Comprenant qu'elle n'y arriverait pas, elle se mit à courir vers le bus qui démarrait déjà. Malko la vit sauter en voltige et disparaître à l'intérieur. Encore stupéfait de ce qui s'était passé.

Krisantem se relevait, gris de douleur.

– Je n'ai jamais vu cela! bredouilla-t-il avec une grimace de douleur, je crois qu'elle m'a cassé des côtes. C'est un robot ou quoi...

– C'est du taek won do, expliqua Malko, qui avait déjà eu affaire aux Coréens, leur karaté.

Des badauds entouraient le corps inanimé de Cynthia Jordan. Il fendit la foule et s'approcha de la jeune femme. Son visage était livide et elle respirait avec un affreux sifflement aigu. Un homme était agenouillé près d'elle, en train de l'ausculter.

– Je suis médecin, dit-il à Malko. Elle est vivante, mais très mal en point. Il faut appeler une ambulance.

– Demandez-lui qui est cette fille.

Le médecin secoua la tête.

– Impossible, elle ne peut pas parler, le coup lui a écrasé le larynx.

La sirène d'une ambulance se rapprochait. Malko regarda la vitre brisée de la Rolls. Cela commençait bien. Il avait presque rempli sa mission, mais la CIA aurait pu le prévenir de la présence de la furie nord-coréenne. Un peu plus, elle les tuait tous les trois... Même le lacet de Krisantem ne pouvait rien contre le taek won do. Il avait hâte de connaître l'information que Cynthia détenait. Pourquoi cette rage à l'éliminer?

CHAPITRE IV

Larry Wheat, le chef de station de la CIA à Vienne, avait le visage grave lorsqu'il raccrocha le téléphone.

– Cynthia Jordan vivra, dit-il, mais elle restera pratiquement muette... Son larynx a été complètement broyé. Ils n'avaient jamais vu cela à l'hôpital Maria Hilfe. Elle est encore en état de choc.

– Dites-m'en plus, réclama Malko. Pourquoi avez-vous infiltré cette starlette chez les Nord-Coréens? Et pourquoi ceux-ci veulent-ils la tuer?

L'Américain mit deux morceaux de sucre dans sa tasse de café et dit :

– C'est une longue histoire. Vous avez entendu parler de Kim Il Sung, le leader de la Corée du Nord?

– Bien sûr, dit Malko, il achète des pages dans tous les journaux afin de chanter sa gloire. Quel rapport?

– Il a un fils, Kim Jong Il. Aussi timbré que lui, fou de cinéma. Il fait venir à prix d'or, en Corée du Nord, toutes les starlettes du monde pour leur faire tourner des bouts d'essai, ou simplement les sauter.

– Vous avez voulu obtenir des informations sur lui?

Larry Wheat secoua la tête.

– Non, c'est plus tordu. D'une part, nous avions des

informations des Services japonais et chinois, selon lesquelles les Nord-Coréens s'apprêtaient à commettre des attentats durant les Jeux Olympiques de Séoul, en septembre 1988, c'est-à-dire dans six mois.

– Je croyais que les Soviétiques et les Chinois y participaient, remarqua Malko, ce sont leurs copains.

– Exact, fit l'Américain, aussi nos informations font-elles état d'actions dirigées contre les athlètes américains, *uniquement*... Nous sommes les bêtes noires des Nord-Coréens.

– Et les Sud-Coréens? Que disent-ils?

– Ils ont les mêmes informations, mais affirment que tout est sous contrôle, que pas même une épingle à cheveux ne peut être introduite en Corée clandestinement. Depuis le changement de président, ils sont bizarres. Avant, ils étaient totalement paranoïaques, maintenant ils semblent très cool, presque détachés. C'est la raison pour laquelle nous mettons *nous-mêmes* le paquet sur cette histoire.

– Quel lien entre cette histoire de cinéma et ces projets d'attentats?

– Un homme, dont nous avons appris l'existence par une Suédoise qui s'est évadée de Corée du Nord, à Pan Mun Jom et qui était venue faire du cinéma à Pyongyang, à l'invitation de Kim Jong. D'après elle, il superviserait l'opération « cinéma ». Un certain « Cho ». Or, ce « Cho » n'est autre que He Wang Ki, le numéro 3 du Service Action nord-coréen. En charge de toutes les opérations clandestines, les attentats à l'étranger, les meurtres dont le sabotage des Jeux Olympiques.

– Vous en êtes sûr?

– Oui, par deux sources différentes : les Services chinois qui surveillent Macao de très près et les Japonais qui ont infiltré certains éléments marginaux travaillant avec les Nord-Coréens. Des anciens du Sekigun japonais (1). Ils sont devenus mercenaires et disposent de soutien chez les terroristes iraniens et palestiniens.

– L'opération « cinéma » serait donc une couverture?

L'Américain fixa Malko, plein d'ironie.

– Je vois mal un type comme He Wang Ki perdre son temps à ces conneries de cinéma. En plus, nous avons depuis tout à l'heure un élément nouveau. La femme qui a grièvement blessé Cynthia Jordan. Je viens de l'identifier. Elle se nomme Obok Hui Kang.

– Cette furie aux cheveux multicolores est une championne de taek won do, en tout cas, remarqua Malko.

– Justement, continua Larry Wheat. Avec elle, nous retombons sur les Services Spéciaux nord-coréens. En 1977, ceux-ci ont décidé de former une unité d'élite destinée à accomplir des opérations clandestines, utilisant le taek won do.

« Ils ont recruté à prix d'or un général sud-coréen, Choi, et des champions de taek won do, un peu partout dans le monde, en les achetant ou en les enlevant. Ils ont épuré le taek won do de son côté sportif pour en faire une arme mortelle et l'ont rebaptisé kyeuk-soul.

« Obok Hui Kang a été une des meilleures élèves. Après sa formation, elle a été affectée au 8e Corps de l'Armée Populaire nord-coréenne, en charge des missions spéciales. Elle parle chinois, anglais, russe et japonais et faisait partie du détachement précurseur lors de l'attentat commis à Rangoon en octobre 83, une tentative d'assassinat à l'explosif du président sud-coréen en visite en Birmanie. Elle s'est échappée de justesse. Obok Hui Kang est extrêmement dangereuse et motivée. D'après les Chinois, elle dépend de Kim Jong Il dont elle prend directement les ordres.

– Et ses cheveux?

(1) Armée rouge.

– Une perruque pour le film. Elle y joue un petit rôle.

– Qu'est-elle devenue?

– Le bus a repassé la frontière tchèque sans opposition de la part des autorités autrichiennes qui ne veulent se brouiller avec personne. Elle s'y trouvait sûrement.

« Vous comprenez pourquoi nous avons voulu en savoir plus sur les lubies cinématographiques de Kim Jong Il.

– Je vois, dit Malko. Mais pourquoi Cynthia Jordan?

– C'est une Honorable Correspondante de la Company et même un peu plus. Nous la connaissons depuis longtemps et elle nous a rendu beaucoup de services. Par patriotisme. Aussi, quand nous lui avons demandé si elle accepterait d'aller en Corée du Nord, à l'invitation de Kim Jong Il, elle a tout de suite dit oui.

– Il l'avait invitée?

– Non. Mais nous avons tout fait pour qu'il le fasse. Des interviews bidon disant son amour pour l'Asie, sa fascination pour le Socialisme, la lutte des peuples opprimés, etc. Du bon Jane Fonda...

« Six semaines après, elle était convoquée par Kim Jong Il, ou plutôt un de ses émissaires aux Nations Unies de New York. Pour la forme, elle s'est fait prier, mais il lui a sorti un vrai projet de coproduction avec la Tchécoslovaquie où elle aurait le premier rôle!

« Elle a ensuite signé son contrat et pris l'Aeroflot pour Moscou et Pyongyang. Nous n'avons plus entendu parler d'elle. Du moins pendant un certain temps. Ce qui n'avait rien d'alarmant d'ailleurs. Son job était de découvrir la partie clandestine à laquelle l'opération « cinéma » sert de couverture.

« L'idée était donc de récupérer Cynthia après le tournage, en douceur et de la debriefer. Mais à la suite de l'incident de la semaine dernière à Pan Mun Jom, nous avons pu communiquer avec Cynthia grâce à des agents locaux. Elle nous a fait savoir qu'elle voulait être exfiltrée. Les Nord-Coréens, au lieu de la lâcher après Prague avaient l'intention de la faire repartir en Corée du Nord, sous le prétexte de faire un autre film. C'est pourquoi j'ai décidé de mener l'opération ici, en profitant de l'excursion à Vienne.

– Elle a appris quelque chose?

– Je le crois.

– Elle n'a pas pu vous le communiquer?

– Elle n'a pas encore repris connaissance et ne pouvait rien transmettre quand elle était de l'autre côté. Dès qu'elle ira mieux, nous allons la debriefer.

– Je vous souhaite bonne chance, dit Malko, moi, je retourne à Liezen, j'ai un dîner ce soir.

– Il faudra m'aider à établir un portrait robot d'Obok Hui Kang, réclama l'Américain. Nous ne possédons aucune photo d'elle et vous êtes le seul à l'avoir vue de près.

– J'espère que Cynthia Jordan est sous bonne garde, remarqua Malko. Les Nord-Coréens veulent sa peau.

– Deux de mes meilleurs gardes de sécurité, des Marines, sont devant sa porte, expliqua Larry Wheat.

*
**

Elko Krisantem, au volant de la Rolls, descendait l'avenue Maria Hilfe quand Malko aperçut le panneau bleu et blanc de l'hôpital du même nom. Pris d'une subite inspiration, il lança au Turc :

– Arrêtez-moi dans la cour de l'hôpital.

Si Cynthia Jordan avait repris connaissance, il lui dirait au moins au revoir. Krisantem bifurqua. Le teint livide, il souffrait le martyre avec au moins trois côtes cassées. Ce qui le faisait respirer comme un vieillard cacochyme.

Malko entra dans le hall des admissions et avisa une employée derrière un bureau.

– Miss Cynthia Jordan?

– Quatrième étage. Chambre 412, dit-elle, en se replongeant aussitôt dans la lecture du *Kurier*.

Aucun des ascenseurs n'était là et Malko dut patienter.

*
**

Le sergent Bill Eklund mâchait son chewing-gum à se déchausser les dents, le regard fixé sur la paroi ripolinée du couloir, lorsqu'il entendit une porte s'ouvrir, un peu plus loin. Il en sortit une infirmière en blouse blanche, qui se dirigea vers lui d'un pas assuré. Un déclic se fit aussitôt dans le cerveau du « Marine ». La fille était visiblement asiatique. Donc, suspecte, d'après les instructions de son chef... Il déplia ses cent quatre-vingt-quinze centimètres et fit craquer les jointures de ses poings énormes.

Ne songeant même pas à sortir le Colt automatique qui pendait à son ceinturon.

Il se retourna seulement, lançant vers la chambre :

– Hey, Joe! Viens par ici.

Joe Mac Gregor, le crâne tondu et les épaules de docker, quitta sa chaise pour le couloir. L'infirmière n'était plus qu'à trois mètres.

– Qu'est-ce qui se passe?

Le sergent Bill Eklund tendit le bras vers l'infirmière au visage impassible.

– La « gook », là, je crois bien que c'est ce qu'on recherche. On y va.

Les deux hommes se précipitèrent : deux cents kilos de muscles et de méchanceté. Bill Eklund eut l'impression qu'il allait saisir la fille par le bras quand elle recula brusquement.

Un cri sauvage.

L'infirmière venait de lancer son pied en avant avec une violence inouïe.

Il termina sa trajectoire dans l'entrejambe du sergent, lui faisant éclater les testicules et le scrotum. Le bout de la chaussure était intérieurement renforcé de plomb...

Livide, le sergent Eklund se plia en deux, hurlant de douleur. L'infirmière, avec un *han* de bûcheron, abattit sur sa nuque le tranchant de sa main gauche, lui brisant net les vertèbres cervicales.

Joe Mac Gregor lui emprisonna l'avant-bras droit dans son énorme main gauche, tandis qu'il arrachait son Colt 45 de son holster de la droite. Il n'eut pas le temps de terminer son geste. L'infirmière pivota comme une toupie. Sa main gauche pinça les muscles de l'avant-bras du Marine, lui faisant lâcher prise, et son coude gauche le frappa entre les côtes, avec une violence incroyable, les brisant et faisant éclater l'aorte. Il tituba, la bouche ouverte, tomba à genoux et mourut.

Obok Hui Kang enjamba les deux corps. Les plaques de plomb qui protégeaient ses coudes donnaient à ses coups une force mortelle. Sa respiration n'était même pas accélérée. Elle pénétra dans la chambre de Cynthia Jordan et referma la porte derrière elle.

*
**

Malko aperçut les deux corps étendus dans le couloir en sortant de l'ascenseur. Son pouls monta à cent cinquante. Le pistolet extra-plat était dans la Rolls...

Il traversa le couloir en courant, ouvrit à la volée la porte de la chambre 412. Une infirmière était penchée sur Cynthia Jordan, lui tenant la tête à deux mains. Les jambes de la jeune Américaine s'agitaient avec des mouvements désordonnés.

L'infirmière se retourna et il reçut le choc de deux yeux bridés, froids et féroces. Obok, des deux mains, maintenait la bouche de Cynthia Jordan fermée. Un bandage enserrait son poignet droit. La jeune Américaine eut un dernier sursaut et demeura immobile.

Obok Hui Kang se redressa, face à Malko. Il la vit bander ses muscles. Une bête fauve. Les deux corps des « Marines » disaient assez à quel point elle était dangereuse. A mains nues, il n'avait aucune chance. D'un bond, il recula et le pied de la Nord-Coréenne, lancé en avant pour lui écraser la mâchoire, brisa le montant de la porte, faisant dégringoler le verre dépoli.

Il plongea sur un des corps, arrachant le pistolet à demi sorti du holster.

Obok Hui Kang jaillit de la chambre et fonça vers le bout du couloir. Malko arma le Colt et tira. Sa balle s'enfonça dans le mur. Obok venait de s'aplatir au sol avec une sorte de cabriole et repartait en zigzag. Malko l'ajusta à nouveau.

Au même moment, un médecin, stéthoscope autour du cou, attiré par le coup de feu, surgit d'une chambre et voulut barrer la route à la Nord-Coréenne.

Le pied d'Obok Hui Kang partit comme une balle, l'atteignant à l'aine avec une violence inouïe. Il tomba le long du mur et resta recroquevillé à terre. La Nord-Coréenne atteignait déjà l'escalier de service et disparaissait.

Malko se lança à sa poursuite, Colt au poing, il arriva à son tour au palier. Entraînée comme une acrobate, Obok sautait demi-étage par demi-étage. Ivre de rage, il vida son chargeur au jugé, descendant derrière elle. Mais, lorsqu'il déboucha dans la cour, la tueuse avait disparu.

Il remonta. L'hôpital Maria Hilfe était en ébullition. Un infirmier était penché sur le médecin allongé dans le couloir. En vain. Le coup de pied d'Obok Hui Kang avait déclenché une hémorragie interne massive, en lui faisant éclater le péritoine... Malko courut jusqu'à la chambre de Cynthia Jordan. Là aussi, c'était un spectacle de désolation... La jeune Américaine gisait sur le dos, la bouche crispée, le teint bleuâtre, les yeux révulsés. Un médecin écarta le stéthoscope de sa poitrine.

– Elle est morte? demanda Malko.

– Oui, cyanure. Une dose à tuer un cheval.

Il revit la fausse infirmière penchée sur Cynthia, lui bloquant les mâchoires. Elle lui avait fait ingurgiter de force une capsule de cyanure.

Un sang-froid féroce.

Il se détourna, frustré et fou de rage. Pourquoi avoir tué Cynthia? Pourquoi cet acharnement atroce? Etait-ce une vengeance des Nord-Coréens, furieux de s'être fait manipuler par les Américains? Ou bien Cynthia détenait-elle un secret vital pour Pyongyang?

*
**

Larry Wheat entra dans la chambre, visiblement bouleversé. Il posa un long regard sur Cynthia Jordan, secouant la tête en silence, puis il entraîna Malko dans le couloir.

– Elle savait quelque chose, dit-il. Sinon, ils n'auraient pas pris le risque de venir l'achever ici. Nous devons découvrir quoi.

Malko se sentait affreusement coupable, après cette mission ratée, cet échec sanglant. Pourtant, il ne voyait pas par quel bout reprendre la piste.

– Comment? demanda Malko.

– Je l'ignore encore, fit le chef de station de la CIA, mais je vais trouver.

CHAPITRE V

Malko présidait le dîner donné pour l'anniversaire d'une de ses voisines habitant le Schloss Furstenberg, blonde pulpeuse aux cuisses charnues, aux grands yeux bleus porcelaine qui avait déjà usé trois maris sous elle et goûtait parfois subrepticement à Malko. L'œil vigilant de la comtesse Alexandra ne la quittait d'ailleurs pas. Elko Krisantem, le torse bandé sous sa chemise, vint se pencher à l'oreille de Malko.

– On vous demande de Vienne, *Sie Hoheit*.

Lorsqu'il employait cette formule spéciale, c'était toujours la CIA... Malko s'excusa, adressa un sourire rassurant à Alexandra, et gagna la bibliothèque.

– Malko!

C'était la voix de Larry Wheat. Il n'avait plus revu l'Américain depuis l'enterrement de Cynthia Jordan, une semaine plus tôt.

– Je suis en pleines mondanités, fit Malko. Que puis-je faire pour vous?

Il avait des devoirs envers la CIA qui depuis un quart de siècle lui permettait d'entretenir son château et de vivre selon son rang, même s'il n'avait pas un sou devant lui. Chaque pierre de Liezen valait son pesant de cadavres. Dans cette croisade sans fin, il savait qu'il finirait par perdre, que toutes les balles ne l'éviteraient pas toujours, mais cela faisait partie de sa philosophie...

Chez les Linge, on mourait debout. Le plus tard possible. Et la tête haute.

– Venir à Vienne, dit d'un ton presque enjoué l'Américain.

– C'est important?

– Extrêmement.

Il n'y avait plus aucune trace de plaisanterie dans sa voix.

– Il s'agit de quoi?

– La suite de l'autre jour, dit sobrement Larry Wheat. Je ne veux pas parler au téléphone. J'ai un petit boulot pour vous.

– OK, accepta Malko, résigné. Je serai là demain matin.

– Parfait. N'oubliez pas votre passeport.

Il avait raccroché avant que Malko puisse demander des détails. Il retourna à son dîner, sa joie gâchée. Aussitôt, la jambe de sa belle voisine se rapprocha de la sienne et Alexandra le foudroya du regard, noyant sa jalousie dans une coupe de Dom Perignon.

*
**

– Il y a du nouveau, annonça Larry Wheat, dès que Malko pénétra dans son bureau.

– Vous avez retrouvé Obok?

– Hélas, non. Mais j'ai une possibilité d'avoir des tuyaux sur ce qui se trame contre nous.

– Ici, à Vienne?

L'Américain secoua la tête.

– Non, à Macao.

Malko crut avoir mal entendu.

– A Macao? Et vous m'appelez, moi?

Larry Wheat eut un geste apaisant.

– OK, OK, ce n'est pas si dingue... D'abord, il ne faut pas aller à Macao, mais en Thaïlande...

– Ah bon, fit Malko ironiquement, seulement quinze

heures d'avion au lieu de vingt. Et pourquoi la Thaïlande?

Larry Wheat ne se démonta pas.

– Nous avons un informateur, ou plutôt une informatrice à Macao, très bien introduite chez les Nord-Coréens. Mina. C'est son pseudo. Elle nous a déjà passé des tuyaux précieux, mais il est impossible de la « traiter » sur place, c'est trop dangereux pour elle. En plus, les Services chinois ignorent son existence. Je n'ai pas envie qu'ils nous la retournent. Donc, nous la voyons à l'étranger. Elle m'a fait savoir qu'elle avait une information vitale concernant la Corée et le plan contre les Jeux Olympiques. Je veux que vous la debrifiez...

– Vous n'avez personne de plus près? A Hong-Kong ou à Bangkok...

– Si, bien sûr, mais je tiens à ce que vous preniez l'affaire. Pour une raison simple. Vous êtes le seul à avoir rencontré Obok Hui Kang à deux reprises. Vous pouvez la reconnaître. Aucun de nos agents n'est dans le même cas.

« Je suis certain qu'Obok est mêlée aux projets contre nous. Si Mina vous donne le moyen de la localiser, vous continuez.

– Autrement dit, fit Malko, après la Thaïlande, je vais en Corée... Pour six mois. C'est ça que vous appelez un petit boulot.

– On verra, fit-il évasif. Voyez d'abord Mina. Moi-même, je ne connais ni son vrai nom ni son apparence. Elle est normalement « traitée » par la station de Hong-Kong.

– Et comment vais-je la contacter?

– La station de Bangkok vous a retenu une chambre au *Royal Wing,* le plus bel hôtel de Pattaya. Vous vous y installez et Mina vous contactera. Elle aura le numéro de votre chambre. Surtout ne bougez pas, cela pourrait la mettre en danger de mort. Nous ignorons tout de son environnement. Vous me rendrez compte ensuite par la station de Bangkok. Selon ce que nous aurons appris, nous aviserons.

« Je vous ai retenu une place sur le vol Air France Vienne-Paris et, ensuite, sur le nouveau Paris-Bangkok sans escale d'Air France du vendredi. Vous partez à 18 h 15 et vous êtes à Bangkok le lendemain à 11 h. Même pas douze heures de vol. D'ailleurs je vous ai réservé en Club.

– Pardon?

– Eh oui! dit l'Américain. Depuis que Webster (1) est DCI, personne n'a plus droit au First. Mais vous savez, le club Air France est superbe, il a été réaménagé juste derrière les premières; vous avez un bar et vos propres toilettes.

– Renvoyez donc Webster à Bangkok, dit Malko.

Le chef de station soupira :

– Bon, bon. Je vais me démerder.

– Très bien, dit Malko et s'il m'arrive quelque chose essayez de ne pas me mettre dans un cercueil en bois blanc sous prétexte d'économie.

*
**

Vautrés à la terrasse d'un « beer bar (2) », des Australiens débraillés et rubiconds faisaient sauter sur leurs genoux de minuscules Thais qui leur arrivaient à peine à l'épaule. C'était l'heure où les cinq mille putes de Pattaya, la station balnéaire à cent vingt kilomètres de Bangkok, commençaient à sortir de leurs tanières... Sur des kilomètres, le long d'une maigre plage, s'alignaient les baraques cachant la mer, les bars, les boutiques de souvenirs, de T-shirts, les restaurants. L'Asie grouillante, vénale et pleine de vie.

(1) Ancien directeur du FBI. Actuellement DCI, Directeur of Central Intelligence.

(2) Bar à bière.

Déjà, les premiers néons donnaient un air de fête à ce Luna-Park un peu sordide.

Pattaya...

Malko ferma les yeux, pris de nostalgie. La première fois qu'il y était venu, il n'y avait que deux hôtels et la plage avec de petits restaurants pleins de charme où on dégustait des crabes effroyablement épicés en compagnie de délicieuses Thais qui ne monnayaient pas encore leurs faveurs. Maintenant, cela tenait de Juan-les-Pins, de Miami et du métro aux heures de pointe. Avec quarante degrés à l'ombre...

Son taxi climatisé sortit de la cohue et commença à grimper une colline pour redescendre vers un vaste enclos où se dressait le *Royal Cliff Hotel* et son aile de luxe, le *Royal Wing*. Un boy en blanc se précipita pour prendre sa valise. Le hall était immense, climatisé, au sol de marbre recouvert par un tapis dessiné spécialement par le bureau d'études du décorateur Claude Dalle. A travers les baies, on apercevait la mer et un navire atelier de la soixante-dixième flotte US.

– Suite 311, sir, annonça la réceptionniste. Comme vous l'aviez réclamé. *Enjoy your stay* (1).

L'hôtel descendait en espaliers jusqu'à la piscine, aux formes compliquées, dominant une plage peu engageante. La suite 311 était somptueuse, avec de la soie grège partout et vue sur la piscine. Une télé Samsung trônait en face du lit. Malko regarda en contrebas : tous les matelas étaient occupés. Mina était-elle en train de bronzer?

Après avoir pris une douche, il descendit et s'installa à côté du bar, puis examina les clients de l'hôtel. Il y avait de tout, des Chinois, des Blancs, des Thais, des jolies femmes et d'autres, beaucoup d'Allemandes. Comme le soleil lui carbonisait les épaules, il se réfugia dans un jacuzzi géant où cuisaient déjà une demi-

(1) Profitez bien de votre séjour.

douzaine de vacanciers dont une fille brune superbe en maillot léopard qui dévoilait une poitrine ahurissante pour sa taille. Elle se mit à faire la planche et ses seins pointèrent hors de l'eau comme une sculpture surréaliste. Hélas, elle était blanche. Ce ne pouvait être Mina.

Il attendit jusqu'à six heures et remonta. Au moment où il sortait de sa douche, le téléphone sonna. Il se précipita, fit « allô », et entendit raccrocher.

Premier signe de vie. C'était exaspérant d'attendre ainsi. Pour se détendre, il décida d'aller dîner à Pattaya malgré la foule. C'était plus gai que de rester cloîtré dans sa suite à manger des bananes.

*
**

La nuit s'était écoulée sans le moindre signal. Puis la matinée que Malko avait passée dans la suite, regardant un film sur la télé Samsung et commençant à trouver le temps long. Pendant que les autres s'ébattaient dans l'eau tiède de la piscine, lui restait assis près du téléphone à relire pour la vingtième fois « Kaputt » de Curzio Malaparte.

Il se résigna à aller déjeuner d'un sandwich et faire un coup de jacuzzi. La chaleur était intenable. Après une Tom yam koum, soupe thai dont les épices étaient capables d'anéantir les amibes les plus coriaces, il apaisa son gosier en feu avec un thé glacé très sucré et remonta dans sa chambre. Perplexe. Il s'était à moitié assoupi, enroulé dans un peignoir éponge, quand un coup fut frappé à sa porte. Il bondit de son lit.

– Entrez.

Ce n'était que le garçon d'étage. Il se recoucha. Un quart d'heure plus tard, nouveau coup... Excédé d'avance, il alla ouvrir. Des flots d'adrénaline se déversèrent instantanément dans ses artères. Une Chinoise ravissante se tenait dans l'embrasure de la porte, l'air timide, drapée dans un paréo qui découvrait de longues cuisses brunes et moulait une petite poitrine courageuse. Ses cheveux noirs étaient réunis en un chignon harmonieux et compliqué, troué de grandes épingles d'ivoire, mettant en valeur un visage délicat, avec d'immenses yeux étirés, un nez à peine retroussé et une large bouche charnue. Sûrement une métisse.

– Je cherche Jim Thomson, dit-elle d'une voix imperceptible.

C'était le mot de passe.

– Il est parti pour Hong-Kong, répondit Malko.

Mina entra et traversa le living, gagnant la fenêtre puis écartant le rideau pour inspecter la piscine. Malko la suivit.

– Qu'est-ce que vous regardez?

Elle se retourna.

– Mon mari. C'est l'heure où il fait sa sieste, au bord de la piscine. Je lui ai dit que je remontais dans la chambre. Mais je dois faire attention.

Elle tira de son paréo un morceau de papier qu'elle tendit à Malko.

– Voilà l'information que je devais vous donner.

Il lut en lettres capitales quatre mots et deux chiffres : 45 Sogyo Dong, Mapo-gu.

– Qu'est-ce que cela signifie? demanda-t-il.

– C'est l'adresse secrète du réseau logistique nord-coréen à Séoul, dit-elle. J'ai eu beaucoup de mal à l'obtenir. Personne ne la possède, ni les Services chinois, ni les Japonais.

– Mais vous n'avez rien de plus? demanda Malko. Pas de nom, d'étage?

Mina eut un sourire d'excuse.

– Non. C'était trop dangereux. C'est vrai, c'est incomplet, j'ignore même si c'est une maison ou un immeuble. Mais en surveillant cet endroit, vous finirez par découvrir quelque chose. Je ne pouvais pas faire mieux.

– Il y a longtemps que ce réseau existe?

– Je ne crois pas. Mais ils ont l'intention de l'utiliser pour les Jeux Olympiques. C'est une infrastructure complètement neuve.

Elle rabattit le rideau et fit un pas vers lui. Ils se touchaient presque. Le regard sombre de la jeune femme était impénétrable. Il voyait les pointes de ses petits seins se dessiner à travers le tissu léger du paréo. Mina était ravissante, avec sa taille fine et ses longues jambes.

– Que faites-vous à Macao? demanda-t-il.

Il n'avait pas envie qu'elle s'en aille tout de suite. Même si elle n'avait plus rien à dire. Mina esquissa un sourire.

– Pas grand-chose. C'est tout petit, vous savez.

– Vous n'avez jamais travaillé?

– Si, fit-elle, dans un casino. Comme croupière à une table de jeu. C'était amusant.

Il y avait une nuance de regret dans sa voix.

– Vous restez longtemps à Pattaya? interrogea Malko.

– Quelques jours, dit-elle, mais il ne faut pas chercher à me revoir, ce serait très dangereux. Mon mari travaille avec les Nord-Coréens. Il est très méfiant. Quand il arrive à l'hôtel, il donne de l'argent pour qu'on lui dise si j'ai des contacts avec des gens...

Charmant.

Malko avait furieusement envie de cette fragile poupée. Elle dut le sentir car elle se dirigea vers la porte de la suite.

– Au revoir, fit-elle, j'espère que cela vous sera utile.

Elle ouvrit et il la suivit. La suite donnait sur une sorte de coursive assez sinistre. Malko voulut s'avancer et se heurta presque à Mina qui venait de faire demi-tour, l'air effrayé. Il aperçut alors, un peu plus loin, un garçon d'étage qui les observait.

Sans le moindre préambule, Mina se jeta soudain dans les bras de Malko. Il sentit sa bouche tiède s'écraser sur la sienne et son corps se presser contre le sien dans un baiser passionné. Fou de bonheur, Malko l'attira aussitôt à l'intérieur, refermant la porte d'un coup de pied. Il la soulevait déjà pour l'entraîner sur le lit, lorsqu'elle se dégagea.

– Laissez-moi! Laissez-moi! souffla-t-elle. C'était à cause du garçon d'étage. S'il croit que je trompe mon mari, il ne dira rien. Vous lui donnerez cent dollars...

Il la tenait encore par la taille et elle luttait pour s'éloigner. Dans la bagarre, le paréo glissa, révélant un superbe maillot une pièce en fausse panthère.

Le pouls de Malko grimpa à des hauteurs inégalées.

– Vous êtes sublime, fit-il.

Ses mains couraient sur elle, caressant la courbe de la taille puis des fesses très cambrées en dépit des hanches de garçon. Il remonta, effleurant les pointes des seins. Le regard de Mina s'était assombri.

– Laissez-moi, supplia-t-elle d'une voix plaintive. Laissez-moi.

Il n'en était plus question. Sournoisement, Malko l'entraînait vers le lit. Il enfouit sa bouche dans la chair tiède de son cou et la sentit mollir. Ses mains l'exploraient, la secouant de délicieux frissons. Quand il frôla le haut de ses cuisses, elle rua et lui échappa, cherchant à ramasser son paréo. Il la rattrapa.

Ils se retrouvèrent emmêlés sur le lit. Malko se dépouilla de son peignoir éponge en un clin d'œil, ne gardant que son maillot déformé par une triomphante érection. Dans la lutte, le chignon de Mina commença à être malmené. Elle gémit.

– Arrêtez! Je ne pourrai pas me recoiffer. Je vous en prie.

Il y avait un tel désespoir dans sa voix que Malko la lâcha. Elle se rua aussitôt devant la glace... Les pommettes rouges, le souffle court. Malko la rejoignit, et plus doucement, cette fois, se colla à son dos, appuyant son sexe raide contre la cambrure des fesses, emprisonnant les seins. Pendant quelques secondes, le miracle s'accomplit. Il sentit Mina s'amollir, ses fesses frémir contre lui et sa respiration s'accélérer. Mais elle se reprit très vite.

– Laissez-moi partir maintenant, dit-elle. J'ai peur. Mon mari va se réveiller.

Au lieu de répondre, il glissa ses doigts le long du maillot, en haut de la cuisse, puis sous le tissu et emprisonna brusquement la chair moite. Mina était dans le même état que lui... Il remarqua avec douceur :

– Vous aussi, vous en avez envie...

– Je ne peux pas, protesta-t-elle, j'essaierai de revenir.

Pieux mensonge.

Il eut soudain une idée. La prenant par la main, il l'entraîna devant une des fenêtres. A travers le voilage qui les protégeait, ils apercevaient les gens en bas autour de la piscine.

– Surveillez-le d'ici, dit-il. Vous le voyez?

– Oui.

– Il dort?

Il entendit à peine le « oui ». Elle ne se débattait plus. Il recommença à la caresser à travers son maillot. Les seins d'abord, jusqu'à ce que les pointes en soient dures comme du granit. Mina demeurait silencieuse, figée mais consentante.

Malko dégagea son sexe raide à lui faire mal, libérant son maillot qui tomba à terre. Quand Mina sentit le membre brûlant contre elle, un long frémissement parcourut tout son corps. Elle paraissait résignée maintenant. Sa main gauche se glissa entre leurs deux corps et l'enserra. Malko était dans un tel état que ce simple contact faillit le faire exploser instantanément.

Il écarta le lastex du maillot, découvrant la vallée entre les fesses rondes et le sexe à peine ombré de noir.

Il se baissa légèrement et entra en contact avec Mina. Celle-ci eut un brusque sursaut qui eut pour effet de faire pénétrer Malko de quelques centimètres dans le sexe humide. Il n'eut plus qu'à donner un léger coup de reins pour s'y engloutir jusqu'au fond.

Mina gémit, ses mains s'accrochèrent au rideau, elle se pencha en avant, se cambrant pour mieux l'accueillir.

Malko en avait le tournis, tant la sensation était exquise... Il prit la jeune Chinoise aux hanches pour l'attirer encore plus contre lui et commença à la besogner lentement. Le frottement du maillot rendait leur accouplement encore plus excitant. Il sortait presque entièrement, puis se renfonçait, la soulevant sur la pointe des pieds. Mina ronronnait. Sa main droite quitta le rideau et descendit entre ses jambes, s'activant sur elle.

Ce qui excita encore plus Malko.

Bientôt, il se répandit en elle avec un grondement sourd de bonheur, au moment où elle parvenait au plaisir.

Ils restèrent dans la même position quelques instants.

Il mourait d'envie de l'emmener sur le lit et de lui faire l'amour tout l'après-midi. C'est Mina qui se retourna, le dégageant doucement. Ses grands yeux étaient soulignés de bistre. Il réalisa qu'ils n'avaient même pas échangé un baiser.

– Il faut que j'y aille, dit-elle de sa voix douce.

Il la laissa partir. Elle ramassa son paréo, le noua et se dirigea vers la porte. Avant de la refermer, elle lui adressa un sourire et dit à voix basse :

– N'oubliez pas les cent dollars.

Ce furent ses derniers mots. Malko attendit quelques instants, puis retourna à la fenêtre. Il vit Mina surgir de l'ascenseur extérieur et regagner un des ponts enjambant la piscine. Elle posa son paréo et se laissa glisser dans l'eau.

Malko remit son peignoir, prit de l'argent et sortit dans le couloir. Le garçon d'étage n'avait guère bougé. Il alla vers lui et lui fourra dans la main une poignée de baths (1) en mettant un doigt devant sa bouche. L'autre empocha l'argent et sourit. Mina était protégée. Malko descendit ensuite à la piscine, encore troublé. Pas seulement par l'information qu'il avait reçue. Il aurait aimé rester plus longtemps à Pattaya.

Avec Mina.

Il se mit lui aussi à nager, suivant les méandres de la piscine. Jusqu'à ce qu'il repère Mina, allongée sur un matelas, le regard dissimulé derrière des lunettes noires. A côté d'un poussah graisseux, difforme, plongé dans un journal chinois.

Malko se dit que le monde était décidément mal fait, et alla se réfugier dans le jacuzzi.

Il n'avait plus qu'à communiquer son information par télex à Vienne et à reprendre le premier vol Air France pour Paris. Avec au moins un bon souvenir de Pattaya : Mina, qu'il ne reverrait vraisemblablement jamais.

*
**

En pénétrant dans le bureau du chef de station de la CIA à Bangkok, Malko eut la sensation de passer d'un sauna à une douche glacée. Dehors, c'était l'horreur, avec 45° à l'ombre et 150° d'humidité. Jack Early lui tendit la main chaleureusement.

– J'ai des nouvelles pour vous. Vous ne rentrez plus en Europe.

Malko le fixa, abasourdi. Il sortait du bureau d'Air France, dans Patpong Road, où il avait retenu sa place sur le vol du soir vers Paris. Hélas, pas le Paris direct du samedi. Ils bénéficieraient quand même des sièges

(1) Monnaie thaïlandaise.

couchettes et de la spacieuse cabine des Premières d'Air France, avec seize passagers en tout.

– Vous filez sur Séoul, continua Jack Early. Instruction de Langley. Tenez.

Il lui tendit un télex tout juste déchiffré surmonté de la mention *Secret. COS only* (1), avec copie à Michael Kotter, chef de station à Séoul. Le texte était court :

« Malko Linge est attendu à Séoul demain matin. Contacter immédiatement COS-Séoul. *Regards* ».

– Mais c'est dingue, s'insurgea Malko. Qu'est-ce que vous voulez que j'aille faire là-bas?

– Moi, rien, fit placidement Jack Early. Eux ont des idées. J'ai parlé à Larry au téléphone protégé. Langley souhaite que vous exploitiez vous-même l'information de Mina.

– Et les Sud-Coréens?

– Langley ne veut pas qu'on leur en parle.. Pour le moment. Mais ce n'est pas tout. Ils désirent également que vous debriefiez cette Suédoise, Anita Kalmar.

– Ça n'a pas déjà été fait?

– Non, jusqu'ici les gens de la KCIA ne voulaient pas. Mais je crois que la vraie raison, d'après Larry, c'est qu'ils sont persuadés que la tueuse de Vienne, Obok Hui Kang, va se pointer là-bas. Or, vous êtes le seul à pouvoir l'identifier avec certitude.

– Mais on est encore à six mois des Jeux Olympiques, protesta Malko.

Jack Early le regarda avec un sourire franchement ironique.

– Ça va vous donner le temps d'apprendre le coréen. Moi, bête et discipliné, je vous ai booké sur le vol de ce soir sur Séoul et je vous ai retenu une chambre à l'hôtel *Shilla*. Je ne vous dis pas que je vous envie : en cette saison, on pèle de froid, à Séoul.

(1) Secret. Chef de station seulement.

CHAPITRE VI

Un immense panneau lumineux clignotait en face du City Hall (1) de Séoul, affichant trois chiffres : 173. Malko se pencha vers son chauffeur de taxi qui parlait vaguement anglais.

– Qu'est-ce que cela veut dire?

Le Coréen se retourna avec un sourire plein de fierté.

– *Olympic Games, sir. In 173 days.*

Ravi, il se lança dans le labyrinthe de la grande place, pied au plancher. Un autobus les frôla, avec un mugissement de buffle. Les Coréens conduisaient comme ils travaillaient : comme des brutes. Cinq minutes plus tard, ils s'engouffraient dans le Kumhwa tunnel, un des innombrables tunnels qui transformaient les collines de Séoul en gruyère. Etrange ville où les gratte-ciel du centre-ville évoquaient l'Amérique, les hideuses autoroutes urbaines en surélévation, Tokyo et les paquets de petites maisons aux tuiles multicolores, l'Asie traditionnelle.

Il y avait autant de collines qu'à Rome, certaines recouvertes d'une végétation maigrelette, d'autres de maisonnettes minuscules. Mais Jack Early s'était

(1) La mairie.

trompé : un soleil radieux baignait la ville et il faisait tout juste frais.

Le chauffeur se retourna, désignant une plaque du doigt :

– Sogyo Dong!

Une avenue animée bordée de centaines de boutiques, dans l'ouest de Séoul. Le quartier de Mapo-gu s'étendait jusqu'à la Han River, et ne présentait aucun intérêt particulier. Le taxi stoppa cent mètres plus loin et le chauffeur rendit à Malko le bout de papier où était marquée l'adresse donnée par Mina à Pattaya.

Malko se retrouva sur le trottoir, en face d'une boutique d'animaux qui exposait une douzaine de caniches en vitrine. Le 45 Sogyo Dong était un immeuble vétuste de trois étages, avec quatre boutiques au rez-de-chaussée. Il pénétra dans le couloir qui s'ouvrait devant lui, et qui sentait l'ail, comme toute la ville. D'ailleurs, les Japonais avaient surnommé Séoul « Garlic City ». Derrière, il y avait une cour desservant un second corps de bâtiment, puis un second couloir et encore un immeuble. Des boîtes aux lettres en coréen, donc strictement incompréhensibles... Tendu, Malko regarda autour de lui.

Comme si Obok allait surgir...

Son pistolet extra-plat, acheminé par la valise diplomatique, n'était pas encore arrivé. Des gosses passèrent devant lui, puis une femme avec un panier de provisions, toute petite. Il était arrivé au bout de son voyage.

Comment utiliser son information? Sans parler coréen, c'était strictement impossible. En le parlant, c'était déjà pas évident... Le tuyau de Mina était inexploitable. Dépité, il tourna les talons, regagnant l'avenue. Faire vingt mille kilomètres pour ça... Un des caniches était attaché à un réverbère, pour attirer le client et fit le beau devant lui. Malko s'éloigna, traversa, puis examina de nouveau le 45.

Cherchant désespérément une idée. Même si Obok vivait là, elle le repérerait facilement la première dans ce quartier où on ne voyait pratiquement pas d'étrangers. Et rien ne confirmait sa présence à Séoul où elle était en danger de mort, six mois avant les Jeux. A part les fantasmes des gens de la CIA.

Le simple bon sens réclamait qu'on donne l'information aux Coréens pour qu'ils l'exploitent avec des méthodes classiques.

Dégoûté, Malko se mit à la recherche d'un taxi. Dix minutes après, il était toujours là... Il se mit à marcher. La fatigue commençait à lui tomber sur les épaules. Il avait du mal à encaisser son décalage horaire. La seconde partie Bangkok-Séoul après l'intermède à Pattaya avait été infiniment plus spartiate que sur Air France, et pourtant les premières classes encaissent le même prix sur toutes les compagnies; seulement sur certaines on n'en avait plus pour son argent... De Bangkok à Séoul, Malko avait rêvé de champagne, de caviar et de sièges couchette d'Air France.

Un taxi s'arrêta enfin, vide. Le chauffeur en gants blancs.

– *American embassy*, dit Malko.

Le Coréen secoua la tête avec un sourire. Incompréhensif.

Résigné, Malko se laissa tomber dans le taxi.

– Hôtel *Shilla*.

Ça, il connaissait. Le *Shilla* élevait ses vingt étages de briques rouges sur une butte en face de Namsan, l'énorme colline dominée par la tour de la télévision, le point le plus élevé de Séoul.

*
**

L'ambassade US était le bâtiment jumeau du ministère de la Culture et de l'Information, dans la grande avenue Sejongno menant au Musée national. Des chevaux de frise, des murs de protection en béton et la forêt d'antennes sur son toit plat, la différenciaient du building voisin. Malko se fit connaître au Marine de garde et on l'accompagna au quatrième où se trouvait le chef de station de la CIA, Michael Kotter, sous couverture diplomatique de Second Secrétaire. L'Américain, un brun avec de grosses lunettes d'écaille, corpulent et jovial, l'air d'un marchand de voitures d'occasion, l'accueillit chaleureusement.

– Alors, fit-il, qu'avez-vous trouvé à Mapo-gu?

– Rien, fit Malko, fourbu.

L'autre écouta son récit, jouant avec un trombone, avant de soupirer.

– Pourtant, cette source est sûre, à Macao...

– Il faudrait parler coréen, dit Malko. Pourquoi ne passez-vous pas l'information à la KCIA? Après tout, c'est leur pays.

– Mais ce sont nos athlètes, corrigea l'Américain. Langley, pour l'instant, désire que l'on agisse en douceur. Il sera toujours temps de leur refiler le tuyau. Nos homologues ont des méthodes qui ne donnent pas toujours de bons résultats. Ils sont capables de rafler tous les habitants du 45 pour les emmener au Bingo Hotel.

– Qu'est-ce que c'est?

– Le plus grand centre de torture de la KCIA en ville, dans le quartier de Bingo. On arrache un peu les ongles, les couilles, les yeux, tout ce qui dépasse. Ensuite, les types avouent n'importe quoi. Le résultat, c'est que les Nord-Coréens remonteront leur opération ailleurs et qu'on n'en saura pas plus.

– A moins de m'installer devant la porte jour et nuit, remarqua Malko, je suis impuissant.

Michael Kotter lui adressa un sourire encourageant.

– On va réfléchir, télexer à Langley. En attendant,

vous avez un autre job. Le debriefing de cette Suédoise, l'évadée de Pan Mun Jom.

– Ça n'a pas été encore fait?

– Pas par nous. Cela ne nous concernait pas au premier degré. Ils nous ont fourni la version anglaise de son récit que je vais vous remettre.

– Et c'est intéressant?

Michael Kotter ricana.

– Bien sûr, ils nous disent tout sauf l'essentiel... Après ce qui s'est passé à Vienne, il y a des questions à poser à cette Suédoise. Après tout, elle a été embarquée dans la même galère.

– Elle reste à Séoul?

– Pour le moment. Elle est devenue une héroïne nationale en Corée du Sud. Elle n'arrête pas de faire des défilés de mannequins. Regardez.

Il lui tendit plusieurs photos prises lors de présentations de mode. Malko en eut le souffle coupé : Anita Kalmar était tout simplement splendide. Des jambes qui n'en finissaient pas, un faux air d'Anita Ekberg avec une bouche immense et des yeux bleus un peu étirés sur les pommettes. Elle semblait avoir du mal à faire entrer sa poitrine dans ses vêtements. A côté d'elle, les Coréennes avaient l'air de naines. Quant aux hommes, la fameuse impassibilité orientale craquait. A leur regard, on imaginait qu'ils n'avaient tous qu'une idée : la mettre dans leur lit... Malko reposa les photos.

– Elle a un homme dans sa vie ici?

Michael Kotter eut une moue dubitative.

– Pas que je sache. Elle semble plus attirée par les femmes que par les hommes. On murmure quelques histoires pas tristes. On l'aurait surprise dans une cabine d'essayage en train de faire du gringue à une copine.

– Elle reste jusqu'à quand?

– Le directeur du *Korea Herald,* le plus important journal en langue anglaise de Séoul, lui a offert un pont d'or pour qu'elle lui serve de reporter pour les Jeux Olympiques. En attendant, sa boîte l'a installée dans une suite de l'hôtel *Chosun* et la couvre d'or. Superbe opération de relations publiques. Il n'y a pas un journaliste de passage en Corée qui peut y échapper. Elle leur fait un numéro pas possible de sexy. Racontant son évasion et son séjour en Corée du Nord, avec des détails horrifiques.

– En tout cas, cela ne sera pas désagréable, remarqua Malko, suivant du regard l'ombre entre les longues cuisses.

– Avant de la rencontrer, il y a une petite formalité, avertit le chef de station. Demander l'autorisation aux Coréens. Les gens de la KCIA sont très susceptibles. Cela tombe bien, le responsable du « traitement » et de la surveillance des étrangers est un copain : le général Ching Yong Kim. Un ancien du bataillon « Cheval Blanc (1) » au Vietnam. C'est là qu'il a noué des liens avec la Company. Il est le seul à me lâcher des trucs de temps en temps. Les Coréens sont des maniaques du secret. Quand ils vous ont appris que Séoul était la capitale de la Corée, ils ont déjà l'impression de vous avoir fait une grande révélation...

– Quel est son lien avec Anita Kalmar?

– C'est lui qui s'occupe du dossier maintenant.

– Vous lui avez parlé des menaces d'attentat sur les athlètes US?

Michael Kotter allait répondre quand un brouhaha de cris et de slogans leur parvint. Ils allèrent à la fenêtre. Il y avait un énorme « sit-in » en face du ministère des Finances, de l'autre côté de l'avenue. Le front ceint d'un bandeau blanc, des centaines d'étudiants clamaient « TOKCHAE TADO (2) » dans les haut-parleurs et dans l'indifférence générale... Jadis, on

(1) Corps expéditionnaire sud-coréen.
(2) Mort à la dictature.

les aurait dispersés à coup de gaz lacrymogène. Mais les Jeux Olympiques approchaient. Pas de vague. Presque à chaque carrefour important, des panneaux lumineux semblables à celui en face du City Hall affichaient le nombre de jours qui restaient avant l'ouverture des Jeux.

La Corée ne pensait plus qu'à cela... Michael Kotter et Malko revinrent s'asseoir.

– Il ne croit pas à des attentats, fit l'Américain, mais à une attaque frontale sur le 38e parallèle. Ce qui est totalement impossible. Mais les Sud-Coréens sont paranos.

« Nos homologues n'arrêtent pas de nous bassiner avec les menaces nord-coréennes. Ils nous font mettre nos troupes en état d'alerte dès qu'un général nord-coréen éternue. Il n'y a jamais rien de concret... Ou des broutilles.

– Vous lui avez parlé de Mina?

– Surtout pas.

– Vous croyez aux informations chinoises et japonaises?

– Elles sont crédibles. J'ai rencontré Hwong, le patron de la Sécurité des Jeux. Il a 120 000 types sous ses ordres et il paraît serein. Si cette pauvre Cynthia Jordan n'avait pas été tuée, on en saurait plus.

– Et le tuyau de Mina?

– Il signifie seulement qu'il y a des réseaux nord-coréens en ville. Ce n'est pas vraiment étonnant. En monitorant les communications radios clandestines, nous avons acquis la certitude que des dizaines d'agents du Nord se baladent ici. Distribuant des tracts, donnant des informations militaires, essayant de retourner les étudiants, d'attiser le mécontentement. L'ancien gouvernement était très impopulaire...

« D'ailleurs, nos homologues en arrêtent régulièrement et ils disparaissent. On dit ici que la KCIA possède à Bingo une grande cuve d'acide où ils se dissolvent à tout jamais. C'est pour cela qu'il n'y a jamais de procès... Ou bien, on exhibe un défecteur bien propre de temps à autre, mais c'est sujet à caution. Les vrais durs ne se retournent pas. Ils crèvent dans les tortures... Les Coréens ne sont pas des tendres. Ni au Nord, ni au Sud. A Kwungju, en 1980, les forces de l'ordre ont tué deux mille personnes qui manifestaient contre le régime.

Il consulta son agenda.

– Bon, vous avez rendez-vous avec le général à midi précise à votre hôtel.

– Ching Yong Kim...

L'Américain sourit.

– Oubliez le Kim... Le tiers des Coréens s'appellent Kim. L'autre tiers, Park et les autres Lee... Il faut penser aux prénoms et avoir une bonne mémoire visuelle...

– Pratique...

– Moi, j'ai des photos et des numéros pour mes homologues. Mais ils m'ont dit que nous étions tous semblables à leurs yeux... A propos, soyez exact : tous les Coréens ont avalé une pendule. Si vous êtes en retard de trois minutes, ils commencent à glapir dans tous les coins...

– Notre général, fit Malko, qu'est-il censé savoir à mon sujet?

– Je lui ai dit que vous étiez ici pour la Company afin d'étudier la sécurité de nos athlètes. Sans mission précise. Bien entendu, il n'en croit pas un mot. Donc, il va chercher à vous sortir les vers du nez.

– Il est au courant pour Cynthia Jordan?

– Non.

Ça allait être un dialogue de sourds.

– Et sur Anita Kalmar, il y a quelque chose à en tirer?

Michael Kotter fit la moue.

– Je crois qu'elle est en dehors de tout cela. Dans

l'opération « cinéma » des Nord-Coréens, il y a forcément un peu de vrai. Anita Kalmar devait en faire partie. Son évasion le prouve. J'ai l'impression que Kim Jong Il s'était fait plaisir avec elle et qu'il voulait seulement la sauter. On peut être nord-coréen et avoir du sentiment.

Si la photo de la Suédoise reflétait la réalité...

Malko se retrouva dans Sejongno. Les étudiants manifestaient toujours, les taxis fonçaient comme au Paris-Dakar, forçant les piétons à une prudence de Sioux. Il dut attendre dix minutes avant d'en trouver un. Ensuite il se traîna dans la circulation du centre tournant autour d'un incroyable building tout en marbre rouge, le siège de la société Samsung.

***

Le général Ching Yong Kim était déjà là et quasi-ivre-mort lorsque Malko arriva au quinzième étage du *Shilla* où se trouvait une sorte de salon-bar tenu par une hôtesse. Un petit Asiatique rondouillard en complet bleu et au visage plissé. Averti par l'hôtesse, il posa son Johnny Walker et serra chaleureusement la main de Malko. Ses yeux disparaissaient dans les plis de ses paupières dès qu'il riait et il avait l'air de préférer la fourchette à la tenaille à arracher les ongles.

– *Oso oseyo! Oso oseyo!* (1) J'ai commencé à boire sans vous attendre, cher ami, n'est-ce pas, lança-t-il. A cette heure-ci, on ne peut rien faire d'autre... n'est-ce pas?

Il éclata d'un rire joyeux et commanda un autre Johnny Walker Carte noire.

– C'est la première fois que vous venez en Corée, n'est-ce pas? continua-t-il d'une voix légèrement pâteuse.

(1) Bienvenue, bienvenue!

– Absolument, dit Malko.

– Vous arrivez au bon moment, n'est-ce pas... Le nouveau gouvernement est très populaire, et il fait beau, n'est-ce pas...

Son « n'est-ce pas » revenait comme un leitmotiv. Il but son whisky d'un coup et entraîna Malko :

– Je vous emmène dans un excellent restaurant coréen, annonça-t-il, mais ici, nous déjeunons très tôt, n'est-ce pas...?

Il était midi cinq...

En sortant du *Shilla,* le général Kim glapit un ordre au voiturier qui le répercuta dans un haut-parleur. Trente secondes plus tard surgit une Daewoo noire hérissée d'antennes comme un insecte. Le chauffeur semblait sortir d'un film de Bruce Lee. De longs cheveux noirs raides, plus large que haut, un sourire à la Charlie Chan, obséquieux à souhait.

– Ibul est avec moi depuis le Vietnam, expliqua le général, en se laissant tomber sur les coussins. C'est un garçon de confiance. Il a appris le japonais et l'anglais. Hé, Ibul, *you speak english?*

– *Yes,* Général, fit Ibul.

– Dis-nous quelque chose.

– *Yes,* Général, fit Ibul, se retournant avec un sourire ravi.

On avait fait le tour de ses connaissances linguistiques. Mais avec lui, on pouvait aller se promener la nuit en paix. Dommage que Chris Jones ne soit pas là, ils auraient sûrement sympathisé...

– Nous allons au *Dae Won,* annonça le général, c'est de la très bonne nourriture coréenne, n'est-ce pas? Et nous serons tranquilles.

*
**

En fait d'être tranquilles, ils étaient asphyxiés... La grande salle du *Dae Won* était animée comme un hall de gare; une odeur de graillon, d'ail et de choux aigre flattait agréablement les narines et une fumée épaisse flottait dans la salle, émise par les dizaines de barbecues installés sur chaque table. Epanoui, le général Kim piquait avec ses baguettes une quantité invraisemblable de bouts de viande, alternant avec la gâterie coréenne, le *kimshi,* du chou chinois macéré dans de l'ail, du piment et du poivre. Le *Pulgogi,* le plat national coréen. Le général Kim était passé sans effort du Johnny Walker au soju, le poison local.

– Vous aimez? demanda-t-il à Malko.

– J'adore, fit ce dernier noyant de bière l'effroyable piment. Vous savez pourquoi je suis ici? dit-il entre deux morceaux de chou. Avez-vous des indices inquiétants sur une préparation d'attentat contre les athlètes américains?

Le général Kim avala un grand verre de soju avant d'éclater de son rire habituel.

– Les Nord-Coréens essaient toujours de commettre des attentats, récita-t-il. Ils n'ont jamais avalé la défaite de 1953 et ils sont fous furieux que nous ayons obtenu d'organiser les Jeux Olympiques. Ils ont des réseaux ici, je le sais. Jusqu'ici, ils n'étaient pas dangereux parce que nous étions très vigilants. Maintenant...

Il laissa sa phrase en suspens. Malko buvait ses paroles.

– Que voulez-vous dire? Vous ne vous préoccupez pas des Nord-Coréens?

De nouveau le général Kim émit son rire tonitruant.

– Si, si, bien sûr. Mais les gens sont un peu découragés, chez nous, n'est-ce pas...

– Pourquoi?

– On dirait que notre nouveau gouvernement a un peu honte de la KCIA. Ils ont même changé notre nom. Maintenant, nous nous appelons Agency for National Security Planing.

Il se pencha vers Malko, hilare.

– Ceux qui savent nous appellent toujours les gens de Namsan...

C'est sur la colline de Namsan que se dressaient les bâtiments de la CIA coréenne.

– Qui est responsable de cet état de fait?

Le général Kim eut une grimace méprisante.

– Roh Tae Woo, le nouveau président, il a peur du peuple. De l'opinion. Il nous renie. Il a trahi son meilleur ami.

– Le président Chun?

– Bien sûr. Il a fait mettre son frère en prison. Et maintenant, il faut des ordres écrits pour commencer une enquête. J'ai donné ma démission. Ils l'ont refusée pour six mois. Après les Jeux...

Il se tut brusquement, réclama des cafés, du sucre et du cognac. Il avala un verre de Gaston de Lagrange avec une coupable rapidité puis alluma sa pipe.

Malko était perplexe. Voilà un élément qu'il ignorait. Mais les Coréens n'étaient quand même pas suicidaires...

Le général Kim titubait légèrement et son chauffeur se précipita. L'officier de la KCIA adressa un clin d'œil à Malko.

– Je vais aller prendre un sauna au *Riverside Hotel.* Je crois que j'ai un peu trop bu.

Les Coréens étaient des buveurs sportifs...

A peine dans la Daewoo, le général Kim se tourna vers Malko.

– A propos, j'ai arrangé un rendez-vous avec Miss Anita Kalmar. A huit heures, au restaurant chinois de l'hôtel *Lotte.*

– Que pensez-vous d'elle?

Kim tira sur sa pipe.

– C'est une personne très courageuse! Elle a ridiculisé les Nord-Coréens.

Un peu court, quand même...

– Vous n'avez rien appris sur les Services de là-bas...

Encore un rire tonitruant.

– Nous savons déjà tellement de choses, fit-il. Chez nous, il y a des centaines d'officiers et de hauts fonctionnaires qui s'occupent de la Corée du Nord. Miss Kalmar est une victime, comme beaucoup d'autres. Ici, elle a découvert une autre Corée, n'est-ce pas? Vous verrez comme elle y est heureuse.

Autant demander à un dévot des nouvelles de Jeanne d'Arc. Ils étaient arrivés au *Shilla*. Le général donna sa carte à Malko.

– Téléphonez-moi si vous avez besoin de quelque chose.

Malko entra dans le grand hall un peu triste, perplexe. Le général Kim ne lui avait strictement rien appris. Si le *Kimshi* ne rongeait pas totalement son estomac, il aurait le temps d'étudier le dossier d'Anita Kalmar avant de la rencontrer.

Il éprouvait une sensation un peu irréelle. Depuis le début de cette affaire, les gens apparaissaient et disparaissaient comme dans un théâtre d'ombres, sans qu'on puisse les relier entre eux. Impalpables, incernables, ou définitivement muets.

Cynthia Jordan, Obok Hui Kang, Mina, le général Kim, et maintenant Anita Kalmar. Les pièces d'un puzzle qui ne collaient pas les unes avec les autres. Et pourtant, son sixième sens lui criait que tout cela avait un sens. Celui d'un danger mortel.

CHAPITRE VII

Michael Kotter écoutait le récit de Malko en dissimulant visiblement une forte envie de rire.

– Le général Kim est un vieux filou, dit-il. C'est vrai que le nouveau président Roh Tae Woo se méfie de la KCIA et qu'il essaie de donner une image libérale de son gouvernement. Les gens de Namsan avaient vraiment très mauvaise réputation, ici. Avec quelques raisons. Maintenant, il leur faut une autorisation écrite avant d'arracher un ongle...

– Il n'a pas l'air de croire aux menaces d'attentats...

Nouveau sourire du chef de station de la CIA.

– Cela fait des années qu'ils se donnent un mal fou pour nous convaincre que les Nord-Coréens leur font des tas de misères. En réalité, ceux-ci ont peu d'activités, à cause justement du quadrillage de la KCIA, qui est une sorte de KGB surveillant étroitement la population. Ici, le mot « communiste » est un mot obscène...

« Seulement les gens du Nord vont mettre le paquet. Le coup des Jeux Olympiques les a plongés dans un délire vengeur. Comme ce sont des fous... Vous avez vu ce qui s'est passé à Vienne. Mais pour l'instant nous n'avons que des rumeurs, des tuyaux non vérifiés.

– Cette adresse de Mina?

– Je la donnerai à notre ami Kim, mais pas tout de suite.

Il bâilla.

– Je vous envie d'aller interviewer cette splendide Suédoise. Vous avez lu le dossier?

– Oui, dit Malko. Je n'y ai pas trouvé grand-chose. Mais j'ai quand même des questions à lui poser.

L'Américain eut un geste fataliste.

– Moi non plus, je n'ai guère d'espoir... Les Coréens sont déjà passés par là, sans rien trouver.

*
**

L'odeur habituelle de graillon flottait dans le restaurant chinois en sous-sol de l'hôtel *Lotte*, où il régnait une chaleur de bête. Malko regarda sa montre. Huit heures quarante-cinq. Anita Kalmar allait-elle venir? Le restaurant était presque vide et il avait combattu sa faim avec un thé très sucré.

Un frémissement dans le personnel chinois attira son attention. Il tourna la tête.

Sculpturale, légèrement déhanchée, dans l'embrasure de la porte, le regard caché derrière des lunettes noires, une jeune femme aux longs cheveux blonds scrutait la salle. La jupe de toile hyper courte dévoilait des cuisses à rendre fou un Ayatollah et la veste boléro n'arrivait pas à dissimuler l'énorme poitrine moulée dans un T-shirt à la limite de l'explosion. La large ceinture de cuir noir faisait ressortir les hanches en amphores et le ventre plat. A cause des lunettes, on ne voyait que l'immense bouche rouge et pulpeuse dans laquelle on avait envie de mordre.

Un superbe animal.

Malko se leva, alla à sa rencontre.

– Miss Kalmar?

Elle ôta ses lunettes et il reçut le choc des grands

yeux bleus délavés qui plongèrent dans les siens avec ingénuité.

– Vous êtes Malko Linge, l'ami du général Kim? demanda-t-elle. Vous travaillez pour les Services de Renseignements américains, n'est-ce pas?

– Exact, dit Malko.

Elle s'installa en face de lui. En dépit de son physique pulpeux, il émanait d'elle une certaine froideur. Tout le personnel s'était rué autour de la table et elle eut un sourire d'indulgence.

– Ces Coréens sont merveilleux! Vous savez qu'on m'arrête dans la rue pour demander des autographes... Je me demande comment ils me reconnaissent...

Bien sûr, les somptueuses blondes d'un mètre soixante-quinze pullulaient à Séoul... Elle commença à picorer avec ses baguettes. Ses longues mains avaient curieusement des ongles courts et carrés, et Malko remarqua la largeur de ses épaules... Une bête. Le T-shirt découvrait un bon tiers de ses seins, ce qui ne semblait pas la gêner.

– J'ai scrupule à vous poser des questions auxquelles vous avez déjà répondu cent fois, dit Malko. D'ailleurs, j'ai lu le dossier des Coréens, il me semble très complet. Votre histoire est claire, mais un peu folle.

Anita Kalmar lui adressa un sourire à faire fondre un iceberg.

– Vous devez croire que j'ai été stupide, n'est-ce pas? Mais, en Suède, vous savez, nous sommes très innocents. J'ai cru à cette histoire. Et, à part mon évasion où j'ai eu très peur, je me suis surtout ennuyée terriblement. Je résidais dans une « guest-house » à Tongbukri, près de Pyongyang, sous la garde de la police secrète. Je n'avais pas le droit de sortir, sauf avec deux gardes.

« On m'emmenait au studio pour les prises de vue et on me ramenait. Parfois, je rencontrais Kim Jong. Un homme un peu gras, toujours souriant. Il était très charmant, mais parlait mal anglais. Je me suis promenée dans la campagne, mais c'était triste. Les gens sont très pauvres. (Elle rit.) J'ai appris un peu de coréen : *yo*, matelas, *ibul*, couverture. J'avais froid, je manquais de savon.

– Vous n'avez pas cherché à prévenir votre ambassade?

Anita Kalmar ramena en arrière les mèches blondes qui lui tombaient dans les yeux.

– Si, bien sûr! Mais le téléphone ne marchait pas et on me disait toujours d'attendre. Alors, j'en ai eu assez et j'ai décidé de leur fausser compagnie. Sous prétexte de shopping, j'ai été dans le centre de Pyongyang et j'ai réussi à monter dans un taxi. Ils m'ont rattrapée et menacée. J'ai paniqué et j'ai trouvé l'astuce de partir pour Pan Mun Jom. Je ne pensais pas pouvoir passer, seulement alerter l'opinion... Et puis j'y suis arrivée.

– Votre amie japonaise n'a pas eu autant de chance...

Le visage de la Suédoise s'assombrit.

– Ce n'était pas mon amie, mais sa mort m'a bouleversée. Elle aussi était séquestrée. Je crois que Kim Jong Il est fou.

– Que vous faisait-il?

Anita Kalmar ouvrit de grands yeux pleins d'innocence.

– Mais... rien! Il me regardait, me disait que j'étais très belle, qu'il allait écrire un scénario pour moi...

Malko écoutait distraitement. En réalité, il avait seulement deux questions à lui poser.

– Vous n'avez jamais rencontré une Coréenne qui se nomme Obok? demanda-t-il. Une spécialiste des sports de combat?

Anita Kalmar le transperça de son regard bleu.

– Obok, non? Je n'ai pratiquement pas vu de femmes, sauf les maquilleuses.

Malko la lui décrivit. La Suédoise secoua la tête.

– Non. Cela ne me dit rien.

– Et une actrice américaine, Cynthia Jordan?

– Non plus. Mais les gens autour de moi ont mentionné sa présence, justement pour m'encourager.

– Tant pis, dit Malko. Durant votre séjour à Pyongyang, vous n'avez jamais surpris de préparatifs pour des actions terroristes...

Cette fois, Anita Kalmar sourit franchement.

– Vous savez, je ne m'occupe pas de ces choses. Je suis très naïve.

– Vous avez eu beaucoup de chance, conclut Malko.

***

En deux heures, Malko savait tout d'Anita Kalmar. Comme il l'avait craint, son entrevue était rigoureusement inutile. Ils étaient les derniers clients du restaurant, bien qu'il soit à peine dix heures. La Suédoise consulta une petite montre sertie de brillants.

– Vous avez encore besoin de moi? demanda-t-elle. J'ai rendez-vous au *Chosun*.

Elle se leva, sous l'œil extasié des serveurs. Une bête de sexe. Sa croupe cambrée et pleine, moulée par la toile, fascinait visiblement les Coréens.

– Je vais boire un verre, dit-elle. Au *Xanadu*, la disco du *Chosun*...

Elle ne l'invita pas, mais ne prit pas congé. Malko avait envie de joindre l'agréable à l'utile... Peut-être que la musique la dégèlerait. Dans le taxi, ils n'échangèrent que des banalités. Anita Kalmar semblait absolument inconsciente de l'effet qu'elle produisait sur les hommes.

Malko broyait du noir en la guignant du coin de l'œil. Se souvenant de ce qu'avait dit le chef de station. Si elle était lesbienne, c'était du gâchis. Il pensa à Alexandra, plein de nostalgie.

Le *Xanadu*, au sous-sol du *Chosun*, ressemblait à toutes les discos du monde. La musique était assourdissante et des écrans suspendus un peu partout diffusaient « Rambo II ». Les hôtesses se précipitèrent vers Anita et Malko recueillit les miettes de leur déférence. On les conduisit vers une banquette où une créature étrange patientait devant un Cointreau, sur de la glace pilée.

Elle semblait sortir d'une revue Art Déco, avec sa longue robe boutonnée à mi-mollets, son chapeau et sa voilette noire! Derrière, on devinait une petite bouche dessinée de courtisane chinoise, de hautes pommettes et des yeux très bridés.

Elle jeta un coup d'œil surpris à Malko tandis qu'Anita Kalmar l'étreignait. On aurait dit deux êtres de deux races différentes.

– Je te présente Mr Linge, dit Anita. Il travaille pour les Américains. Il voulait connaître mon histoire. Voilà mon amie Sun-Bong, elle est mannequin avec moi.

– Je fais aussi mes études, compléta d'une voix timide Sun-Bong, glissant un regard aigu à Malko.

Autant Anita était charpentée, autant elle semblait fluette et fine. Malko commanda d'autorité une bouteille de Moët millésimée. Le champagne détendit l'atmosphère. Sa présence semblait embarrasser un peu les deux femmes; il s'était d'ailleurs attendu à trouver un homme. La discothèque était pleine d'entraîneuses en longues robes d'hôtesse, guettant les étrangers... Sun-Bong trempa à peine ses lèvres dans le champagne. Se jetant à l'eau, Malko invita Anita à danser.

Elle ôta sa veste, découvrant sa formidable poitrine. Seules les pointes de ses seins le frôlaient parfois. Elle gardait un sourire figé et le regard lointain.

Lorsqu'il essaya de se rapprocher d'elle, son corps se durcit et il n'insista pas. A peine étaient-ils revenus à la table qu'un garçon vint se pencher à l'oreille de la Suédoise.

– On me demande de Suède au téléphone, annonça-t-elle, excusez-moi.

Demeurée seule avec Malko, Sun-Bong se recroquevilla derrière sa voilette, fuyant le regard de Malko, les jambes serrées, le regard baissé. Il se rapprocha et l'interrogea.

– Vous connaissez Anita depuis longtemps?

– Quinze jours. Je l'aime beaucoup. J'admire énormément ce qu'elle fait. C'est une héroïne pour nous, Sud-Coréens...

Elle récitait bien la leçon. Si Anita n'avait pas existé, il aurait fallu l'inventer. Quel bel outil de propagande...

– Vous êtes à la fois étudiante et mannequin? demanda-t-il. Je croyais que c'était mal vu, dans ce pays, de se montrer dans les journaux.

La Coréenne eut un petit rire embarrassé...

– Nous sommes un pays plein de traditions! Moi-même, je suis très mal vue parce que je travaille. J'ai même été hôtesse. Seulement, mes parents habitent Taegu dans le Sud et ne me donnent pas assez d'argent. A l'Université Dong Guk, on me considère un peu comme une fille de mauvaise vie... ajouta-t-elle douloureusement.

Pour lui ôter ses idées noires, Malko l'invita à danser. Elle était plus souple qu'Anita et se laissa approcher. Il apprit qu'elle habitait un petit appartement de dix « pyongs (1) », qu'elle était vaguement bouddhiste et qu'elle souhaitait travailler dans une agence de voyage. Elle semblait vouer une admiration sans borne à Anita.

– Je voudrais être grande comme elle! soupira-t-elle.

Une sorte de vapeur blanche diffusée au ras du sol accompagnait le slow, les enveloppant d'un nuage

(1) Mesure coréenne. Environ 3 m^2.

opaque. Sun-Bong s'appuyait souplement contre Malko, mais ne manifesta aucune vélléité de rapprochement. Anita Kalmar réapparut alors qu'ils venaient de se rasseoir et aussitôt Sun-Bong s'éloigna de Malko, comme si elle avait peur. La Suédoise semblait nerveuse et contrariée. Sans plus s'intéresser au champagne, elle commanda un Cointreau sur de la glace pilée.

– Je vais être obligée de remonter dans ma chambre, annonça-t-elle, on doit me rappeler plusieurs fois de Suède et des Etats-Unis. Pour des contrats de cinéma.

Malko avait déjà fait le deuil de sa soirée... Mais il eut l'impression que Sun-Bong était aussi contrariée que lui.

Ils se levèrent tous les trois en même temps. Anita Kalmar lui tendit la main avec un sourire éblouissant.

– Si vous avez d'autres questions, Mister Linge, je suis à votre disposition. Mais je travaille beaucoup...

Il laissa les deux femmes derrière lui et se retrouva dans la galerie commerciale déserte du sous-sol de l'hôtel. Encore une fois frustré. En train d'admirer des Bouddhas en pierre dure, il sentit une présence et se retourna. Un gros Coréen joufflu regardait la vitrine à côté de lui. Il s'éloigna aussitôt et s'engouffra dans le *Xanadu*. Malko remonta dans le lobby de l'hôtel et sortit.

Plusieurs personnes faisaient la queue pour des taxis. Le soir, ils disparaissaient, les Coréens se couchaient très tôt. Il retournait vers la réception quand l'ascenseur s'ouvrit sur la silhouette frêle de Sun-Bong.

Elle semblait absorbée dans ses pensées et l'aperçut bien après lui.

– Vous n'êtes pas parti? demanda-t-elle.

– Pas de taxi, fit Malko.

Elle hocha la tête.

– C'est vrai, le soir, ils n'aiment pas travailler, il faut appeler les taxis-radio, mais ils sont deux fois plus chers. Demandez au concierge.

Elle sortit sur le perron de l'hôtel et Malko gagna la réception. On lui commanda un taxi en l'exhortant à la patience. Dix minutes plus tard, le portier vint l'avertir que son taxi était là. Une Daewoo blanche stationnait, portière ouverte. Il n'y avait plus qu'une seule personne à attendre un taxi : Sun-Bong. Elle semblait frigorifiée.

Malko s'approcha d'elle.

– Je vais vous déposer, proposa-t-il.

– Non, non, fit-elle, il va sûrement en venir un. Je ne veux pas vous déranger.

Le chauffeur s'impatientait. Malko la prit doucement par le bras et l'entraîna.

– J'ai tout mon temps...

Elle prit place à côté de lui, visiblement à contrecœur et gazouilla une adresse. Comme d'habitude, le chauffeur démarra comme un fou... Malko ignorait totalement où ils étaient dans cette ville coupée de collines, de parcs, d'autoroutes urbaines... Dix minutes plus tard, le taxi stoppa devant un vieil immeuble et Sun-Bong tendit la main à Malko.

– Merci beaucoup.

Elle descendit et par la portière ouverte, Malko aperçut une vitrine encore allumée. Les spots éclairaient plusieurs caniches dans des cages.

CHAPITRE VIII

Sun-Bong s'était déjà engouffrée dans l'immeuble. Le taxi redémarra. Malko tapa aussitôt sur l'épaule du chauffeur, lui indiquant par gestes de s'arrêter. Il comprit enfin après avoir parcouru une centaine de mètres et Malko revint sur ses pas à pied.

Il examina la vitrine : aucun doute possible. D'ailleurs, le numéro 45 s'étalait au-dessus du couloir où avait disparu Sun-Bong. La façade donnant sur l'avenue était obscure, à part le magasin d'animaux. Il s'engagea dans le couloir, déboucha dans la première cour. Tout était sombre également, sauf une fenêtre au quatrième étage. Il monta un escalier grinçant, arriva à la porte qui correspondait à l'appartement. La lueur jaunâtre de la minuterie lui permit d'apercevoir un papier collé sur le battant, soigneusement calligraphié. Patiemment, il le recopia, lettre après lettre. Les Coréens n'utilisaient pas les caractères chinois, mais un alphabet stylisé, le « hangul ». Totalement incompréhensible pour un non-initié.

Malko redescendit et arrivé dans la cour, leva la tête : la fenêtre s'était éteinte. Sun-Bong dormait...

Il dut marcher près d'un kilomètre avant de trouver un taxi, s'orientant grâce à la tour de la télévision de Namsan. Les restaurants fermant à dix heures, Séoul, avec ses onze millions d'habitants et son grouillement diurne, ressemblait maintenant, la nuit tombée, à une paisible bourgade de province, à part It'aewon, le quartier des plaisirs pour étrangers...

Michael Kotter allait être content, il n'avait pas perdu sa soirée.

*
**

Il régnait une chaleur de sauna dans le bureau du chef de station de la CIA. Les Coréens chauffaient tout comme des bêtes. En bras de chemise, Michael Kotter prenait des notes au téléphone. Malko l'avait appelé à l'aube pour lui communiquer son information. Depuis, l'Américain de la CIA était entré en ébullition.

Pourtant, lorsqu'il raccrocha, il sembla dépité.

– C'était le général Kim qui rappelait, annonça-t-il. Pour une fois, il a fait vite. A croire qu'ils ont toute la population sur fiche. Mais il ne veut rien me dire au téléphone. Il faut y aller, il vous attend, à son bureau de Namsan. Prenez mon chauffeur.

Malko se retrouva dans une grosse Ford conduite par un Coréen bouffi et rieur. La circulation était infernale et ils mirent dix minutes à franchir la place devant City Hall, dans un enchevêtrement démoniaque de sens interdits. Tout à coup, ce fut la pleine campagne! La voiture avait tourné dans un chemin escaladant une colline à la maigre végétation déserte et grimpait. Peu à peu, on découvrait l'agglomération de Séoul, à perte de vue... Pas un chat.

Une grande palissade verte apparut, haute de six mètres, cachant des bâtiments en contrebas : la KCIA. Malko aperçut un mirador sur sa gauche, des rangées de barbelés. Cela évoquait plus le camp de concentration que l'administration. Des panneaux interdisaient le stationnement tout le long de la palissade et même le versant opposé était clos de barbelés, probablement pour empêcher les lapins d'espionner. Au détour d'un virage, une sentinelle en bleu, une casquette plate sur la tête, apparut en face d'un portail massif.

Le chauffeur de Malko ralentit et mit sa flèche.

Deux soldats casqués, M16 braqué, surgirent aussitôt. Malko éprouva un picotement désagréable au creux de l'épigastre. Ils avaient des têtes de brutes, de vrais robots. Le chauffeur parlementa, exhibant son badge à un officier qui portait un talkie-walkie accroché à chaque épaule.

Le portail s'ouvrit automatiquement et Malko aperçut un grand bâtiment blanc hérissé d'antennes.

Le général Ching Yong Kim l'attendait sur le perron, un badge à la main. Il l'épingla délicatement au revers du costume d'alpaga de Malko.

– Il faut être prudent, n'est-ce pas! s'exclama-t-il avec son rire tonitruant. Les Nord-Coréens sont très forts en espionnage...

Malko le suivit dans un bureau tapissé de boiseries. Dans un coin trônait un superbe meuble en laque noire abritant un bar, une télé Samsung et une chaîne Hi-Fi Akaï, création de Claude Dalle à Paris. Le général Kim ne se refusait rien.

Le général Kim se mit à tirer sur sa pipe, ravi. Il se pencha vers Malko.

– J'aime beaucoup Mr Kotter, n'est-ce pas, parce que je n'ai pas demandé à mes supérieurs la permission de vous communiquer des informations. Chez nous, c'est très strict...

Malko en salivait d'avance.

– Vous avez trouvé quelque chose sur cette Sun-Bong?

L'officier coréen ouvrit une mince chemise, découvrant quelques annotations dans sa langue.

– Presque rien, n'est-ce pas! fit-il avec son grand rire juvénile. Mlle Sun-Bong Kim travaille bien à l'Université Dong Guk. Seconde année. Elle a été hôtesse dans plusieurs bars de It'aewon, et au *Xanadu*, pour gagner un peu d'argent, n'est-ce pas... (Il rit.) A propos, pourquoi vous intéressez-vous à cette personne?

– Je l'ai rencontrée hier soir, avec Anita Kalmar, dit Malko. Je me suis demandé si les Nord-Coréens ne chercheront pas à se venger de la Suédoise. Cette fille m'a paru étrange...

– Très bien, très bien, approuva le général Kim.

– Il n'y a rien sur elle?

Le général de la KCIA eut une moue amusée.

– Une broutille. On avait trouvé des tracts nord-coréens dans son sac. A l'Université. Elle a fait l'objet d'une remontrance. Les gens du Nord envoient régulièrement des ballons avec des tracts anti-Séoul, n'est-ce pas. Les gens les ramassent. On leur demande de nous les rapporter. Mais ils oublient, quelquefois, n'est-ce pas...

Il referma son dossier.

– J'espère que je vous ai été utile. Je dois me rendre dans un meeting, maintenant, n'est-ce pas. Continuez à me tenir au courant. Mais je ne crois pas que les Nordistes tenteront quelque chose contre Miss Kalmar. Nous la protégeons bien...

Il le raccompagna dans la cour sous un ciel bleu éclatant. Les sentinelles présentèrent les armes en hurlant des interjections gutturales et Malko émergea dans le paisible chemin de la colline de Namsan. Plus perplexe que jamais. Le général Kim paraissait attacher bien peu de poids aux menaces nord-coréennes. Il est vrai qu'il ne savait pas tout...

*
**

Michael Kotter se rongeait patiemment les ongles, ruminant les dernières informations face à Malko. Sa secrétaire passa la tête à la porte et annonça :

– Mr Hakijima est arrivé.

– Les Services japonais, commenta le chef de station

de la CIA. Eux aussi sont inquiets. Ce sont des experts dans l'interception des communications radio. Il a demandé à me voir d'urgence.

La secrétaire introduisit un Japonais trapu, le regard flou derrière d'énormes lunettes. Il se cassa en deux trois fois de suite, ne serrant la main à Michael Kotter qu'à la quatrième courbette. Celui-ci présenta Malko qui n'eut droit qu'à deux courbettes. Le Japonais sortit ensuite un dossier de son porte-documents et annonça :

– Tokyo m'a demandé de vous communiquer verbalement certaines informations de la plus haute importance.

Ce qui signifiait que les Coréens n'étaient pas tenus au courant. Les Japonais les haïssaient et les méprisaient. Sentiments que les autres leur rendaient bien. Les ayant occupés de 1910 à la fin de la Seconde Guerre mondiale, ils leur interdisaient de parler leur propre langue, même à leur domicile. Cela laisse un peu de rancœur...

– Que se passe-t-il? demanda Kotter.

– Nos informateurs nous signalent une activité importante dans les milieux du Sekigun, annonça le Japonais. Il semble qu'il y ait une liaison entre eux et des agents nord-coréens venus par mer au Japon. Nos patrouilleurs ont poursuivi un navire inconnu qui filait plus de quarante nœuds et s'est réfugié ensuite dans les eaux territoriales nord-coréennes. Il pourrait avoir déposé des agents coréens.

– Vous craignez quelque chose? demanda Kotter.

Le Japonais eut un rire poli.

– Nous, pas vraiment, à part des actions limitées, mais nous sommes certains que les Nord-Coréens préparent une action importante pour les Jeux Olympiques. Il est plus facile d'entrer en Corée du Sud par le Japon ou Hong-Kong qu'à travers la DMZ du

38e parallèle. Il y a une importante communauté coréenne au Japon, ajouta-t-il.

On sentait qu'il les aurait bien mis derrière des barbelés et des miradors. Encore un nostalgique...

– Merci, fit Michael Kotter, un peu déçu de ce manque de précision.

Bien entendu, le Japonais avait gardé le meilleur pour la fin... Déjà debout, les mains croisées devant lui, il murmura :

– Nos informateurs nous ont aussi signalé la présence sur le territoire japonais d'une dangereuse activiste nord-coréenne. Déjà impliquée dans des actions terroristes : Obok Hui Kang.

Malko échangea un regard éloquent avec le chef de station.

– Vous l'avez identifiée formellement?

Le Japonais eut un rire poli, signe de gêne.

– Hélas non! Il n'existe d'ailleurs aucune photo d'elle. C'est une information non vérifiée.

Il battait déjà en retraite, avec force courbettes. Dès qu'ils furent seuls, Malko remarqua :

– Récapitulons : cela fait beaucoup d'éléments troublants. D'abord les Nord-Coréens assassinent un de nos agents, Cynthia Jordan, susceptible d'apporter des informations sur ce qu'ils préparent.

« Ensuite, nous localisons une de leurs bases ici. Coïncidence. L'amie d'une victime des Nord-Coréens habite l'immeuble.

« Là-dessus, il semble que la meurtrière de Cynthia Jordan se trouve dans les parages.

– Vous en concluez quoi? demanda Michael Kotter.

– Que quelque chose est en préparation ici. Le plus troublant est la liaison Sun-Bong-Anita Kalmar. Qui elle aussi vient de Corée du Nord.

L'Américain lui jeta un regard aigu.

– Vous pensez qu'elle est dans le coup?

– Je ne pense rien, dit Malko. J'ai lu son dossier comme vous. Elle a échappé à la mort de justesse en s'évadant. Cela paraît difficile que ce soit un montage. Mais c'est quand même bizarre. Ou alors, il y a une explication.

– Laquelle?

– Les Nord-Coréens préparent quelque chose contre elle et ils lui ont mis Sun-Bong dans les pattes.

– *Si* celle-ci fait *vraiment* partie d'un réseau logistique, souligna Michael Kotter. Cela peut *aussi* être une coïncidence.

– Bien sûr, admit Malko, mais en vingt ans de métier, j'en ai rarement rencontré. En tout cas, le général Kim semble dormir sur ses deux oreilles...

– Il ignore deux choses vitales, remarqua l'Américain. Le tuyau sur le 45 Sogyo Dong et la présence d'Obok au Japon.

– Et aussi le meurtre de Cynthia, compléta Malko.

Une idée commençait à se faire vaguement jour dans sa tête. Encore trop floue pour la communiquer. Michael Kotter n'insista pas.

– De toute façon, conclut-il, la clef est Sun-Bong. Il faut la surveiller, c'est notre seul espoir.

– Pourquoi ne pas sous-traiter avec les Coréens?

– Cela nous forcerait à leur donner des éléments que je préfère conserver pour le moment, expliqua le chef de station.

– Vous avez du monde ici?

L'Américain fit la moue.

– Pas grand-chose. Nous avons 45 000 soldats, mais les Coréens se sont toujours opposés à un développement de la station. A part quelques types au crâne rasé qu'on reconnaît à un mille. Et vous...

– C'est gentil, fit Malko. Je n'ai plus qu'à prendre des cours accélérés de coréen.

– Attendez! fit Michael Kotter, il y a mon chauffeur personnel. Ung Sam. Il rêve d'obtenir une « green card » et d'émigrer chez nous. Bien sûr, son japonais est meilleur que son anglais, mais il vous sera très utile.

– Même avec lui, cela ne va pas être évident, souligna Malko.

– Si dans une semaine nous n'avons abouti à rien, je mets le général Kim au courant et je lui repasse le bébé. D'ici là, nous ne lâchons plus Sun-Bong. Je vais demander à Ung Sam de se renseigner sur les horaires de l'université Dong Guk.

– Et je vais acheter une perruque noire, compléta Malko.

– Vous vous montrerez le moins possible. Je dispose d'une Daewoo noire avec des glaces teintées. De l'extérieur, vous êtes invisible.

– Vous croyez aux miracles, remarqua Malko. Espérons que le Seigneur est de notre côté.

*
**

Une frêle silhouette en longue robe noire poireautait depuis dix minutes à l'entrée de Hiewah Gate menant à l'Université de Dong Guk, en bordure de Chang Chung Avenue. Les Coréennes s'habillaient presqu'aux chevilles. Abrité derrière les vitres teintées de la grosse Daewoo noire semblable à celles des businessmen coréens, Malko l'observait dans ses jumelles...

Ung Sam avait fait du bon travail... Comme toutes les universités coréennes, Dong Guk avait des horaires féroces... Huit heures du matin-six heures du soir. Ce qui simplifiait la filature de Sun-Bong ou plutôt la réduisait à sa plus simple expression. Il fallait faire l'impasse totale sur les heures passées à l'Université. Etant donné le nombre de mouchards de la KCIA qui y traînaient, si Sun-Bong avait des activités illégales, c'était sûrement à l'extérieur...

Un bus s'arrêta, dissimulant Sun-Bong. Quand il redémarra, la jeune étudiante avait disparu. Aussitôt,

Ung Sam se mit dans la roue du bus. Jusque-là, c'était facile. Le chauffeur de Malko se retourna, hilare, le pouce droit levé.

– *Number one!*

Dans toute l'Asie, signe de profonde satisfaction... Il lui en fallait peu.

Le bus filait vers le sud et la rivière, laissant la colline de Namsan à sa droite. Ung Sam collait à son pare-chocs, soudain nerveux. Les flics coréens étaient féroces. Si l'un d'eux le voyait dans un couloir de bus, CIA ou pas, leur filature était terminée. Ils débouchèrent à l'entrée d'une artère animée, aux trottoirs encombrés de marchands ambulants, avec des monceaux de gigantesques peluches, de lits en cuivre, d'animaux en laiton. Ung Sam se tourna vers Malko, avec le même air ravi.

– It'aewon. *Number one!*

Le bus qu'ils suivaient avançait maintenant au pas dans It'aewon'no qui tenait de Pigalle, du souk et de la foire à Neu-neu. Il y avait un bar par immeuble, crépitant de néons, bourré d'hôtesses accueillantes. Il fallait bien distraire les quarante-cinq mille soldats US stationnés en Corée. On se serait cru dans le sud des Etats-Unis tant il y avait de Noirs marchandant des horreurs, des fausses valises Vuitton vendues au prix du papier, des montres Cartier à vingt dollars.

Une façade gréco-romaine annonçait froidement : Restaurant Lasserre. « Etablit » en 1988. On pouvait tout craindre.

Sun-Bong sauta du bus en face du Tactyens Theater et fit quelques pas avant de s'engouffrer dans l'escalier raide d'un petit immeuble. Ung Sam montra la façade à Malko.

– Tabong, *Number one!* (1)

(1) Super!

A part les Nord-Coréens, tout était « number one ».

Les tabongs étaient de petits cafés, parfois charmants, qui pullulaient dans Séoul, ainsi que les Room-salangs, académies de billard agrémentées de quelques putes. Malko descendit de la Daewoo, grimpa l'escalier à son tour. En haut, il buta sur la porte vitrée donnant sur une salle plongée dans la pénombre. Sun-Bong le connaissait, impossible de s'y risquer. Il redescendit et rejoignit Ung Sam.

– *You go and see*, ordonna-t-il.

Il fallut cinq bonnes minutes pour le convaincre. Ung Sam n'arrivait pas à admettre que Malko puisse prendre le volant comme un simple chauffeur. Exaspéré, ce dernier dut presque le jeter hors de la voiture et se gara en face, dans une impasse.

*
**

Ung Sam dévala l'escalier un quart d'heure plus tard et regagna la Daewoo en effectuant un grand détour. Il se prenait au jeu... Malko s'attaqua aussitôt au debriefing avec un vocabulaire limité...

– *Another girl*, expliqua le chauffeur. *Blue coat. Big.*

Sun-Bong avait donc rencontré une grande fille avec un manteau bleu.

– Et ensuite?

Là, cela se gâta. Le brave Ung Sam, en dépit de ses efforts, pataugeait. Un mot revenait sans cesse « passeport ». Malko finit par comprendre, à l'aide de mimiques, que Sun-Bong avait remis un passeport à l'inconnue.

Enfin quelque chose de concret. Malko regarda la façade allumée. Et si l'inconnue était Obok? Ung Sam le tira par la manche, lui montrant l'escalier.

Une femme de haute taille en manteau bleu venait

d'émerger de l'escalier et s'éloignait sur le trottoir. Ce n'était pas Obok, mais une fille très maquillée, le visage plat, l'air dur, en dépit d'une grosse bouche rouge. Le pouls de Malko s'accéléra. Après tout, l'idée de Michael Kotter de suivre Sun-Bong n'était peut-être pas aussi folle que ça... Deux copines qui vont boire un verre arrivent peut-être séparément, mais repartent ensemble...

Et il y avait le coup du passeport...

Il bondit hors de la Daewoo. Dans ce quartier, une filature en voiture était impossible. L'inconnue avait déjà disparu dans la foule compacte. Il hâta le pas pour la rattraper.

Où allait-elle le mener?

CHAPITRE IX

La fille au manteau bleu dominait la plupart des passants d'une tête et Malko n'avait aucun mal à la suivre. Les néons des innombrables bars commençaient à s'allumer, le fracas de la circulation était abominable et il fallait littéralement fendre la foule pour progresser. L'inconnue entra soudain sous une sorte de tente transparente installée à même le trottoir, un restaurant en plein air. Deux bancs, une table, un brasero et du « Pibimpap (1) », des bols de kimshi, de la soupe, du sushi. Les clients s'empiffraient au coude à coude, pour quelques centaines de wons (2).

Malko s'arrêta un peu plus loin, en face d'un marchand de peluches. L'inconnue, un quart d'heure plus tard, reprit sa route, tournant à gauche dans de monumentaux escaliers de pierre. En haut, c'était un lacis de ruelles tortueuses, s'emmêlant dans la colline dominant It'aewon Road. Trois putes se réchauffaient autour d'un brasero en face d'un bar. Des Noirs américains zonaient, agrippés au passage par des « hôtesses ». Cela sentait le kimshi et le parfum bon marché.

L'inconnue monta le perron d'une grande boîte, le *Lucky Spot*, qui faisait le coin de deux ruelles. C'était

(1) Riz garni.
(2) Monnaie coréenne. 1 dollar = 700 wons.

Pigalle en pire. Un ivrogne zigzaguait au milieu de la chaussée. On ne voyait que des filles, des aboyeurs et des touristes en mal de Sida...

Malko attendit quelques instants et pénétra à son tour dans la boîte. C'était bourré. Des Coréens, très jeunes et des étrangers. Un long bar, des geishas en robes d'hôtesses qui circulaient entre les tables. Une fille en maillot de panthère agenouillée sur une piste carrée, recevait de simili coups de fouet d'un athlète bondissant... Il repéra la copine de Sun-Bong, déjà installée à une table avec des Coréens. Visiblement elle travaillait là. Il battit en retraite. Il avait donc le temps de faire le point avec Michael Kotter, si l'Américain se trouvait encore au bureau.

***

– Elle lui a remis un passeport! exulta Michael Kotter. On est sur un bon truc.

Debriefé dans sa langue, Ung Sam avait été prolixe. Il n'avait hélas pu entendre ce que se disaient les deux filles, mais il lui avait semblé qu'elles parlaient de choses sérieuses.

Que cachait cette histoire de passeport? L'Américain alluma une cigarette.

– Repartez à l'assaut. « Tamponnez » la copine de Sun-Bong. Etant donné son métier, cela ne doit pas être difficile de la draguer. Il faut voir ce passeport. Elle doit toujours l'avoir sur elle.

– Et le Sida? demanda Malko, mi-figue, mi-raisin.

– Il n'y en a pas en Corée, affirma péremptoirement Michael Kotter.

– Elle a pu remettre le passeport à quelqu'un entre-temps, objecta Malko. Mais je vais faire de mon mieux.

Il aurait préféré passer la soirée avec la somptueuse Anita Kalmar...

*
**

– *One seat, one seat!*

L'hôtesse avait pris Malko par le bras et le menait d'office à une table en bordure de la piste. Le *Lucky Spot* était toujours bourré. Trois filles se trémoussaient sur des tables en un vague strip-tease, d'autres dansaient sur la piste, encastrées dans leurs cavaliers. Il repéra la copine de Sun-Bong, à un tabouret au bar. Leurs regards se croisèrent et elle lui adressa un sourire totalement commercial. Sautant sur l'occasion, il demanda à sa guide :

– Invitez la grande fille du bar à prendre un verre avec moi.

– Certainement, sir.

Dix secondes après, l'amie de Sun-Bong le rejoignait. Toutes dents dehors. Malko commanda une bouteille de Moët millésimé à cent mille wons, ce qui fit monter d'un cran le respect des hôtesses.

– *You american?* demanda la fille.

– Non, dit Malko. Européen.

– Ah bon.

Elle n'en demanda pas plus. Mais ses traits se détendirent. Ni Américain, ni Japonais, c'était presque un être humain. Elle leva son verre de champagne et fit semblant de boire.

– Comment vous appelez-vous?

– Susie.

– Non, votre vrai nom?

Elle rit.

– C'est difficile.

– Dites.

– Ok Zun, bredouilla-t-elle. Ok Zun Kim.

Kim, bien entendu... Malko lui sourit.

– C'est plus joli que Susie...

Il invita Ok Zun à danser. Elle se frottait à lui modérément, le visage éloigné du sien, pleine de dignité.

Elle avait un corps massif de paysanne, avec une croupe pleine, et de longues jambes découvertes par la robe fendue.

Elle lui sut apparemment gré de ne pas la peloter comme leurs voisins dont les mains disparaissaient jusqu'au coude dans les ouvertures des robes.

– Vous êtes plus grande que la plupart des Coréennes, remarqua Malko.

Ok Zun sourit, flattée.

– Je suis originaire de Mandchourie. Très au Nord. Mais je n'ai jamais été là-bas, ajouta-t-elle avec une nuance de regret.

– Même pas en Corée du Nord?

Elle le regarda avec un étonnement sincère.

– Mais c'est impossible! Et puis, là-bas, c'est terrible. Ils n'ont rien à manger, c'est une grande prison...

***

Il était une heure du matin, la bouteille de Moët était vide, le *Lucky Spot* aussi et Ok Zun avait visiblement décidé d'entamer la liasse de wons exhibée par Malko. Ils partirent ensemble sous les courbettes du personnel, dans la sombre ruelle en pente. Malko se demandait comment il parviendrait à inspecter le contenu du faux sac Chanel que la Coréenne avait accroché à son épaule. La seule façon était d'entrer dans son intimité...

Arrivée au premier coin sombre, Ok Zun se colla soudain à lui et demanda :

– *You stay with me?*

C'était l'occasion rêvée. Il n'avait certes pas une envie folle de la Coréenne, mais s'il se dérobait, c'était fichu. Il s'appuya à son tour contre elle, la caressant sans conviction.

– Allons à mon hôtel, au *Shilla*, proposa-t-il.

Si elle dormait là, il aurait tout le temps d'explorer le sac.

Ok Zun secoua la tête, l'air effrayé.

– Oh, non, c'est impossible! Il faut signer un registre à l'entrée. J'aurais trop honte. Ils sont très stricts.

C'est vrai que l'hôtel était parcouru de vigiles, un micro dans l'oreille, qui veillaient à l'ordre moral... L'entraîneuse proposa :

– Je connais quelque chose pas loin.

Elle l'entraîna dans une ruelle voisine. Ils grimpèrent un escalier étroit; au premier étage, il y avait un mini-casino. Une salle avec quelques tables de Black Jack et de roulette, animées par des croupières. Ils continuèrent, croisant un couple qui descendait : un Noir et une Coréenne minuscule, qui semblait en larmes. Elle et Ok Zun échangèrent quelques mots rapidement. Le Noir, le regard allumé, posa sa grosse patte sur les fesses d'Ok Zun avec un rire gras et un clin d'œil à l'adresse de Malko.

– *Nice piece of ass, fellow. Have a good fuck...* (1)

C'était sordide et pathétique. Au quatrième, un vieux Coréen extirpa 5 000 wons à Malko pour une chambre avec un lit tellement étroit qu'il n'aurait pas été agréé dans un camp de concentration... Les néons multicolores clignotaient à travers la fenêtre. Malko ne savait plus comment s'en sortir. Il n'avait pas la moindre envie de faire l'amour avec Ok Zun.

Celle-ci s'approcha de lui, avec un sourire stéréotypé et se frotta un peu à lui.

– *You give me 50 000 wons,* (2) dit-elle.

– *OK.*

– Maintenant.

– Vous n'avez pas confiance? demanda Malko en souriant.

(1) Beau cul, mon pote, baise bien.
(2) – Vous me donnez 50 000 wons.

Elle n'insista pas et s'agenouilla sur le lit, puis entreprit de le défaire, en murmurant quelques obscénités de bon ton, dans un anglais approximatif.

Ses caresses manuelles étaient machinales, mais efficaces. Malko finit par réagir. Ok Zun ne manifestait aucun désir de se déshabiller. Pourtant, grâce au ballet habile de ses longues mains, elle le mit dans un état tout à fait convenable.

Elle se pencha alors et l'engloutit dans sa bouche. Elle l'excitait rapidement, avec des coups de langue habiles et secs, sans reprendre son souffle. Elle s'interrompit juste une seconde.

– *You have a big prick* (1), fit-elle avec une admiration mal feinte.

Elle avait dû dire cela des centaines de fois. Malko avait pitié d'elle. Cette Mandchoue était pathétique.

Ok Zun replongea sur lui, l'engloutissant entièrement. Instinctivement, il se cambra, prêt à cracher sa semence. Aussitôt, Ok Zun l'arracha de sa bouche et se mit à le masturber frénétiquement en disant, extasiée :

– *You come! You come...*

Ce qu'il fit, avec un bref spasme.

Un œil toujours fixé sur le sac Chanel posé sur la chaise... A peine sa respiration fut-elle redevenue normale qu'Ok Zun fonça vers le minuscule cabinet de toilette. Malko étendait la main, mais elle revenait déjà avec une serviette qui lui servit à le nettoyer consciencieusement. Il se rajusta et elle repartit vers le cabinet de toilette.

Cette fois, elle ouvrit un robinet et se pencha pour se rincer la bouche, lui tournant le dos. Malko prit dans sa poche cinq billets de dix mille wons, ouvrit le sac et les glissa dedans, avant d'examiner son contenu : peu de chose, maquillage, un porte-monnaie, un mou-

(1) Vous avez un gros sexe.

choir, des clefs. Et un passeport plastifié marron coréen. Malko l'extirpa du sac et l'ouvrit à la troisième page.

Il eut le temps de relever le nom d'Ok Zun, le numéro et voir que la photo manquait!

Ok Zun fonçait sur lui, l'air mauvais.

– Qu'est-ce que vous faites?

– Votre argent, dit Malko. Ce passeport est tombé, je l'ai ramassé.

Elle vit les billets et se radoucit, refermant pourtant le sac aussitôt. Elle se dirigea vers la porte. La récréation était finie. Ils descendirent rapidement les quatre étages. Malko voulait à tout prix renouer le contact. Un passeport sans photo, ce n'était pas vraiment normal.

Arrivé dans le ruissellement de néons, il la prit par le bras et lui demanda :

– Pourquoi la fille que nous avons croisée pleurait-elle?

– Le Noir lui avait fait mal, fit-elle après une hésitation. Ce sont des brutes et ils sont montés comme des chevaux. Moi, je ne fais jamais l'amour avec un étranger.

Malko était perplexe. Que faisait cette prostituée avec une étudiante guindée comme Sun-Bong? L'animation s'était un peu calmée.

– Où allez-vous? demanda-t-il.

– Je rentre, fit-elle, je suis fatiguée.

– Je vous raccompagne.

Elle secoua la tête.

– On ne peut pas monter chez moi. Ce n'est pas la peine.

Elle hélait déjà un taxi.

– J'aimerais vous revoir, vous êtes très belle, dit Malko avec toute la conviction dont il était capable.

Parfait dans le rôle du client satisfait. Ok Zun lui jeta un coup d'œil en coin. Cinquante mille wons, c'est toujours bon à prendre.

– Venez au *Lucky Spot,* demain.

– Je ne peux pas demain soir. Je voudrais vous voir avant.

Elle hésita.

– Je n'ai pas beaucoup de temps... Je travaille tôt.

– Avant, dans le quartier.

– Bien, fit-elle sans enthousiasme, demain à six heures au tabong *Zaza*, c'est juste à côté du magasin Hamilton.

Elle grimpait déjà dans le taxi qui démarra en trombe, plongeant dans It'aewon'no ruisselant de néons. Malko le regarda s'éloigner, perplexe. Il n'avait pas perdu sa soirée. Finalement, le tuyau de la douce Mina n'était pas si mauvais.

A qui pouvait bien avoir servi le passeport d'Ok Zun? L'absence de photo laissait supposer qu'il avait été utilisé par une autre personne.

*
**

– On a tapé dans le mille, se félicita Michael Kotter. Il n'y a plus qu'à tirer les fils.

Le seul fil, c'était Ok Zun, et Malko était moins optimiste que le chef de station.

– Je vais arriver très vite au bout, remarqua-t-il. Même si je revois Ok Zun aujourd'hui, je ne peux guère progresser sans me dévoiler. Si je sors de mon rôle de client, c'est fichu. Il faut demander aux Coréens de nous aider. Eux seuls peuvent progresser grâce à ce passeport. On doit pouvoir savoir s'il a été utilisé. Et par qui. Je ne connais même pas l'adresse de cette fille.

– Elle et Sun-Bong font sûrement partie d'un réseau logistique, analysa l'Américain. Qui semble avoir été activé. Derrière, il y a des gens beaucoup plus dangereux. Comme Obok Hui Kang.

– Et Anita Kalmar? demanda Malko. Que fait-elle là-dedans?

Michael Kotter lui jeta un regard lourd de suspicion.

– Je sais ce que vous pensez. Mais...

– Ce n'est pas une coïncidence si elle se trouve au centre d'un réseau nord-coréen, remarqua Malko. Elle est venue du Nord, elle aussi. Il n'y a que deux possibilités : ou elle travaille avec eux...

– Impossible, coupa l'Américain.

– Alors, ils l'utilisent à son insu ou ils préparent une vengeance, pour les avoir ridiculisés.

Michael Kotter se mit à jouer machinalement avec un crayon.

– Ce n'est pas idiot... Dans ce cas, il faudrait l'avertir.

– Et prévenir également les Sud-Coréens, compléta Malko.

– Attendons votre rendez-vous de ce soir, demanda l'Américain. Je vais devoir faire appel au général Kim. Mais nous perdrons le contrôle de l'opération.

– Etes-vous d'accord pour que je parle à Anita Kalmar? Elle n'ignore pas que j'appartiens à la Company. Pour la mettre en garde.

Michael Kotter sourit.

– Je sais que vous mourez d'envie de la revoir. Allez-y. Tenez, j'ai quelque chose pour vous.

Il tira une boîte en carton de son bureau. Le pistolet extra-plat de Malko, arrivé par la valise diplomatique.

*
**

Anita Kalmar était en guêpière blanche, avec une capeline, en train de se changer, lorsque Malko fut enfin introduit dans sa loge. La Suédoise participait à un défilé de mode au huitième étage du grand magasin de luxe Lotte situé derrière l'hôtel du même nom. C'était la semaine de la France avec les collections de plusieurs grands couturiers et un show-room des dernières créations du décorateur Claude Dalle. Malko sentit sa gorge s'assécher. Le bouillonnement de la dentelle mettait encore plus en valeur les seins de la Suédoise, et ses jambes gainées de bas clairs semblaient interminables. Elle lui jeta un regard indifférent, plutôt froid.

– Que se passe-t-il?

– Peut-être rien, dit Malko. Mais je tenais à vous avertir de quelque chose.

Elle eut l'air intriguée, tandis qu'une Coréenne qui lui arrivait à peine à l'épaule l'aidait à enfiler une robe du soir en organdi rose.

– De quoi? demanda-t-elle. Dépêchez-vous, je défile dans deux minutes.

– Cela vous concerne, fit-il.

Les grands yeux bleus s'immobilisèrent sur lui.

– Moi?

– Oui. Depuis que vous vous êtes enfuie de Corée du Nord, vous n'avez eu aucune réaction de Kim Jong Il?

Elle sourit :

– Non, ils ont juste publié un communiqué de presse, disant que j'étais une espionne à la solde des Américains et des Sud-Coréens.

– Vous ne craignez pas qu'ils se vengent?

– Comment?

– Comme ils font d'habitude, fit-il. En vous assassinant...

Anita Kalmar se figea.

– Vous plaisantez.

– Non, fit Malko, il semble d'après nos informations que certaines personnes de votre entourage soient suspectes...

– Vous en avez parlé aux Coréens?

– Pas encore.

La Suédoise tira sur sa robe pour la lisser.

– Ce n'est pas sérieux. Ici, je suis très protégée; dès que je sors le soir, il y a des gardes du corps en permanence et la police coréenne surveille l'hôtel.

– Je voulais vous prévenir, dit Malko, battant en retraite. Ne parlez de cette conversation à personne.

– D'accord, mais vous voyez des espions partout, conclut Anita Kalmar en riant.

Elle était si froide qu'il ne l'invita même pas à dîner.

*
**

Une voiture de police ululait tristement, engluée dans le monstrueux embouteillage d'It'aewon Street, son gyrophare balayant de faisceaux bleus les trottoirs humides de pluie.

Malko avait laissé Ung Sam un peu plus loin. Il était en avance.

Il grimpa l'escalier menant au tabong *Zaza*, étroit et raide comme une échelle, débouchant sur un minuscule palier qui sentait l'ail. La porte du tabong était à gauche. Il s'apprêtait à la pousser lorsqu'une autre porte s'ouvrit dans son dos.

Un Coréen de petite taille, mince, avec un visage d'enfant sage en surgit. Cravate, costume sombre. Malko crut qu'il voulait entrer au tabong et, poliment, s'effaça pour le laisser passer.

Brutalement, le Coréen se ramassa comme un chat qui s'apprête à bondir. Sa main droite partit à la vitesse de l'éclair, se refermant sur le cou de Malko, les pouces écrasant les carotides. Comme des griffes d'acier. En quelques secondes, Malko, le cerveau cessant d'être irrigué, sentit qu'il perdait connaissance. Sans effort apparent, le petit Coréen le tira en arrière, lui faisant franchir la porte par où il était apparu. Puis il le laissa tomber à terre.

Malko rouvrit les yeux quelques secondes plus tard dans un couloir sombre et poussiéreux. Son agresseur était en train de sortir un petit pistolet de sa poche et vissait au bout du canon un gros cylindre qu'il tenait dans la main gauche.

La culasse claqua : il venait de faire monter une balle dans le canon. Paisiblement, il ajusta la tête de Malko en train de se relever, la vue encore brouillée.

CHAPITRE X

Au moment où son agresseur appuyait sur la détente, Malko, pris d'un brusque vertige, retomba sur le sol. La balle destinée à lui fracasser le crâne passa quelques centimètres plus haut pour terminer dans le mur... Malko roula sur lui-même, cherchant à saisir son pistolet extra-plat. Un second « pfuuuit », un petit choc dans l'épaule : une balle avait traversé le rembourrage de sa veste. Le Coréen venait encore de le rater.

Son cerveau ralenti par le manque d'oxygénation fonctionnait mal. Il se sentait déconnecté. Enfin, sa main jaillit de sa ceinture, brandissant le long pistolet noir.

Pas de balle dans le canon... L'autre avait le temps de le massacrer tranquillement.

Mais le Coréen fit un bond de côté. Visiblement, il ne s'était pas attendu à ce que Malko soit armé.

Encore sur un genou, Malko arma sa culasse et se releva. L'autre détala si vite qu'il glissa, se rattrapa en roulé-boulé et disparut sur le palier.

Encore titubant, Malko y arriva à son tour pour apercevoir le dos du petit Coréen s'évanouir en bas des marches, et se fondre dans la foule d'It'aewon Street. Malko regarda à ses pieds : son agresseur avait laissé tomber son arme. C'était un petit « UNIC » belge, un 6,35 sur lequel on avait adapté un filetage et un silencieux bricolé. Rien d'une arme de tueur professionnel. Cependant, s'il avait pris un projectile dans la tête, il serait mort quand même...

Perplexe, il mit l'arme et le silencieux dans la poche de son imperméable. Cette tentative d'élimination le laissait avec deux hypothèses. Ou Ok Zun avait parlé de leur rencontre et faisait partie d'un réseau actif. Ou elle était manipulée et Malko avait été repéré et suivi.

Dans la première hypothèse, puisqu'il aurait dû être liquidé, elle ne devait pas l'attendre au tabong...

Il poussa la porte. L'endroit était charmant, très sombre, avec des banquettes de velours noir, quelques couples en train de flirter, un feu de cheminée. On se serait cru en Europe. Pas d'Ok Zun. Il parcourut la salle sans la découvrir. Eprouvant une drôle d'impression. Ainsi sa mort avait bien été programmée... Michael Kotter allait peut-être enfin accepter de prévenir les Sud-Coréens.

*
**

Michael Kotter tournait pensivement entre ses doigts le pistolet qui avait failli tuer Malko.

– Il y a très peu d'armes ici en Corée du Sud, dit-il. Même les fusils de chasse sont interdits. Il n'y a pas si longtemps encore, les armes d'enfants tirant des plombs l'étaient aussi. Nous sommes tombés sur des professionnels. Et sur une affaire sensible. On a voulu vous éliminer parce que vous avez vu ce passeport sans photo. Ok Zun doit être loin, maintenant...

– Pas forcément, puisque je devrais être mort...

– J'ai essayé de prévenir le général Kim, fit l'Américain, mais il est en province jusqu'à demain matin.

– Je vais aller faire un tour au *Lucky spot*, proposa Malko. Je ne serais pas étonné qu'Ok Zun s'y trouve. Au point où nous en sommes. Vous me donnez Ung Sam?

– Bien sûr. Et faites attention...

Cette fois, il y avait une balle dans le canon du pistolet extra-plat.

*
**

Ung Sam gara la Daewoo dans la petite rue en pente menant à It'aewon Street et Malko se dirigea vers le *Lucky Spot*. Le temps s'était gâté mais il y avait toujours autant d'animation. La musique tonitruante lui sauta au visage, il aperçut les strip-teaseuses en train de se trémousser sur les tables, et les hôtesses au bar. La plus proche était Ok Zun, une expression d'ennui sur son beau visage.

Ils se virent en même temps. Malko s'attendait à une réaction. L'entraîneuse tourna simplement la tête ostensiblement ! L'ignorant. Ecartant une hôtesse, il se dirigea vers Ok Zun.

– Bonsoir. Vous n'êtes pas venue tout à l'heure.

Elle bougea à peine la tête pour lui répondre.

– Je n'avais pas le temps.

– Venez prendre un verre.

– Je ne peux pas, j'attends un client important.

L'hôtesse avait suivi Malko et les deux filles échangèrent quelques mots dans leur langue. Ok Zun glissa de son tabouret et disparut vers le fond de la salle tandis que l'hôtesse gazouillait.

– Susie est très prise ce soir, mais nous avons beaucoup de très jolies jeunes filles. Vous pouvez choisir.

Son anglais laborieux était comique... Sans l'écouter Malko traversa la salle à son tour. Ok Zun était sortie par une porte à côté du disc-jokey. Il la poussa, débouchant sur une sorte de vestiaire gardé par un cerbère. Ce dernier se mit aussitôt en travers de son chemin avec un sourire poli.

– C'est interdit, sir.

Malko fit crisser sous son nez un billet de cinq mille wons.

– Susie?

L'autre attrapa le billet et désigna la porte donnant sur la rue.

– *Susie, gone!* (1)

Malko était déjà dans la rue. Pas un taxi en vue, dans la rue en pente. Il repéra l'entraîneuse un peu plus bas, au coin de It'aewon Street, attendant un taxi avec d'autres personnes... Ung Sam avait eu la bonne idée de suivre Malko. Celui-ci monta à côté de lui et lui désigna la fille.

– *We follow her* (2).

Visiblement, Malko avait paniqué Ok Zun. Il fallait lui parler, coûte que coûte, pendant qu'elle était encore déstabilisée.

*
**

Après It'aewon Street, ils descendirent vers le sud, franchissant un pont sur la rivière Han pour arriver dans un hideux quartier neuf. Le taxi d'Ok Zun s'engagea dans l'avenue Tosandaero, immense et déserte, bordée des deux côtés de clapiers de béton de plusieurs centaines de mètres contenant chacun des milliers d'appartements. Tous portaient un énorme numéro en lettres noires.

Ung Sam pointa l'index vers le plus proche.

– Dong!

C'est le nom coréen de ces horreurs qui avaient remplacé les maisons aux tuiles multicolores. Un kilomètre plus loin, le taxi s'arrêta devant le n° 22. Ok Zun en émergea et entra aussitôt dans son « dong ».

– Attendez-moi, dit Malko à Ung Sam.

(1) Susie, partie!
(2) Nous la suivons.

Le couloir et l'escalier sentaient l'ail, comme toujours. Pas d'ascenseur. Malko rejoignit Ok Zun au quatrième, au moment où elle mettait sa clef dans la serrure. Elle se retourna brutalement en entendant le bruit de ses pas et demeura figée de surprise.

– *What you want?* (1)

Elle avait aboyé, les yeux réduits à un trait, le dos à sa porte.

– Vous voir.

– Je ne veux pas. Laissez-moi. Je suis malade.

Elle semblait surtout terrorisée, regardant derrière Malko, comme si elle s'attendait à voir surgir quelqu'un. Son menton tremblait.

– Il faut que je vous parle, insista Malko.

– Non.

Elle avait déverrouillé et ouvert sa porte. Elle se glissa à l'intérieur et referma aussitôt. Il entendit la clef tourner deux fois et en même temps aperçut un grand « 4 » tracé à la peinture rouge sur le battant.

Qu'est-ce que cela signifiait?

Il frappa à la porte à plusieurs reprises. Sans obtenir de réponse. Il appela sans plus de succès. Ok Zun se terrait. Il n'y avait plus qu'à redescendre. Ce qu'il fit, la main sur la crosse de son pistolet extra-plat.

La piste Ok Zun était devenue une impasse. Il avait donné un coup de pied dans la fourmilière, mais cela s'arrêtait là.

Seule la KCIA pouvait maintenant interroger Ok Zun et savoir à quoi avait servi son passeport. Et il fallait faire vite.

Ung Sam l'attendait près de la porte, inquiet.

– *You OK?*

– OK, assura Malko.

Ils retraversèrent la rivière. Ung Sam se retourna vers Malko.

(1) Qu'est-ce que vous voulez?

– *Shilla Hotel?*

Une idée excitante traversa l'esprit de Malko.

– Non, fit-il. *Chosun.*

Peut-être qu'Anita Kalmar le prendrait plus au sérieux maintenant. Et de toute façon, il avait des questions à lui poser. Ok Zun était l'amie de Sun-Bong, après tout.

*
**

La chambre de la Suédoise ne répondait pas. Déçu, Malko allait quitter le *Chosun* quand le concierge lui demanda :

– Vous cherchez Miss Kalmar?

– Oui.

– Elle doit se trouver au *Xanadu*, avec des amis, il y a une grande party organisée par le *Korea Herald.*

Il gagna le sous-sol. Un écriteau sur la porte du *Xanadu* annonçait « To-night private party (1) ». L'hôtesse à la porte ne fit néanmoins aucune difficulté pour le faire entrer. La disco était bourrée. Il finit par repérer Anita Kalmar dans un grand siège circulaire, entourée de mannequins coréennes pomponnées comme des caniches. Quelques-unes arboraient le hanbok, le costume traditionnel coréen, une sorte de boléro avec une robe longue très évasée de couleurs vives.

Anita Kalmar, elle, se contentait d'une robe blanche moulante en jersey, fendue pratiquement jusqu'à l'aine.

Sun-Bong n'était pas en vue. Malko parvint jusqu'à la Suédoise et s'inclina.

– J'ai tenu à venir vous féliciter, fit-il, j'ai assisté à votre présentation, cet après-midi, vous étiez absolument superbe.

Elle rit à gorge déployée.

(1) Ce soir, partie privée.

– Merci. Vous avez trouvé beaucoup d'espions?

– Pas encore, fit-il.

Ce n'était pas le moment d'évoquer les choses sérieuses. Anita Kalmar, un verre de Cointreau plein de glaçons à la main, semblait plutôt gaie. Elle invita Malko à prendre place sur le canapé, presque en face d'elle, et reprit sa conversation avec ses voisines.

Chaque fois qu'elle décroisait les jambes, Malko sentait son ventre s'embraser. Pourtant il n'avait pas la tête à la fête. Pris d'une soudaine inspiration, il se pencha vers sa voisine de droite, drapée dans une ample robe coréenne. Dieu merci, elle parlait un peu anglais.

– Est-ce que le chiffre « 4 » a une signification spéciale pour les Coréens? demanda-t-il.

La fille eut un rire gêné.

– Oui, bien sûr! C'est un chiffre maudit. Il se dit « seu » comme la Mort. Le caractère écrit n'est pas le même, mais la prononciation est identique, comme en chinois... Vous verrez d'ailleurs, il n'y a jamais de quatrième étage dans les hôtels ou les buildings.

– La mort! fit Malko.

Il comprenait mieux la réaction d'Ok Zun. On l'avait menacée. Il était urgent de remettre la main sur l'entraîneuse mandchoue... Il se leva discrètement et gagna les cabines téléphoniques du hall.

Michael Kotter était chez lui. Endormi. Il se réveilla très vite quand Malko le mit au courant des derniers événements.

– Je vous retrouve au *Chosun* dans un quart d'heure, dit-il.

*
**

Les dongs de l'avenue Tosandaero s'alignaient sous le clair de lune comme d'énormes dominos. Pas une fenêtre éclairée. Pas un chat dehors. Une gigantesque cité dortoir, oppressante et sinistre à souhait. Michael

Kotter arrêta sa Daewoo devant le numéro 22 et les deux hommes descendirent.

Ils montèrent en silence jusqu'au quatrième. Le « 4 » était toujours visible sur la porte d'Ok Zun. Malko sonna, une fois, deux fois, trois fois. Pas de réponse. A cette heure tardive, Ok Zun aurait dû être chez elle... D'autant qu'il l'avait vue rentrer une heure et demie plus tôt.

– C'est inquiétant, fit Michael Kotter.

Malko examinait le battant. Il appuya dessus et la porte s'ouvrit. Elle n'était même pas fermée... En tâtonnant, il trouva un commutateur électrique. L'entrée était minuscule, encombrée d'un tas de bibelots disparates, de posters, de magazines. Elle donnait sur un petit salon meublé à la coréenne.

Ok Zun gisait par terre entre le canapé et une bibliothèque en bois sombre. Allongée sur le ventre. A son immobilité, on voyait qu'elle ne vivait plus.

– *Shit!* murmura Michael Kotter.

Malko se pencha sur l'entraîneuse, et parvint à la retourner. Aussitôt sa tête pencha sur le côté, comme celle d'un pantin. Michael Kotter lui tâta le cou avec une grimace horrifiée.

– *My God!* elle n'a plus une seule vertèbre intacte! On dirait qu'on lui a broyé la nuque dans une machine.

Un peu de sang coulait de la bouche d'Ok Zun et elle avait les yeux vitreux, mais il n'y avait aucune trace de lutte. Ou l'assassin l'attendait chez elle, ou elle l'avait fait entrer... Malko pensa aux doigts d'acier de celui qui avait voulu le tuer.

Le corps était encore tiède. La mort devait remonter à une heure au plus. Malko avait un goût de bile dans la bouche. S'il avait posé sa question plus tôt, il aurait peut-être surpris l'assassin et saurait maintenant beaucoup de choses. En plus, Ok Zun serait encore vivante...

Michael Kotter achevait une fouille succincte de l'appartement.

Malko avait retourné le sac Chanel. Le passeport avait disparu. Les deux hommes inspectèrent tous les tiroirs, la cuisine, la chambre, sans le trouver. Il n'y avait pas de téléphone. Ou l'assassin habitait le dong ou Ok Zun avait rendez-vous avec lui.

– Partons, fit Michael Kotter. Il n'y a plus rien à voir.

Ils redescendirent en silence. Malko était bourrelé de remords et fou de rage.

– Elle savait quelque chose d'important. On l'a supprimée pour cela, dit-il. Il faut parler au général Kim.

– Laissez-moi le pistolet, dit Michael Kotter, je vais le lui transmettre. Nous le verrons ensuite.

Il déposa Malko au *Shilla* dont le grand hall lui parut encore plus sinistre. Un orchestre jouait encore au bar et Malko s'y arrêta pour y prendre une vodka et réfléchir. Il fallait se rabattre sur Sun-Bong. C'est à elle qu'Ok Zun avait prêté son passeport. Mais comment la faire parler sans lui arracher tous les ongles?

*
**

Il était onze heures quand la Daewoo noire de Michael Kotter franchit le portail vert de la KCIA. Le *Korea Herald* mentionnait la mort de l'entraîneuse en sixième page, soulignant que le nouveau gouvernement était responsable de la vague de violence qui déferlait sur Séoul. On pensait que l'entraîneuse avait été victime d'un maniaque ou d'un voleur. Les voyous armés de couteaux pullulaient maintenant dans les quartiers du sud.

Le général Kim était comme toujours d'excellente humeur. Malko remarqua une bouteille de Gaston de Lagrange ouverte, planquée derrière son bureau. Le général ferma soigneusement la porte de son bureau, alluma sa pipe et vint rejoindre ses deux visiteurs sur un canapé en face d'une table basse sur laquelle était posé le pistolet du tueur. Le général le prit avec délicatesse et se tourna vers Malko.

– Mon cher ami, cette arme est tout à fait intéressante, n'est-ce pas?

– Pourquoi?

Il se pencha sur un document dactylographié.

– Nous avons comparé son numéro avec ceux que nous possédons des armes déjà trouvées sur des terroristes dans des affaires précédentes... Eh bien, lors de l'attaque nord-coréenne à Rangoon, un des assassins a été trouvé par les autorités birmanes en possession d'une arme similaire dont le numéro de série ne varie que d'un chiffre...

– Donc l'homme que j'ai vu était un Nord-Coréen, conclut Malko.

Le général Kim éclata de rire.

– On ne peut pas l'affirmer, n'est-ce pas, mais il a au moins été en contact avec eux. Ce pistolet UNIC fait partie d'un lot acheté en 1985 à une fabrique belge pour le compte de l'ambassade nord-coréenne à Bruxelles. Soi-disant pour la protection des diplomates. Il y en avait douze, c'est le second que nous identifions...

– Et les silencieux?

– Fabriqués en Corée du Nord. Très rustiques. Nous en avons déjà eu de semblables. Ils ont été faits par les Services chinois, il y a des années, probablement à Macao.

– Et la fille, cette Ok Zun? demanda Malko après avoir bu quelques gorgées d'un thé tiède et pas assez sucré. Vous avez des choses sur elle?

Nouvel éclat de rire. Le général Kim s'amusait d'un rien.

– C'est très curieux, dit-il. Nous avons vérifié avec les Services de l'Immigration. D'après eux, Miss Ok

Zun s'est rendue au Japon la semaine dernière et elle est rentrée avant-hier.

– Quelqu'un d'autre a utilisé son passeport, dit Malko. Voilà pourquoi elle l'avait prêté.

Le général Kim avait repris son sérieux.

– C'est vraisemblable, dit-il. Nous avons vérifié à sa banque. Elle semblait avoir beaucoup plus d'argent que son métier ne lui en faisait gagner. Elle a dû laisser les Nord-Coréens par intérêt. Elle n'était pas fichée politiquement.

– C'est pour cela qu'on l'a tuée. Quelqu'un m'a repéré et m'a identifié. On a d'abord essayé de me supprimer et comme cela n'a pas marché, on a décidé de liquider Ok Zun pour qu'elle ne puisse pas parler.

Le général Kim tira sur sa pipe quelques minutes en silence, avant de se tourner vers Malko.

– Cette Ok Zun, comment l'aviez-vous connue?

Malko et Michael Kotter échangèrent un regard éloquent. C'est l'Américain qui répondit.

– Malko a suivi Sun-Bong. Elle l'a mené à Ok Zun.

– Je vois, fit le général.

– Que comptez-vous faire? demanda Malko.

Le général Kim alla récupérer la bouteille de Gaston de Lagrange et trois verres qu'il remplit. Le cognac semblait son meilleur allié dans la lutte contre le terrorisme nord-coréen...

– Il n'est pas certain que Sun-Bong soit impliquée dans cette affaire désagréable, n'est-ce pas... J'ai scrupule à la signaler à mes collègues. Vous savez qu'ils sont assez brutaux, n'est-ce pas. Je vais faire creuser l'environnement de Ok Zun. Essayer de retrouver ce tueur.

– Il faudrait savoir qui est entré en Corée avec le passeport d'Ok Zun.

– Bien sûr, approuva le général. Je vais demander un rapport détaillé à l'Immigration. Je vous tiendrai au courant.

Il était debout, signifiant la fin de l'entretien. Malko attendit d'être dans la Daewoo pour exprimer sa stupéfaction.

– On dirait qu'il s'en moque, dit-il. J'ai du mal à comprendre pourquoi la KCIA ne s'intéresse pas à un réseau terroriste nord-coréen.

Il se sentait au cœur d'une bonne magouille asiatique où tout le monde mentait. Le général Kim faisait comme si rien ne s'était passé. Ok Zun était morte, pourtant, et il revoyait le pistolet braqué sur lui. Tandis qu'ils descendaient les lacets de Namsan, Michael Kotter suggéra :

– Ils savent qui vous êtes maintenant. Il faut faire deux choses. Mettre la pression sur Sun-Bong et découvrir ce que le général Kim a dans le ventre. Quelque chose nous échappe.

– Ça ne va pas être facile, remarqua Malko. Le seul contact pour Sun-Bong, c'est Anita Kalmar. Je me demande de plus en plus le rôle qu'elle joue ou qu'on lui fait jouer dans cette histoire.

Ils étaient arrivés au *Shilla*. Malko descendit. Dans son casier, il y avait un message : rappeler le général Kim.

Il s'empressa de le faire. Le général était extrêmement chaleureux.

– J'aimerais vous inviter à dîner, proposa-t-il. Pour vous remettre de vos émotions...

– Avec joie, dit Malko, mais...

– Alors, ce soir à sept heures, coupa le général Kim.

Malko reposa l'appareil, perplexe. Pourquoi le général coréen ne l'avait-il pas invité un quart d'heure plus tôt? Il semblait ne pas vouloir lui parler au téléphone.

Et pourquoi voulait-il le voir?

CHAPITRE XI

Au téléphone, Anita Kalmar était nettement moins chaleureuse que la veille au soir. Hélas, si la Suédoise ne l'aidait pas à rencontrer Sun-Bong, il serait obligé d'user de méthodes moins agréables et plus directes. Et, sans garantie de succès.

– Sun-Bong est très prise, répondit-elle à la demande de Malko de rencontrer la Coréenne.

– Pourquoi ne déjeunerions-nous pas tous les trois? suggéra Malko.

– Je crois qu'elle passe toute la journée à l'université.

– Dîner, alors.

– Je vous rappelle, fit la Suédoise. Dès que j'ai des nouvelles.

Malko s'allongea pour réfléchir. Il avait coupé le son de la télé Samsung et regardait distraitement les images. Sun-Bong, Ok Zun, Anita, Obok. Les noms tournoyaient dans sa tête sans qu'il arrive à les relier les uns avec les autres.

De plus en plus, il était persuadé qu'Anita Kalmar jouait un rôle dans ce qui se passait. Lequel? La Suédoise rappela une heure plus tard.

– Je suis désolée, dit-elle. Sun-Bong m'a appelée de l'université. Elle n'a pas le temps de vous voir, elle a beaucoup de travail en ce moment. Dans quelques jours peut-être.

Il remercia. Au moins, Sun-Bong savait qu'il la soupçonnait. C'était peu, mais pourrait déboucher sur quelque chose. Dès le lendemain, il reprendrait la filature. En attendant, il y avait le mystérieux rendez-vous avec le général Kim.

*
**

– Je vous emmène dans un endroit très agréable, annonça le général Kim avec son sourire habituel. Le Dae Won Gak. Vous verrez...

Ils filèrent vers le centre puis montèrent le long d'une colline surplombant la « Maison Bleue », le palais présidentiel. L'officier coréen tirait sur sa pipe sans rien dire. Peut-être se méfiait-il de son chauffeur. Ils traversèrent un quartier résidentiel ultra-élégant et arrivèrent à une sorte de chalet de montagne entouré de petits pavillons en bois séparés par des cascades, des ponts, de la verdure.

Pas d'étrangers, pas de femmes, quelques groupes bruyants et joyeux.

Malko et le général entrèrent dans un bungalow en rondins après s'être déchaussés. Des mets étaient déjà disposés sur une table basse. Les deux hommes s'assirent face à face, en tailleur.

Quelques instants plus tard, deux créatures divines apparurent dans un bruissement de soie. Des Coréennes, vêtues de la longue robe traditionnelle, multicolore, soigneusement coiffées et maquillées comme des geisha. Elles s'inclinèrent profondément avant de s'installer à côté d'eux. Celle attribuée à Malko avait un visage enfantin et des yeux rieurs. Délicatement, elle prit ses baguettes et posa dans son assiette une crevette grillée, extraite d'un plateau de Kupolp'au (1).

– Elles vont nous nourrir, n'est-ce pas, fit le général avec un grand éclat de rire. C'est plus agréable que vos – il chercha le mot – garçons... Ce sont des femmes, n'est-ce pas?

Il avait déjà vidé la moitié d'une bouteille de vin blanc. Dans l'échancrure du boléro de sa voisine, Malko aperçut la naissance d'un sein blanc et timide. Suivant son regard, la fille baissa les yeux et lui offrit un peu de kimshi.

Il ignorait toujours la raison de ce dîner.

*
**

Visiblement, le général Kim avait toutes les peines du monde à garder les yeux ouverts... La table était jonchée d'assiettes et les deux filles pépiaient joyeusement. La conversation n'avait porté que sur des banalités. Le général avait fait apporter une bouteille de Gaston de Lagrange et s'était servi généreusement.

La voisine de Malko se pencha soudain, comme pour ramasser sa serviette. Il sentit des doigts légers courir sur lui, s'attardant à peine entre ses cuisses. Mais le regard rieur en coin en disait plus que le geste.

La tête sur la poitrine, le général Kim se mit soudain à ronfler. Terrassé par le vin blanc. Aussitôt, la Tijisang qui s'occupait de lui alla l'installer confortablement sur les coussins entourant la table. Celle de Malko fit de même. Impossible de lui expliquer qu'il ne désirait pas faire la sieste : elle ne comprenait pas l'anglais. Elle défit sa cravate, ouvrit sa chemise et s'installa bizarrement à califourchon sur son ventre, commençant à le masser énergiquement...

D'abord les épaules. Puis, les pectoraux, enfin le

(1) Hors-d'œuvre coréens.

sternum. C'eut été totalement innocent si Malko n'avait pas réalisé qu'en même temps elle se frottait doucement à lui.

Le général Kim, allongé sur les coussins, se désintéressait de tout. Croisant le regard de la fille, Malko y lut une espiègle complicité. Serrée dans sa robe, elle n'avait pourtant rien de sexy. Comme il avait les mains libres, Malko les posa sur la soie et glissa ensuite dessous. Elle continua à le masser. Même lorsqu'il atteignit les cuisses nues et le ventre sans aucune protection...

Tournant la tête, elle interpella sa camarade qui veillait sur le sommeil du général. Malko caressait maintenant un sexe humide à souhait; hiératique, la masseuse semblait ne pas s'en apercevoir.

Sa copine vint s'agenouiller à côté et, après une inclinaison de tête pleine de déférence, pencha la bouche sur sa poitrine. Une langue aiguë se mit à explorer ses mamelons avec une dextérité diabolique, tandis que d'autres mains faisaient glisser son pantalon. On n'entendit plus que des chuchotis et quelques soupirs. Sa première « masseuse » avait défait le bas de ses vêtements et il sentait ses mains s'activer sur son sexe en érection, à l'abri de la grande robe. L'autre continuait à lui brouter la poitrine...

C'était divin.

Il jeta un coup d'œil à son voisin : le général Kim ronflait de plus belle.

Soudain, la « masseuse » se souleva légèrement. Il la sentit prendre son sexe à pleine main, tâtonner, éprouva une impression chaude et humide et elle s'empala avec délicatesse sur lui. On ne peut même pas dire qu'elle faisait l'amour, ne pesant pas sur lui. S'appuyant sur ses genoux, elle montait et descendait le long de la hampe, le serrant de toute la force de ses muscles internes.

Une gymnastique uniquement axée sur le plaisir

masculin. Qui s'accéléra peu à peu. Quand elle arracha un soupir à Malko, elle se laissa brutalement tomber sur lui, comme pour sentir le jet la frapper. Sa copine en profita pour pincer les seins de Malko avec habileté tandis qu'il se déversait dans le ventre de l'autre.

Qui attendit poliment que son désir soit calmé pour se dégager. Prenant un petit linge humide, elle lui fit sa toilette et le rajusta, toujours à l'abri de la robe. Tandis que sa copine promenait le même linge sur son torse et son visage, comme une chatte lèche ses petits.

Quand il se redressa, il était parfaitement correct et le visage maquillé de sa fellatrice ne montrait aucune émotion. Elle s'inclina légèrement devant lui, tandis que sa copine réveillait délicatement le général Kim. Ce dernier s'ébroua, éclata de rire et lança :

– J'ai un peu dormi, n'est-ce pas. Trop de vin, n'est-ce pas...

Elles l'aidèrent à se redresser et à se rhabiller, avec tous les signes du plus grand respect, rechaussèrent les deux hommes et s'inclinèrent profondément, avant de disparaître.

Le général Kim se repeignait, le regard flou et amical posé sur Malko. Ce dernier en profita.

– Pourquoi vouliez-vous dîner avec moi?

Le général Kim étouffa un discret hoquet et se pencha en avant.

– Dans mon bureau, n'est-ce pas, on peut être écouté, n'est-ce pas. Ce n'est pas prudent.

– Vous aviez quelque chose d'important à me confier?

Kim hocha la tête affirmativement.

– Oui. Mais ce n'est pas très facile à dire, n'est-ce pas. J'ai reçu des ordres.

– A propos de quoi?

– De... cette affaire.

– Que vous a-t-on demandé?

Le général se tordit d'un rire un peu forcé.

– Rien, rien, justement!

Malko mit quelques secondes à comprendre.

– Vous voulez dire que la KCIA ne veut pas tenter de démanteler ce réseau nord-coréen?

– C'est un peu ça.

– Mais pourquoi?

Nouveau rire. Pas vraiment gai.

– Le président Roh Tae Woo, n'est-ce pas, n'est pas très ami avec mes chefs. Ils ne l'aiment pas non plus.

Huit mois plus tôt, la Corée avait troqué une série de dictatures militaires contre un Président – le général Roh Tae Woo – élu démocratiquement. Bien qu'il soit très lié avec l'ancien président Chun, on lui attribuait des opinions modérées et un désir réel de diminuer le pouvoir de la KCIA, jusque-là un Etat dans l'Etat.

Le général Kim ferma les yeux un court instant, puis se leva.

– Il faut oublier tout ce que je vous ai dit, n'est-ce pas... Je pourrais avoir beaucoup de problèmes, n'est-ce pas. Je dois être fidèle à mon pays.

Il ouvrit la porte : le chauffeur était derrière. Ils redescendirent tous les trois vers le parking. Malko était atterré. Pour une obscure question de politique intérieure, la KCIA laissait les mains libres à ses ennemis mortels.

Cela expliquait beaucoup de choses. Il avait hâte de mettre Michael Kotter au courant. C'était certainement dans ce but que le général Kim avait parlé.

*
**

– Ces types sont suicidaires, grommela Michael Kotter et le général Roh Tae Woo est un con! Depuis trente ans, la KCIA protège ce pays. Je savais qu'il leur avait dit de garder un profil bas, mais je ne pensais pas que cela allait si loin. Kim est OK, il ne raconte pas d'histoire.

Une brume légère flottait sur Séoul, se dissipant peu à peu, découvrant les montagnes et la tour de TV de Namsan. Les deux hommes prenaient leur petit déjeuner au quinzième étage du *Shilla*.

– Creuser ce que nous avons, par nous-mêmes, reprit l'Américain. Les partisans de Chun, l'ancien président, qui fourmillent à la KCIA, seraient ravis qu'il y ait un attentat pour troubler les Jeux. Ainsi, ils pourraient montrer du doigt le nouveau gouvernement.

– Les Soviétiques participent aux Jeux, remarqua Malko. Les Nord-Coréens sont leurs alliés.

– Ils ne les contrôlent pas totalement, corrigea l'Américain. Le KGB ne met pas son nez dans les opérations clandestines de nos homologues nord-coréens. De plus, si le général Kim dit vrai, la KCIA a décidé la chute du nouveau gouvernement. Une grosse opération terroriste suffirait probablement. C'est sans grand risque, d'autant qu'ils savent bien que les Nordistes ne peuvent se lancer dans une action militaire : les Soviétiques le leur interdirait, les Chinois aussi et nous sommes là. Si les généraux de la KCIA peuvent renverser Roh Tae Woo au prix de quelques morts – surtout américains – c'est un prix peu élevé à leurs yeux.

– Donc l'enquête sur Ok Zun n'aboutira pas...

– Il y a des chances.

– Alors, qu'allons-nous faire?

– Vous réactivez. Dès demain matin. Ung Sam s'est renseigné. Sun-Bong n'est à l'université que jusqu'à midi. Elle se croit peut-être encore à l'abri. On ne sait jamais. De toute façon, nous n'avons pas le choix. Il faut déboucher sur quelque chose.

*
**

Les étudiants se pressaient en flots serrés le long de la rampe menant à l'avenue Changch'ung. Malko repéra Sun-Bong, avec son éternelle longue robe noire. Elle prit un bus trois minutes plus tard et descendit dans Sogyo Dong. Elle rentrait chez elle. Ung Sam se gara plus loin et descendit chercher des sushis au restaurant japonais voisin. Vingt minutes plus tard, Sun-Bong ressortit, changée avec son chapeau à voilette. Cette fois, elle prit un taxi. Il les mena dans le centre dans Myongdong, qui abritait une des autoroutes urbaines. Sun-Bong quitta le taxi et entra dans un petit restaurant japonais. Malko n'hésita que quelques secondes.

Il allait jouer à quitte ou double.

– Attendez-moi, demanda-t-il à Ung Sam.

A son tour, il pénétra dans le restaurant. Celui-ci était minuscule, avec une douzaine de tables et un bar entourant une grande plaque métallique où on préparait le teppanyaki. Un cuisinier découpait la viande en petits morceaux, sous les yeux des clients et la faisait cuire avec des légumes. Trois Coréens s'empiffraient de sushis sur un coin du bar. Sun-Bong, assise un peu plus loin, paraissait attendre. Malko se glissa sur le tabouret voisin. Pendant une fraction de seconde, elle ne le reconnut pas, puis ses pupilles se rétrécirent et il sembla à Malko que le sang quittait son visage. Elle baissa la tête, comme pour éviter de le voir. Malko demanda en anglais :

– Sun-Bong, vous ne vous souvenez pas de moi?

Elle ne répondit pas. Il s'aperçut que ses mains tremblaient légèrement quand elle porta à sa bouche un verre de thé. Le cuisinier les observait et se pencha vers Malko pour prendre sa commande. De nouveau, Malko se tourna vers Sun-Bong.

– Vous ne me reconnaissez pas... Je suis Malko Linge. Nous nous sommes vus au *Xanadu*...

Elle lui adressa un regard fuyant et lança quelques mots au cuisinier. Ce dernier traduisit pour Malko.

– Cette jeune femme ne parle pas anglais et dit ne pas vous connaître, sir.

Il y avait un rien de réprobation dans sa voix.

– Merci, dit Malko, je voudrais un teppanyaki de bœuf, et du saké.

Le cuisinier disparut dans sa cuisine. Aussitôt, Malko glissa à Sun-Bong :

– Sun-Bong, vous savez très bien qui je suis. Je dois vous parler. C'est important.

Elle ne répondit toujours pas, la tête baissée, bloquée, les deux mains autour de sa tasse de thé. Sa petite bouche ronde n'était plus qu'un trait. Soudain, elle descendit de son tabouret et fila vers un réduit au fond de la salle où se trouvait un petit téléphone rouge. Trop loin pour que Malko l'entende. Elle regagna sa place, plus détendue. Le cuisinier n'était toujours pas réapparu. Malko revint à la charge.

– Sun-Bong, dit-il, votre amie Ok Zun a été assassinée. Et je crois savoir pourquoi.

Elle demeurait immobile, la tête dans les épaules, et il crut qu'elle allait se mettre à pleurer... Mais elle ne parla pas. La tension devenait insupportable. Malko savait qu'il n'avait que quelques minutes pour arriver à ses fins, la faire craquer. Il ne lui restait qu'un élément massue. Ensuite, c'était l'échec.

– Sun-Bong, dit-il, vous avez emprunté le passeport de votre amie Ok Zun. Que vouliez-vous en faire?

Cette fois il vit ses phalanges blanchir autour du verre de thé. Elle le regarda enfin et dit d'une voix plaintive, suppliante, en anglais.

– *Please, let me alone. Please.*

Il y avait des larmes dans ses yeux. Ses épaules tremblaient. Si l'enjeu n'avait pas été aussi important, Malko aurait eu pitié d'elle. Il enfonça le clou.

– Sun-Bong, votre amie a été tuée à cause de ce passeport...

Silence. Elle avala un peu de thé, l'air d'un animal traqué.

Malko jeta un coup d'œil autour de lui. La télé dans un coin déversait de la pub en coréen. Les amateurs de sushis se curaient les dents, cela sentait l'ail. Le cuisinier réapparut avec un plat rempli de morceaux de viande. La commande de Sun-Bong. Malko se dit soudain qu'il était étrange qu'une Coréenne pauvre vienne dans un restaurant japonais où la viande était hors de prix. Elle avait sûrement rendez-vous.

Voilà pourquoi elle était tellement nerveuse... Il lui restait une ultime carte à jouer. Il lança à voix basse d'un ton menaçant :

– Sun-Bong, il faut me parler. Sinon, je vous livre à la KCIA.

Au mot « KCIA », elle poussa une sorte de gémissement et tourna vers Malko des yeux pleins de larmes, balbutiant en mauvais anglais :

– Je ne sais pas de quoi vous voulez parler. Je n'ai rien fait.

– Pourquoi avez-vous emprunté ce passeport?

Le cuisinier se pencha vers Malko.

– Votre viande, saignante ou à point?

– Saignante, dit Malko.

De nouveau, Sun-Bong interpella le cuisinier d'un ton plaintif. L'autre hocha la tête sans répondre, comme s'il n'était pas concerné... La jeune femme semblait se rapetisser sur son tabouret. Malko se rapprocha et dit d'une voix plus douce :

– Il faut me croire, je veux savoir la vérité. Si vous collaborez avec moi, vous n'aurez pas affaire à la KCIA, insista Malko. Nous vous protégerons... Je vous le jure.

Il la sentait ébranlée. Le cuisinier écoutait leur conversation sans rien comprendre, aiguisant son couteau, disposant ses sauces. Tout à coup, Sun-Bong étendit sa main gauche sur le comptoir, à côté du verre de thé et lança à Malko d'une voix contenue.

– Regardez ce qu'ils m'ont fait, la dernière fois...

Il fixa sa main. Les ongles de l'auriculaire et de l'annulaire n'existaient plus, remplacés par des bourrelets de chair rosâtre. On les avait arrachés. Malko en eut un haut-le-cœur. C'est ce que le général appelait une remontrance.

– C'est à cause des tracts? demanda-t-il.

Une lueur de panique passa dans les yeux noirs.

– Comment le savez-vous?

– Peu importe, dit Malko. Mais j'ai besoin d'informations.

Sun-Bong secoua la tête.

– Ils me feront des choses horribles. Ils ne croient jamais qu'on dit la vérité. Ces tracts, je les avais trouvés dans la rue. Ils n'ont jamais voulu l'admettre...

Il y avait dans sa voix un mélange de rancœur et de panique. Malko posa sa main sur les doigts mutilés.

– Ne craignez rien, nous ne sommes pas des sauvages... Je veux seulement savoir pourquoi vous avez demandé son passeport à Ok Zun.

Elle ne répondit pas et fixa son regard sur le cuisinier en train de découper sa viande, comme pour y chercher un réconfort... On n'entendit plus que le crissement de la lame sur la plaque chauffante.

– Venez, supplia Malko, ne restons pas ici. Il s'agit d'une histoire grave... Qui concerne les Jeux Olympiques.

Sun-Bong tourna la tête vers lui et murmura :

– Vous pourrez vraiment me protéger de la KCIA?

Si elle avait su que la KCIA avait décidé de fermer les yeux...

– Bien sûr, affirma Malko. Même si nous devons vous faire quitter le pays. Les Etats-Unis sont menacés au premier titre.

– J'espère que vous tiendrez parole, murmura la jeune femme.

Elle semblait complètement vaincue, prostrée, terrifiée, sa main torturée repliée comme une serre. Malko pensa à ce qu'elle avait dû endurer. D'un certain point de vue, elle avait eu de la chance. On mourait beaucoup dans les prisons coréennes.

– Venez, dit-il.

Le cuisinier avait fini de touiller sa viande. Il en piqua un morceau au bout de son grand couteau et le déposa délicatement dans l'assiette de Malko pour la lui faire goûter. Ce dernier se dit qu'avec son bandeau autour du front, il ressemblait à un samouraï... Leurs regards se croisèrent. Celui du cuisinier était étrangement concentré. Un homme qui aimait son métier.

Il se redressa et sans que rien puisse le laisser prévoir, sa main, prolongée par le couteau, balaya l'espace de droite à gauche.

*
**

Sun-Bong n'eut même pas le temps de pousser un cri. La lame, aiguisée comme un rasoir, lui taillada la gorge d'une carotide à l'autre. Deux jets de sang parallèles jaillirent vers le plafond, avec une force incroyable. La Coréenne battit l'air de ses bras et s'effondra sur son tabouret, agitée des soubresauts de l'agonie.

Dans le même mouvement, le cuisinier se tournait vers Malko, la lame haute, le regard halluciné. De nouveau son bras armé fendit l'espace, avec une rapidité inouïe. Si Malko n'avait pas pensé au samouraï, il l'aurait sûrement égorgé. Mais son cerveau s'était mis en alerte une fraction de seconde plus tôt. Il eut le temps, d'un coup de pied, de faire basculer son tabouret en arrière. La lame passa à quelques millimètres de sa pomme d'Adam et il tomba à la renverse sur le plancher...

Tous les consommateurs s'étaient dressés, horrifiés, criant, gesticulant. Malko se releva d'un bond, arracha son pistolet extra-plat de sa ceinture. Le cuisinier était derrière. Lorsqu'il réalisa que Malko était indemne, il bondit de nouveau, sautant sur le comptoir où agonisait sa victime. Accroupi, il fixa Malko, son couteau à l'horizontale. Ce dernier comprit que ce n'était même pas la peine d'essayer de lui faire peur... Il appuya sur la détente de son pistolet extra-plat au moment où le cuisinier se ruait vers lui.

Tenant la crosse des deux mains, il garda son index sur la détente, lâchant neuf projectiles, coup sur coup. Les consommateurs de sushi avaient plongé sous les tables.

Le cuisinier s'arrêta brusquement, les yeux vitreux. Son plastron blanc n'était plus qu'une plaque sanglante. Il tituba, recula, s'appuyant au comptoir. Du sang jaillit de sa bouche. Il battit l'air avec son couteau et, comme un vieillard, fit deux pas en direction de Malko. Ce dernier, son arme vide, saisit une chaise pour se défendre. L'âcre odeur de la cordite avait envahi le restaurant.

Le cuisinier s'arrêta net. Malko se demandait comment il pouvait encore tenir debout avec neuf balles dans le corps. Il lui faisait penser à ces buffles qui courent encore un kilomètre avec une balle dans le cœur. Il lâcha son couteau. Deux policiers en bleu, à la casquette plate, firent irruption dans le restaurant. Ils se ruèrent sur Malko. L'un d'eux lui fit une prise au bras, le forçant à lâcher son pistolet, l'autre lui assena une manchette d'une violence inouïe sur la nuque. Il tomba à genoux.

Aussitôt, les deux policiers le rouèrent de coups. Des consommateurs essayèrent en vain de s'interposer. Ils étaient déchaînés. A demi-assommé, Malko vit du coin de l'œil le cuisinier cesser de bouger. Enfin mort.

Les policiers passèrent des menottes à Malko. Impossible de s'expliquer. Ils ne parlaient pas un mot d'anglais... On le fit asseoir sur une chaise et on commença à le fouiller. La glace lui renvoya une image effrayante. Le sang de Sun-Bong avait rejailli partout sur son costume, sur son visage et même sur ses mains. Il ressemblait à Jack l'éventreur... Normal qu'ils aient été brutaux avec lui.

Les consommateurs commençaient à parler. D'autres cuisiniers jaillirent de l'office.

– Général Ching Yong Kim, dit Malko aux policiers, en articulant soigneusement. *Please call him.*

Les menottes lui faisaient très mal. On avait étendu le corps de Sun-Bong sur le plancher et posé une serviette sur son visage massacré. Malko commençait à s'énerver. Son cerveau se remettait à fonctionner. Une fois de plus, ses adversaires avaient réagi avec une brutalité et une férocité inouïes. Il réalisait maintenant la vérité : c'était le cuisinier qu'était venue retrouver Sun-Bong. Dès que celui-ci avait compris qu'elle craquait, il avait paré au plus pressé...

Malko découvrait peu à peu les ramifications d'une coalition puissante et bien organisée. Mais chaque fois qu'il tirait un fil, on le tranchait et la vie de quelqu'un avec.

Qui serait le suivant? Depuis Vienne, c'était une longue traînée sanglante.

Qui protégeait-on?

CHAPITRE XII

Le général Ching Yong Kim était penché sur le télex situé au sixième étage du building ultra-moderne de la police de Séoul, à côté du City Hall. Des noms japonais défilaient sur la machine, imprimés au fur et à mesure. Machinalement, Malko frotta ses poignets. Il avait quand même attendu deux heures avant d'être délivré, sur l'intervention directe de la KCIA. En le fouillant, les policiers avaient trouvé la carte du général Kim, ce qui avait bien arrangé les choses. Du coup, les policiers s'étaient contentés d'une déclaration écrite de sa part sans poser trop de questions. Il avait gagné le QG de la police dans la voiture du général.

A peine avaient-ils été seuls que ce dernier lui avait tendu son pistolet extra-plat avec un rire joyeux.

– Ne le montrez plus, n'est-ce pas... Ici, c'est sévèrement réprimé. Je dirai qu'il est conservé pour les besoins de l'enquête.

– Sans cette arme, avait remarqué Malko, je serais mort. Comme Sun-Bong.

Maintenant, ils essayaient d'en savoir plus sur le mystérieux cuisinier japonais... Il était entré en Corée régulièrement six mois plus tôt. Seulement, le nom porté sur son passeport était faux et on ne trouvait aucune trace de lui au Japon. Ses camarades de travail avaient confirmé que Sun-Bong lui rendait souvent visite. La perquisition dans l'appentis où il logeait n'avait rien donné. Le général bloqua soudain le télex. Il se pencha, tirant plus vite sur sa pipe, avec un sourire triomphant.

– Je crois que c'est lui!

Ils avaient envoyé par téléfax à la police japonaise la photo du meurtrier de Sun-Bong. La réponse arrivait. Malko lut par-dessus l'épaule de l'officier coréen.

– Akuri Sumamoto, 32 ans, membre présumé de l'Armée Rouge japonaise. A participé à plusieurs attentats au Japon et en Europe. Repéré dernièrement dans la vallée de la Bekaa, au Liban. Extrêmement dangereux. Célibataire. A travaillé de près avec Shiganobu, l'ancienne chef du groupe. Repéré également par les Chinois à Macao. Voyage avec un faux passeport japonais MG 5741 632.

Macao, base des Nord-Coréens. La boucle était bouclée... Malko venait d'identifier involontairement un nouveau membre du complot. Un peu tard... Le général Kim arracha la feuille du télex et se mit au téléphone. Après une longue discussion, il annonça à Malko :

– Nous allons perquisitionner chez Sun-Bong. La police nationale me laisse traiter l'affaire.

– Vous en avez parlé à vos supérieurs? Qu'en pensent-ils?

– On m'a demandé de suivre l'enquête. Mais je n'ai pas beaucoup de moyens.

– Ils ne s'étonnent pas de cette vague de meurtres : deux en deux jours.

Le général Kim se mit à rire à gorge déployée.

– Ils disent que c'est très bien qu'ils s'entretuent! Que nous interviendrons plus tard.

La KCIA avait bien décidé de saboter l'enquête.

Ils descendirent dans la cour et s'installèrent dans la voiture du général tandis que les sentinelles faisaient claquer leur M.16 en hurlant à gorge déployée. La circulation était telle qu'avec la sirène et le gyrophare, on allait à peine plus vite. Malko avait encore devant les yeux l'horrible spectacle du restaurant. Il fallait que la jeune Coréenne en sache beaucoup pour qu'on l'élimine aussi brutalement.

– Sun-Bong était déjà fichée, remarqua Malko.

Le général Kim tira un peu sur sa pipe.

– Oui, elle était classée comme sympathisante nord-coréenne passive. Pour l'histoire des tracts. Mais il y en a des centaines. Une fois qu'on leur a fait peur, ils ne bougent plus...

Ils se traînaient sur une grande autoroute urbaine dominant Shinch'on Avenue. Malko était de plus en plus perplexe. Il lui manquait une clef, de toute évidence.

– C'est une coïncidence bizarre, remarqua-t-il. Anita Kalmar, votre « héroïne nationale », se retrouve au milieu d'un réseau logistique nord-coréen. Sun-Bong, Ok Zun, le Japonais et l'homme qui a voulu me tuer et a sûrement liquidé Ok Zun. Ces gens-là ne sont pas suicidaires. Pourquoi s'éliminent-ils les uns les autres? Pour protéger qui ou quoi?

Le général Kim tirait pensivement sur sa pipe. Il lâcha un petit rire pas vraiment joyeux.

– Je pense qu'ils sont en train de monter une opération, fit-il. Sun-Bong avait un rôle important que nous ignorons encore. Liaison, coordination ou autre chose. Ok Zun avait cessé d'être utile, donc on pouvait la liquider. Elle a servi à faire entrer un ou plusieurs membres de ce commando. Des femmes, utilisant son identité.

– Et Anita Kalmar? insista Malko. Qu'en pensez-vous?

Le général Kim ne répondit pas immédiatement.

– Je ne sais pas, finit-il par dire. J'ai relu le dossier de son évasion. Rien n'est truqué, il y a des dizaines de témoins et des films. Les Nord-Coréens ont vraiment failli la tuer et son amie japonaise est morte massacrée à coups de hache. Sans le sacrifice d'un sergent de notre armée, elle était assassinée aussi... Ce n'est pas une fausse évasion.

– Donc, vous croyez à une coïncidence?

– Oui. Il n'y a pas d'autre explication.

Ils étaient arrivés devant le 45 Sogyo Dong. Une voiture de police stationnait déjà devant. La porte de l'appartement de la Coréenne assassinée était entrouverte, gardée par un policier en uniforme. Rapide dialogue : les policiers n'avaient encore rien vérifié... Ils pénétrèrent dans l'appartement. Deux pièces minuscules encombrées de livres, de papiers, de cours polycopiés. Le général eut un soupir découragé.

– Cela va prendre des heures...

Il échangea quelques mots avec un des policiers et se tourna vers Malko.

– Ils vont effectuer la perquisition et déposeront tout ce qu'ils trouveront à mon bureau.

Ils redescendirent. Le caniche était toujours attaché au réverbère et agita joyeusement la queue en les voyant. Le général Kim le caressa en passant.

Malko pensa soudain à quelque chose.

– Sun-Bong a donné un coup de téléphone du restaurant japonais, après m'avoir vu. Est-il possible de savoir à qui?

Le général Kim hocha la tête.

– Si c'est une communication locale, c'est impossible. Je vais faire interroger les témoins. Venez me voir vers cinq heures à Namsan.

*
**

Michael Kotter était d'une humeur massacrante. Langley le harcelait pour avoir une synthèse de l'affaire et il n'arrivait pas à s'en sortir. Tout était trop décousu. Il se laissa tomber près de Malko avec un soupir.

– Résumons-nous! fit-il. Nous avions une informatrice chez les Nord-Coréens. Elle avait appris quelque chose, elle est morte. Ensuite, nous découvrons le point de chute d'un réseau ici, qui nous mène à trois membres d'un réseau de soutien qui se font liquider dès qu'on les approche. Il nous reste quoi?

– Un tueur dans la nature, que je connais, et Anita Kalmar qui est le seul dénominateur commun. Elle a été en Corée du Nord, fréquente ici des terroristes, mais paraît au-dessus de tout soupçon...

– Les Sud-Coréens sont méfiants comme des poux, remarqua Michael Kotter. Elle a été criblée soigneusement dès son évasion.

Malko avala une gorgée de café tiède, rendu buvable par une forte dose de sucre.

– Vous savez bien que la vérité est toujours aveuglante, même si elle dérange... Je ne crois pas aux coïncidences.

– Donc, vous pensez qu'Anita Kalmar a quelque chose à faire avec cette histoire?

– Oui, je le pense, répondit Malko, parce que ça paraît logique, même si c'est invraisemblable à première vue. Nous n'avons plus aucune piste. La seule façon de continuer à secouer le cocotier, c'est de tenter de la destabiliser.

– Comment?

– Je l'ignore encore, mais ce que je sais, c'est qu'en dehors d'elle, nous n'avons rien.

*
**

Un message attendait Malko dans sa case au *Shilla* : « Rappelez d'urgence Miss Kalmar, au *Chosun*. »

Il appela du hall. La Suédoise semblait bouleversée.

– Sun-Bong a été assassinée! lança-t-elle. Vous êtes au courant?

– Non, fit Malko, après avoir hésité une fraction de seconde... Qu'est-il arrivé?

– Un fou, fit-elle, d'après la police. C'est horrible. Et j'ai peur après ce que vous m'avez dit. Je pensais que c'était une plaisanterie.

– Pas du tout, dit Malko. D'ailleurs, j'aimerais vous en parler...

– Oh oui! Mais je suis prise toute la journée. Ce soir.

– Je passe vous prendre au *Chosun*. Vers neuf heures.

Il raccrocha. Intrigué et excité.

Il devait y avoir un fil conducteur dans tout ce désordre. Un tel carnage ne pouvait avoir pour but unique de se venger d'Anita Kalmar. Ceux qui avaient tué cherchaient à protéger une opération importante.

Laquelle?

Son rendez-vous avec le général Kim allait peut-être lui apporter un élément nouveau.

*
**

Le général Kim fumait, comme toujours, impassible et souriant. Malko eut droit à un thé tiède et sans sucre. Une horreur. Le Coréen tira quelques feuillets de son sous-main et chaussa ses lunettes.

– Je crois que nous avons progressé, annonça-t-il. Deux témoins ont entendu Sun-Bong téléphoner du restaurant.

– Qu'a-t-elle dit?

– Ils n'ont pas compris. Elle parlait une langue étrangère. Ils pensent que c'était de l'anglais...

Le froid après le chaud... Malko croisa le regard du général, impénétrable.

– Vous avez une idée de la personne qu'elle appelait?

Le Coréen rit de bon cœur.

– Il faudrait être devin, n'est-ce pas...

– Pourriez-vous vérifier, par les standardistes du *Chosun,* si Miss Anita Kalmar a reçu un appel à cette heure-là?

Le silence se prolongea d'interminables secondes. Le général Kim tirait sur sa pipe, regardant pensivement Malko :

– Vous pensez vraiment cela?

– Je veux tout vérifier.

Le Coréen émit son rire aigrelet.

– Je vais essayer. Mais cela ne voudra rien dire. Elle peut avoir appelé son amie pour une tout autre raison.

– Vérifiez quand même, dit Malko.

Il sentait la gêne de son interlocuteur. Anita Kalmar avait été étiquetée « bon teint » par la KCIA. Elle était donc, par nature, insoupçonnable...

Malko se leva, prêt à partir, mais le général Kim le retint :

– Attendez, je veux vous montrer quelque chose!

Il sortit une photo d'une enveloppe et la tendit à Malko.

– On a trouvé cela dissimulé chez Sun-Bong. Nous n'avons pas pu l'identifier. Nous pensons que c'est la personne qui s'est servie de son passeport.

Malko prit la photo et aussitôt le sang se rua dans ses artères. La photo représentait une Asiatique aux cheveux tirés, le visage dur, une grande bouche et des yeux inexpressifs.

Même sans les cheveux multicolores, il était certain qu'il s'agissait d'Obok, la terroriste de Vienne, la meurtrière de Cynthia Jordan.

– Oui, je la connais, dit Malko. C'est une terroriste nord-coréenne du nom d'Obok Hui Kang.

Il lui expliqua dans quelles circonstances il l'avait rencontrée.

– Obok Hui Kang, répéta le général. Oui, je connais

ce nom, mais nous ne possédions pas de photo. C'est très étonnant qu'elle vienne ici, en Corée du Sud. Il lui faut une raison sérieuse. Je vais faire diffuser cette photo dans tous les services de police.

– Si elle est entrée, elle doit être bien cachée, remarqua Malko. Ce n'est pas une débutante.

– Où serez-vous ce soir? demanda le Coréen.

– Je dîne avec Miss Kalmar.

Le général Kim ne montra aucune surprise.

– Puis-je savoir où?

– Probablement au *Lotte,* chez *Annabelle's*, dit Malko, c'est paraît-il, un des plus agréables endroits de Séoul.

Le général Kim se leva.

– Je vous tiens au courant et je vais tenter de localiser Obok Hui Kang.

***

Somptueuse! C'était le mot parfait pour décrire Anita Kalmar. Malko se leva en la voyant sortir de l'ascenseur du *Chosun*, le souffle coupé. Les cheveux blonds tirés en arrière, ce qui faisait ressortir ses immenses yeux bleus, la bouche dessinée comme un tableau hyperréaliste, elle était moulée dans une robe de jersey bleu électrique très courte, ajustée comme un gant. L'absence de soutien-gorge faisait bouger sa lourde poitrine d'une façon incroyablement provocante.

Les bas noirs étaient retenus par des jarretelles qui se dessinaient sous la robe collante, la rendant encore plus érotique. La Suédoise accueillit Malko d'un sourire éblouissant. Son chagrin semblait s'être évanoui.

Par contre, son attitude contrastait totalement avec leurs autres rencontres : tout en elle évoquait la provocation.

– Bonsoir, fit-elle, embrassant Malko pour la première fois en s'appuyant légèrement contre lui.

Malko n'eut brutalement plus qu'une envie : la mettre dans son lit. Il en avait l'estomac noué... Quand elle passa devant lui, une nouvelle décharge d'adrénaline secoua ses artères. Moulée par le jersey, sa croupe était absolument fabuleuse. Elle avait la tenue d'une femme qui va retrouver son amant et ne s'en cache pas.

A peine dans le taxi, elle demanda d'une voix rauque, bien travaillée.

– Où m'emmenez-vous?

– *Annabelle's*.

– J'adore...

Son parfum remplissait le taxi, combattant courageusement l'odeur de l'ail. Malko fixait les genoux ronds et les cuisses gainées de nylon noir. Anita Kalmar croisa les jambes avec un crissement qui lui embrasa le ventre, sa robe remonta et il aperçut un morceau de peau nue au-dessus du bas. Elle croisa son regard et sourit, complice.

– Je hais les collants.

Malko hésitait à la violer tout de suite ou dans l'ascenseur du *Lotte*... Sa conscience professionnelle reprit quand même le dessus, avec difficulté.

– Vous semblez moins bouleversée que tout à l'heure, remarqua-t-il. Sun-Bong était vraiment très proche de vous.

– Non, pas vraiment, dit-elle d'une voix à nouveau altérée, mais je l'aimais bien. On se voyait presque tout les jours. Et de penser que...

Elle se tut, ses grands yeux bleus pleins de larmes. Le taxi s'arrêta devant l'hôtel *Lotte* et ils descendirent. Dans l'ascenseur, Anita s'appuya à la paroi comme si elle allait se trouver mal.

– J'ai bu pas mal de vodka suédoise tout à l'heure,

expliqua-t-elle. Je me sens toute bizarre. J'ai chaud partout.

Son regard était trouble, un peu fixe. Malko avait l'impression qu'elle était partagée entre des sentiments contradictoires. *Annabelle's*, au trente-septième étage du *Lotte,* avait un décor un peu trop somptueux, mais une vue superbe sur Séoul. On les installa à une table assez loin de l'orchestre et de la piste.

Malko essaya de trouver sur le menu quelques plats consommables. Anita commanda immédiatement un Cointreau avec beaucoup de glace. Les pointes de ses seins semblaient moulées dans le jersey.

***

La cuisse d'Anita frôlait souvent celle de Malko qui se demandait comment cette soirée allait se terminer lorsqu'un boy apparut, brandissant une pancarte où était écrit son nom. Malko le héla.

– On vous demande au téléphone, sir.

La cabine était au fond du restaurant. Tout de suite, Malko reconnut la voix enjouée du général Kim.

– Je vous dérange, n'est-ce pas, fit le Coréen, mais nos recherches ont abouti, n'est-ce pas...

– C'est-à-dire?

– Miss Kalmar a reçu un appel d'une femme qui parlait mal anglais à 12 h 45.

CHAPITRE XIII

Malko ressentit une curieuse impression. Lui-même n'avait cru qu'à moitié à son hypothèse.

– La personne qui appelait a donné son nom?

– Non, mais la standardiste connaissait sa voix, elle demandait fréquemment Miss Kalmar. Vous vous trouvez avec elle en ce moment, n'est-ce pas?

– Oui, dit Malko.

– Bonne soirée, fit le général coréen. Faites attention.

Il n'y avait aucune ironie dans sa voix. Malko ne regagna pas tout de suite la salle, digérant son information. Il avait menti sciemment à Anita Kalmar, en lui disant ignorer les détails de la mort de Sun-Bong. Or, si c'était elle qui avait téléphoné, la Coréenne lui avait forcément parlé de la présence de Malko au restaurant japonais...

Pourquoi Anita Kalmar avait-elle fait semblant de l'ignorer?

Bien sûr, il y avait l'infime possibilité que ce soit une autre personne qui ait téléphoné à la Suédoise. C'était incroyable de penser qu'elle ait partie liée avec les terroristes nord-coréens, elle qui leur avait échappé au péril de sa vie... A moins qu'on la tienne par la terreur... Malko regagna sa table, perplexe. Le changement d'attitude d'Anita Kalmar était étrange lui aussi.

La Suédoise l'accueillit avec un sourire chaleureux.

– Pas de problèmes, j'espère?

– Non, non, dit Malko, j'avais dit à mon hôtel de me joindre ici, j'attendais des nouvelles de Washington.

Ils terminèrent le dîner. La Suédoise reprit un Cointreau. Un orchestre s'installa sur l'estrade. Anita Kalmar commença à se trémousser.

– Si on dansait?

Ce n'était pas de la danse, mais de la provoc... Grâce à ses talons, elle était aussi grande que Malko et son pubis était exactement à la bonne hauteur. Tout de suite, elle s'incrusta contre lui; le jersey de sa robe lui semblait aussi mince qu'une feuille de papier à cigarette. C'était un slow sirupeux et son ventre se mit à danser une sarabande lente et sensuelle contre le sien. Les bras noués autour du cou de Malko, les yeux clos, elle semblait ne plus vivre que par le bas de son corps. Lorsque la musique s'arrêta, Malko était comme un chimpanzé en rut.

Ils regagnèrent leur table et elle s'amusa à faire fondre dans sa bouche les glaçons parfumés au Cointreau. Puis, leurs regards se croisèrent et sans un mot, elle rapprocha son visage de celui de Malko. Sa bouche entrouverte l'attirait comme un aimant. Il y eut une fraction de seconde exquise, puis elle écrasa ses lèvres contre les siennes. Grâce aux glaçons son baiser avait un goût délicieux.

En dépit de ce qu'il ressentait, Malko gardait la tête froide. Tout cela était fou. Anita se conduisait comme une chatte en chaleur, après l'avoir boudé. Il voulut voir jusqu'où elle irait. Sa main se posa sur le genou gainé de nylon noir et remonta.

Leur table était dans l'ombre et personne ne pouvait les voir. Sa main glissa lentement le long du bas, et atteignit la peau nue. Anita continuait à l'embrasser. Il effleura la forme douce en haut de la cuisse et Anita Kalmar tourna vers lui un regard trouble. Elle n'avait pas eu un geste de défense. Maintenant, les doigts de Malko étaient en train de séparer doucement les lèvres de son sexe.

– Arrêtez! souffla-t-elle, vous me rendez folle.

Basculée sur sa chaise, elle ne se défendait pourtant pas, indifférente aux garçons qui passaient. Ses seins palpitaient rapidement sous le jersey bleu. Malko était remonté encore et tournait doucement autour d'une petite crête de chair gonflée et humide à souhait. Anita poussa une sorte de vagissement et lui saisit la main.

– Arrêtez!

Là, en tout cas, elle ne jouait pas la comédie.

Il n'obéit pas, penché sur elle, l'embrassant, effleurant de l'autre main les cuisses charnues et fermes. La Suédoise ne bougeait plus, le regard fixe. Malko planait. C'était incroyablement excitant de caresser cette femme superbe en public.

Le genou d'Anita Kalmar heurta tout à coup la table violemment, et elle tourna un regard chaviré vers Malko.

– Ça y est! Vous y êtes arrivé...

Il faillit exploser à son tour. Elle avait vraiment joui, il l'avait sentie partir. Pour une supposée lesbienne, ce n'était pas mal. Reprenant ses esprits, il héla le garçon qui lui apporta l'addition dans la foulée. Visiblement, leur conduite choquait... Quand ils partirent, la Suédoise ressemblait à une somnambule, accrochée au bras de Malko, les yeux au milieu de la figure.

Dans l'ascenseur, elle se colla à lui, de toute sa longueur, remuant doucement les hanches.

– J'ai bu beaucoup de vodka et il y a des mois que je n'ai pas fait l'amour.

Le chauffeur de taxi ne perdit pas une miette de ce qui se passait sur le siège arrière. Dès le départ, Anita avait pris la main de Malko pour la glisser entre ses cuisses. Hélas, le trajet était très court entre le *Lotte* et le *Chosun*. Malko avait décidé de s'accorder un break.

Anita était trop belle et la vie trop courte pour ne pas en profiter.

Ils titubèrent, enlacés, jusqu'à sa chambre où trônait un grand lit recouvert d'un chintz rose imitant les écailles de crocodile, création de Claude Dalle.

Elle se retourna et fit face à Malko, avec un drôle de sourire. Il s'approcha, posa les mains sur ses hanches et descendit jusqu'à la lisière de la robe. Puis commença à remonter, entraînant la robe, découvrant peu à peu les bas, puis les cuisses jusqu'au buisson blond. Anita avait véritablement des jambes fabuleuses, pleines, fuselées, interminables. Une brusque envie vint à Malko. Il poussa sa conquête sur le lit, la forçant à s'y allonger sur le dos. Il lui remonta alors la robe jusqu'aux hanches et lui ouvrant les cuisses, enfouit son visage entre elles. Anita tenta mollement de se dégager.

La langue de Malko l'effleura. Il sentit la crête de chair frémir et, bien qu'il l'ait à peine touchée, Anita poussa un sourd gémissement, et tout son corps fut secoué d'un bref sursaut. Il insista, avec un mouvement circulaire. Il sentit alors les hanches se mettre à rouler, les mains de la Suédoise se cripèrent dans ses cheveux, l'appuyant contre son ventre. Son excitation fut à son comble lorsqu'elle se mit à hurler, à gémir et finalement à jouir, le corps secoué de tressaillements.

Lui n'en pouvait plus. Il se redressa, se libéra et la retourna, à genoux sur le lit, la robe de jersey remontée autour de la taille. Malko contempla quelques intants sa chute de reins somptueuse. Il en avait le souffle court. La tête dans ses mains, Anita attendait, en bonne femelle soumise.

Malko l'attira encore plus près de lui, au bord du lit. Il approcha son membre raidi de ses fesses. D'un seul coup de reins, il la transperça jusqu'à la garde. Elle était onctueuse et brûlante, et gémit sous la pénétration brutale. Malko s'immobilisa. Il était à ce point excité qu'il ne demandait qu'à exploser comme un feu d'artifice...

Un peu calmé, il commença à la prendre, les mains crispées sur ses fesses rondes et fermes, entrant et ressortant lentement. A chaque aller-retour, il avait l'impression que son sexe s'allongeait, tant son excitation était violente. Anita se prêtait à son pilonage, l'accompagnant d'un mouvement de bascule du bassin qui le faisait pénétrer encore plus loin. Quand Malko sentit monter de ses reins une jouissance incoercible, il accéléra ses coups de boutoir, arrachant des cris sauvages à la Suédoise. Agrippé à ses fesses il explosa en elle avec un cri sauvage.

Fou de plaisir.

Assez lucide cependant pour se rendre compte qu'en dépit de ses cris et de sa mimique, Anita n'en avait éprouvé, elle, aucun... Elle se retourna vers lui, et se releva, lissant sa robe sur ses cuisses magnifiques.

– C'était merveilleux, soupira-t-elle. Maintenant, je crois que je vais bien dormir.

Malko l'observait, intrigué.

– Pourquoi avoir fait l'amour avec moi? demanda-t-il.

Elle prit l'air étonné.

– Mais parce que j'en avais envie.

Il secoua la tête.

– Vous aviez décidé de me le prouver, c'est tout.

– Je n'ai pas joui, peut-être?

– Pas quand je vous ai fait l'amour.

Elle eut un rire embarrassé.

– Il y a longtemps que je n'avais pas eu de vie sexuelle. Vous étiez très gros, cela m'a fait un peu mal. La prochaine fois cela ira mieux.

Elle se rapprocha de lui, collant son ventre au sien, du reproche plein ses grands yeux bleus. Incroyablement sexuelle.

– Je ne vous plais déjà plus?

– Si, dit Malko, mais je voudrais savoir pourquoi vous m'avez menti.

– Menti? Pourquoi?

– Au sujet de Sun-Bong. Vous saviez que j'étais avec elle quand on l'a tuée.

– Mais comment?

– Elle vous a appelée, juste avant.

– C'est faux. Pourquoi dites-vous ça?

Sa voix s'était altérée, il vit son regard vaciller. Elle ne s'attendait pas à cette attaque. Ils se faisaient face, sans un mot. Il sentit qu'elle s'était reprise.

– Je ne comprends pas, enchaîna-t-elle. Que faisiez-vous avec Sun-Bong?

– Je la suivais, dit Malko. Je travaille pour la CIA, vous le savez. Les Américains ont appris que les Nord-Coréens préparent des attentats contre les athlètes US pendant les Jeux. Nous cherchons à les déjouer.

Elle s'assit sur le lit, croisant ses longues jambes, plus sexy que jamais et lui adressa un regard plein de reproches.

– Pourquoi me posez-vous ces questions?

– Vous m'avez menti. Je veux savoir pourquoi...

Silence pesant. Elle baissa les yeux.

– Vous vous trompez, fit-elle d'une petite voix douce.

Elle s'approcha et vint onduler contre lui. Samson et Dalila.

– J'ai encore envie de vous, murmura-t-elle d'une voix rauque à souhait. Déshabillez-vous. Je voudrais que nous fassions l'amour toute la nuit.

Il fallait une volonté de fer pour refuser. Mais Malko n'avait pas envie de s'embarquer dans ce jeu. Il s'écarta. Sentant qu'Anita ne lui dirait rien.

– Réfléchissez, dit-il. Je vous appellerai demain.

Il referma la porte doucement et se dirigea vers l'ascenseur, un peu amer. En dehors d'un fabuleux intermède érotique, il avait tiré ses dernières cartouches, sans grand résultat. Le rôle de la Suédoise semblait ambigu mais il ne voyait pas la raison qui l'aurait poussée à changer de camp. Il n'avait pas sommeil et envie de réfléchir, aussi gagna-t-il le *Xanadu,* accueilli par une hôtesse liane et une disco assourdissante. Il s'installa au bar.

– Une vodka.

Il se sentait bien seul. Certes il avait progressé, mais il lui manquait encore la pièce principale du puzzle.

*
**

Anita Kalmar guetta les bruits du couloir de longues minutes, puis ouvrit la porte pour s'assurer que Malko était bien parti. Elle rentra alors dans sa suite et se précipita vers la porte de communication avec la pièce voisine, une chambre qui lui servait de dressing.

A peine avait-elle tiré le verrou qu'une furie se rua dans sa chambre. En pantalon de cuir, les cheveux serrés en chignon, pas maquillée, les yeux brillants de haine. La Suédoise recula d'un pas, pétrifiée. Jamais elle n'avait vu son amie dans cet état. Celle-ci l'attrapa par le devant de sa robe et l'arracha, découvrant sa poitrine.

– Salope!

Anita ouvrit la bouche pour protester. Une gifle d'une violence inouïe lui dévissa la tête. Puis une autre en sens inverse. Elle recula, la bouche ouverte, le souffle coupé. L'autre femme avançait pas à pas, la suivant à travers la pièce, grondant des injures, la frappant méthodiquement, lucidement, férocement. On n'entendait que le claquement des mains sur le visage de la Suédoise. Acculée au mur, celle-ci supplia :

– Arrête! Arrête! Tu vas...

L'autre la prit à la gorge. Ses doigts avaient la dureté de l'acier et des larmes emplirent d'un coup les grands yeux bleus...

– Je t'ai entendue! gronda la nouvelle venue. Tu criais comme une chienne!

– J'ai fait semblant, je te jure, protesta Anita.

– Menteuse! Tu pissais le foutre, je te voyais par le trou de la serrure. Tu jouissais comme une folle. Avec ce porc d'Américain, notre pire ennemi...

Elle se mit à lui frapper la tête contre le mur, à l'ébranler. Anita Kalmar ne se défendait pas, cherchant juste à repousser son adversaire. N'ignorant pas que cette dernière pouvait lui broyer la nuque d'une seule main... Etourdie, elle se laissa glisser le long de la cloison pour échapper aux coups.

Un peu calmée, l'autre lui expédia un coup de pied entre les cuisses et elle poussa un couinement aigu, entourant les jambes de son bourreau avec ses deux bras, en sanglotant.

– Arrête! Arrête! gémit-elle. Je suis tellement contente de te retrouver! J'ai fait ce que tu m'as dit.

Cette phrase relança la fureur de l'autre, qui la saisit par ses longs cheveux et la fit remonter à son niveau. Ses traits étaient convulsés de rage. Bouche à bouche, elle lui jeta d'une voix contenue :

– Tu étais contente de me retrouver, mais tu t'es laissé faire par ce cochon immonde au long nez... Tu gueulais de plaisir. J'ai failli venir et vous tuer tous les deux...

– Il m'a attaquée par surprise, protesta Anita, tu sais comme je suis, très sensible... Tu m'avais dit que je devais me laisser faire par lui. J'ai pensé à toi tout le temps...

– En plus! rugit la fille. Tu as pensé à moi! Alors que j'ai couru des risques insensés pour venir te retrouver ici. Tu as tout fait rater. Je t'avais dit de *faire semblant*, qu'il se déshabille totalement, qu'il soit à notre merci. Au lieu de ça, tu t'es faite lécher comme une chienne!

Ses yeux flamboyaient de fureur. Brusquement, elle

envoya la main sous la robe de jersey, crochant ses doigts dans le bas-ventre de la Suédoise, l'index et le majeur enfoncés dans le vagin, les autres plantés dans le Mont de Vénus. De cette façon, elle la força à se relever, tandis qu'Anita criait et sanglotait de douleur. Elle la mena ainsi jusqu'au lit et l'y jeta, sans lâcher sa prise.

La Suédoise se tordait sous elle.

– Je devrais t'arracher la chatte! gronda la fille.

Anita essayait de l'attirer vers elle, suppliant, geignant.

– Je t'en prie! Je t'en prie! Pardonne-moi.

Déjà, là-bas, en Corée du Nord, elle avait été fascinée par la dureté de sa partenaire. Et furieusement attirée. Même avec ces doigts qui brutalisaient sa chair la plus intime, elle éprouvait une sorte de jouissance trouble. L'autre dut le sentir, car elle tordit ses doigts, arrachant un hurlement à la Suédoise. Visage contre visage, elle lui lança :

– Tu te souviens de ce qu'on a fait à la Thaïlandaise...

Anita ravala ses larmes, murmurant :

– Oui...

Il s'agissait d'une Thaïlandaise travaillant pour les Services japonais qui avait été découverte par le contre-espionnage nord-coréen. Obok Hui Kang l'avait fait attacher entre deux voitures par les chevilles et l'avait écartelée vivante. Anita en avait vomi pendant trois jours. Rien que ce souvenir lui donna la chair de poule. Obok l'observait, sans relâcher sa prise.

– C'est la dernière fois que je te pardonne.

Lentement, elle retira ses doigts du sexe meurtri. Aussitôt, Anita Kalmar se coula contre elle, murmurant des mots d'amour, la palpant partout, la suppliant de lui faire l'amour. Obok la repoussa brutalement.

– Tu me dégoûtes! Une autre fois. Je repars. Je t'ai

apporté ce que je devais. Garde-le. Tu sais comment me joindre.

– Non, non, reste!

Sans un mot, la Coréenne se dégagea, posant une carte commerciale sur la table. Anita se traîna à ses pieds jusqu'à la porte. Elle essaya de coller sa tête au ventre de son amie. La porte se referma sur elle. Restée seule, Anita Kalmar se jeta sur le lit, en proie à une crise de nerfs. Son sexe maltraité la brûlait.

Ses doigts trouvèrent naturellement leur chemin. Peu à peu, sous leur caresse habile, le plaisir remplaça la douleur. Les yeux fermés, elle pensait à Obok, à sa façon de la mordre à pleine bouche quand elle allait jouir. Son corps se tendit en arc de cercle et elle explosa de plaisir en hurlant.

*
**

Malko émergeait du sous-sol du *Chosun* quand il aperçut la silhouette d'une femme de haute taille qui sortait de l'ascenseur. Elle était de dos, mais quelque chose en elle était familier.

Elle émergea sur le perron et s'arrêta, visiblement à la recherche d'un taxi, éclairée par les spots de l'entrée.

Malko la vit alors de profil. Il crut que son cœur s'arrêtait. Sans aucun doute, c'était Obok! Sa tenue de cuir dissimulait sa silhouette mais le visage dur, découpé, structuré et les yeux aux paupières supérieures un peu gonflées ne pouvaient le tromper.

Ainsi, la boucle était bouclée. Que faisait Obok au *Chosun?* Il pensa immédiatement à Anita Kalmar. Ou la Suédoise avait été victime d'Obok ou elle était sa complice. Sa main glissa vers la crosse de son pistolet. Il fit un pas en avant et poussa la porte de verre, dans le dos d'Obok Hui Kang.

CHAPITRE XIV

Tout se passa en quelques secondes. Au moment où Malko surgissait derrière Obok Hui Kang, pistolet au poing, un taxi s'arrêtait devant elle. La portière arrière s'ouvrit, actionnée automatiquement par le chauffeur et la Nord-Coréenne s'y engouffra.

Le taxi démarra instantanément sur les chapeaux de roues, à la coréenne!

Ivre de rage, Malko n'eut pas le temps de réagir. Juste celui de noter le numéro du taxi qui avait déjà disparu. Il se retourna vers le portier, rentrant son pistolet, ivre de rage.

– Un taxi, vite!

– *No taxi, sir,* fit le portier, désolé.

L'esplanade devant le *Chosun* était désespérément vide. Malko rengaina sa fureur. Heureusement, il avait une piste sérieuse. Obok Hui Kang ne se trouvait pas au *Chosun* par hasard.

Par acquit de conscience, il demanda au portier.

– Vous connaissez la personne qui vient de sortir? Elle habite l'hôtel?

– Je ne sais pas, sir, adressez-vous à la réception.

Il entra et alla interroger l'employé du desk. Celui-ci tomba des nues.

– Je n'ai pas fait attention, sir. Si vous saviez son nom, je vous dirais si elle se trouve sur nos listes.

Malko n'insista pas. Le général Kim identifierait sûrement le taxi. Il avait pour l'instant mieux à faire. Il reprit l'ascenseur et dut tambouriner un bon moment à la porte d'Anita Kalmar avant qu'elle ouvre. Les yeux de la Suédoise étaient rouges, son visage gonflé, ses traits hagards. Une surprise terrifiée emplit ses grands yeux bleus en voyant Malko :

– Que voulez-vous? balbutia-t-elle, essayant de refermer la porte.

– Vous parler.

Il la repoussa sans mal à l'intérieur. Drapée dans une robe de chambre de soie ivoire, elle était encore superbe. Elle lui fit face, appuyée à une table, le visage fermé :

– Pourquoi êtes-vous revenu?

– Une terroriste nord-coréenne sort d'ici, répondit Malko. Elle s'appelle Obok Hui Kang. Elle est responsable de plusieurs meurtres. Je veux savoir ce qu'elle faisait avec vous.

Anita Kalmar blêmit. La tête baissée, les mâchoires crispées, elle se mura d'abord dans un silence rageur. Malko voyait sa poitrine se soulever convulsivement. Puis, son regard se posa sur lui, plus ferme, et elle dit d'une voix presque normale.

– Vous vous trompez, je ne connais personne de ce nom.

Il lui releva le visage.

– Qui vous a mis dans cet état?

Elle secoua la tête, niant l'évidence.

– Quoi, quel état? Je n'ai rien.

Son peignoir s'ouvrit soudain et il aperçut un énorme hématome sur sa cuisse gauche ainsi qu'une longue estafilade qui se terminait presque au sexe. Le sang en filtrait encore...

– Et ça?

Elle referma les pans du peignoir.

– Partez, dit-elle, je n'ai rien à vous dire...

– Vous serez obligée de parler aux Coréens, dit Malko. C'est une affaire trop grave. Cette femme est une tueuse. Pourquoi est-elle venue vous voir?

– Foutez le camp.

Elle le repoussait vers la porte. Il cessa de lutter.

– Très bien, dit-il. Je descends et j'appelle la KCIA. C'est à eux que vous donnerez des explications...

Il se dirigea vers la porte. Cette fois, Anita Kalmar le rattrapa avant qu'il sorte, le visage baigné de larmes.

– Attendez! Attendez! Je vais vous dire la vérité.

Elle s'accrochait à lui, les seins nus, superbe, malgré ses larmes, le regard noyé, tremblante, anéantie.

– Je vous écoute.

– C'est vrai, dit-elle d'une voix brisée, je connais cette fille et elle est venue me voir.

– Pourquoi?

Elle renifla, murmurant :

– C'est difficile à dire. Je l'ai rencontrée quand j'étais à Pyongyang. Nous avons... sympathisé. Elle a beaucoup de personnalité. J'ai, je... Elle me plaît beaucoup.

– Vous êtes amoureuse d'elle?

Anita Kalmar hocha la tête.

– Oui.

– Que fait-elle ici?

– Je ne sais pas. Elle a débarqué ce soir, après m'avoir téléphoné hier. Elle m'a dit qu'elle était à Séoul, clandestinement et qu'elle avait envie de me voir. Cela m'a fait un choc, je ne pensais jamais la retrouver. Elle m'attendait dans la pièce voisine et elle a tout entendu. Elle était furieuse, jalouse.

– Cela ne vous a pas étonnée qu'elle soit à Séoul...

– Je ne fais pas de politique, murmura Anita Kalmar. Je ne comprends rien à toutes leurs histoires. Je suis amoureuse d'elle.

– Vous avez eu le contact par Sun-Bong?

– Non, non, elle ne la connaissait pas.

Malko n'insista pas. La Suédoise mentait. Au moins, le puzzle était complet maintenant, y compris les motivations d'Anita. Un seul mystère : la façon dont elle s'était évadée à Pan Mun Jom.

– Où se trouve-t-elle?

La Suédoise secoua la tête énergiquement.

– Je l'ignore, elle n'a pas voulu me le dire, ni ce qu'elle faisait à Séoul... Elle doit me téléphoner.

Elle se jeta soudain au cou de Malko, recommença à onduler contre lui, comme pour désarmer ses doutes. Ses seins nus découverts par le peignoir se pressaient contre son alpaga, son ventre poussant, insistant.

Malko était persuadé qu'elle ne lui dirait pas où se trouvait Obok, même si elle le savait, ce qui n'était pas certain. Il se dit qu'il allait appeler le général Kim afin qu'il essaie de retrouver le taxi d'Obok. Il repoussa Anita, mais, appuyée à la table ronde au milieu de la pièce, elle s'accrocha à lui de toutes ses forces.

– Venez, murmura-t-elle. J'ai encore envie de vous.

Ça, c'était trop, après ce qu'elle venait d'avouer. Cela glaça Malko, en dépit du corps splendide pressé contre le sien. Par-dessus l'épaule de la Suédoise, son regard tomba soudain sur une carte de visite posée sur la table. « Hyun Furniture. It'aewon Street. En face station Esso et du *New Yongsan hotel* ».

Il était certain d'une chose : cette carte ne se trouvait pas là lorsqu'il avait quitté la Suédoise une heure plus tôt.

*
**

Doucement, il s'écarta d'Anita Kalmar et la fixa droit dans les yeux.

– J'accepte de ne pas vous dénoncer à une condition, dit-il. Cette femme est une dangereuse terroriste. Dès qu'elle vous contacte à nouveau, il faut me prévenir immédiatement. Même si vous en êtes amoureuse.

– Je comprends, murmura la Suédoise, je le ferai, je vous le jure.

Encore une belle candidate pour la Médaille d'Or du mensonge en perspective, pour les Jeux 88.

Le regard noyé, Anita appuya de nouveau son ventre à celui de Malko.

– Vous savez, je n'aime pas que les femmes! murmura-t-elle. Vous pouvez revenir quand vous voulez. Vous allez me guérir, vous m'avez merveilleusement fait l'amour...

Elle l'accompagna jusqu'à la porte et l'embrassa passionnément avant de le quitter. Il reprit l'ascenseur en proie à des sentiments contradictoires. La satisfaction d'avoir eu raison, le dépit qu'Obok lui ait échappé et une certaine tristesse pour Anita Kalmar...

Pendant que le concierge lui appelait un taxi, il se dit que c'était maintenant une course contre la montre... Il savait qu'Obok Hui Kang était à Séoul pour commettre un attentat. Elle apprendrait très vite par Anita qu'il était au courant et ferait tout pour le liquider... Il n'avait qu'un avantage : l'adresse de l'antiquaire.

*
**

Michael Kotter jubilait. Il alluma un énorme cigare et souffla voluptueusement la fumée.

– Je vois la tête de nos copains de la KCIA quand ils vont découvrir que leur idole travaille pour le Nord! Côté perte de face, c'est pas triste. Obok Hui Kang est fichée comme dangereuse terroriste. Je voudrais bien savoir pourquoi elle a pris le risque insensé de venir à Séoul...

– Pas seulement pour retrouver son amoureuse, dit Malko.

Le chef de station était déjà au téléphone. Malko l'entendit demander à voir d'urgence le général Kim. Il raccrocha presque aussitôt et se leva.

– On y va, il nous attend.

– Qu'est-ce que vous faites? demanda Malko.

– Nous avons assez pris de risques, fit Michael Kotter. C'est déjà formidable d'avoir « logé (1) » cette terroriste. Maintenant, on passe la main.

– Mais rien ne dit qu'elle soit chez cet antiquaire, protesta Malko. C'est peut-être une simple boîte aux lettres.

– Laissez les Sud-Coréens s'en débrouiller.

*
**

Le général Kim tirait sur sa pipe, écoutant les explications de Malko et de Michael Kotter. Ses petits yeux disparaissaient dans les plis de son visage mobile.

– Nous avons retrouvé le taxi, dit-il. Obok Hui Kang s'est fait déposer à la station de métro de Wangshimni. De là, elle a pu se rendre n'importe où. Mais d'ici une heure, la boutique de ce Hyun va être sous étroite surveillance. Que Mr Linge s'y rende alors. Si cette terroriste s'y trouve, elle aura peur et tentera de prendre la fuite. Nous la cueillerons facilement, n'est-ce pas...

– Et si rien ne se passe? interrogea Malko.

Le général Kim fit exploser son grand rire joyeux.

– Dans ce cas, j'arrêterai Mr Hyun et je le ferai interroger. Il comprendra sûrement où est son devoir.

Un ange qui portait des tenailles entre les dents passa. Malko n'aurait pas aimé être à la place de Mr Hyun. Mais il y avait déjà assez de cadavres dans cette affaire.

– Et Anita Kalmar? demanda-t-il.

– Nous essaierons de la garder à l'écart de tout cela, promit le général. C'est un peu embarrassant, n'est-ce pas...

(1) Repéré.

– Parfait, approuva Michael Kotter. Malko, je vous ramène au bureau et vous repartez avec Ung Sam. J'ai hâte d'être plus vieux de quelques heures.

*
**

Le matin, les bars et les discothèques fermées donnaient à It'aewon Street un petit air tristounet. Malko, à l'arrière de la Daewoo, repéra facilement la station Esso et, en face, la boutique de « Hyun Furniture » une modeste vitrine encombrée d'un bric-à-brac de faux meubles anciens, comme le quartier en était plein.

Malko se fit déposer cinq cents mètres plus loin. Obok pouvait avoir disposé des guetteurs. Heureusement, pas mal d'étrangers faisaient leur shopping dans le quartier. Il prit vingt minutes pour arriver à la hauteur de « Hyun Furniture » après être entré chez tous ses concurrents, offrant d'ailleurs des meubles « anciens » visiblement fabriqués la semaine précédente. Avant de pousser la porte, il regarda autour de lui : aucune trace des hommes du général Kim, aucune animation inhabituelle. Ils n'allaient sûrement pas tarder. La boutique était encombrée de hideux meubles en bois sombre incrusté de nacre, de bouddhas, d'objets de cuivre, de tables tarabiscotées. Un vieux Coréen surgit de l'arrière-boutique. Il avait l'air d'avoir cent ans.

– *What do you want?*

– Des beaux meubles anciens, dit Malko, comme celui-ci.

Il désignait une grande armoire de pharmacien en teck, avec des dizaines de petits tiroirs portant chacun un caractère chinois.

– J'ai de très belles choses, assura l'antiquaire. Dans ma réserve. Ce n'est pas loin d'ici... Si vous voulez, je vais chercher les clefs.

– Avec plaisir, dit Malko.

Le vieux disparut dans l'arrière-boutique et réapparut, un énorme trousseau de clefs à la main.

Ils sortirent, firent quelques pas pour rejoindre un escalier de pierre reliant It'aewon Street à une des ruelles serpentant le long de la colline. Le vieil antiquaire s'arrêta devant une porte de bois fermée par un cadenas. Une fois entré, Malko se trouva en face d'un incroyable empilement de meubles, de bibliothèques, de coffres, d'armoires de pharmacie, de tables. Tous en teck très sombre ou en bois de fer. Cela remplissait trois immenses pièces communicantes.

– Les meubles vraiment anciens sont au fond, annonça l'antiquaire.

Ils traversèrent le premier hangar et un rat fila entre leurs pieds. Une lumière glauque filtrait à travers une verrière. Malko se mit à circuler entre les empilements de cabinets, de tables, d'armoires. L'antiquaire s'était arrêté dans la seconde salle où il fourrageait dans un incroyable bric-à-brac. Malko acheva son tour, s'attardant devant un superbe meuble de rangement laqué à trois étages, puis revint sur ses pas.

– Rien ne vous plaît? demanda l'antiquaire.

– Je vais voir, je reviendrai, répliqua Malko.

On pouvait cacher un régiment dans ces meubles... Ça allait être le travail du général Kim de les faire inspecter. Il traversa la première salle et ressortit à l'air libre. Derrière lui, le vieil antiquaire se préparait à refermer. Regardant vers It'aewon Street, Malko aperçut soudain la Daewoo hérissée d'antennes du général Kim.

Le dispositif était en place.

– J'ai encore à faire, fit Mr Hyun avec un sourire. A bientôt.

Malko le laissa replonger dans l'entrepôt et descendit les marches quatre à quatre.

*
**

Mr Hyun trottina jusqu'à une énorme armoire à manuscrits dans la seconde pièce et frappa trois coups légers au battant. Ce dernier s'ouvrit aussitôt et une silhouette en combinaison noire et baskets en jaillit silencieusement.

Obok Hui Kang avait les traits crispés de rage. Elle avait assisté par les interstices de sa planque à la visite de Malko. Souhaitant secrètement qu'il la découvre. Avec l'avantage de la surprise, elle était certaine de pouvoir l'éventrer d'un coup de poignard avant qu'il réagisse. Bien sûr cela créerait des problèmes, mais quelle vengeance, après ce qu'il avait fait à Anita!

– Ils sont en bas, dit Hyun à voix basse. Il y a une voiture de Namsan. Il faut que tu partes.

Obok Hui Kang étouffait de rage. Si la CIA et la KCIA se trouvaient là, c'est qu'Anita Kalmar l'avait trahie. Elle se retourna et émit un sifflement léger et aigu. Le couvercle d'un coffre se souleva aussitôt sur la silhouette d'un homme de petite taille.

– On s'en va, Yechong, lança-t-elle.

Déjà, Hyun avait filé au fond de l'entrepôt et dégageait l'accès d'une porte dissimulée derrière des meubles, donnant sur une autre ruelle. A trois, ils y arrivèrent rapidement. Obok étreignit le vieil homme.

– Essaie de te sauver, toi aussi. Sinon, tu sais ce qu'ils vont te faire.

– N'aie pas peur.

Il les regarda s'éloigner dans la ruelle. Yechong portait un lourd sac contenant des choses précieuses pour eux. Mr Hyun retraversa l'entrepôt, sortit, referma. Mais au lieu de redescendre le grand escalier, il le remonta. Son fourgon Kya stationnait dans une ruelle en haut des escaliers, invisible de It'aewon Street. Il se glissa au volant et démarra, sans un regard pour ce quartier qu'il quittait à tout jamais et où il avait pourtant vécu dix ans de son existence.

*
**

Le général Kim émergea de sa Daewoo suivie de deux Hyundai banalisées. La Ford en plaques CD noires était derrière.

– Alors, vous avez vu quelque chose?

– Rien, dit Malko, mais il faut fouiller cet entrepôt.

– Bien sûr, fit le général. Où est Mr Hyun?

– Il est resté à l'intérieur.

– Eh bien, nous allons lui rendre visite, fit-il jovialement. C'est une bonne surprise, n'est-ce pas...

Il jubilait. En quelques ordres, il eut réparti ses hommes entre la boutique, It'aewon Street, les escaliers et l'entrepôt. Malko, le général Kim, deux de ses hommes et Michael Kotter atteignirent la porte du dépôt. Le cadenas était mis.

– Tiens, fit Malko. Il est redescendu.

– Nous l'aurions vu, objecta le général. Nous étions devant sa boutique.

Il frappa à la porte à plusieurs reprises. Sans succès. Il jeta un ordre et, d'un coup de pistolet, un des policiers fit sauter le cadenas.

– Fouillez tout! lança le général Kim à ses hommes.

Pendant dix minutes ce fut une pagaïe innommable. Les policiers ouvraient les armoires et les grands coffres à toute volée, dans un nuage de poussière, bousculaient les meubles pour avoir accès au moindre recoin. Il fallut se rendre à l'évidence. Ni Obok ni l'antiquaire ne se trouvaient là. Par contre, un des policiers découvrit au fond d'une armoire de pharmacie un objet qui ressemblait à un gros pain de savon, jaunâtre et rectangulaire.

Le général Kim l'examina, le renifla.

– Du C.4, laissa-t-il tomber.

Un explosif militaire de grande puissance.

Ils redescendirent à la boutique. Une vendeuse, liquéfiée de terreur, attendait entre trois policiers. Le général Kim l'interpella.

– Où est ton patron?

– Je ne sais pas. Il est parti au dépôt.

– Il n'y est pas.

– Alors il est peut-être parti livrer des meubles à réparer, avec le fourgon.

– Où?

– A Munsan.

Le général lança un ordre et un policier fila ventre à terre à la recherche du fourgon. Il revint quelques minutes plus tard, essoufflé : pas de fourgon.

Le général Kim hocha la tête.

– Munsan, c'est au nord, juste avant la ligne de démarcation. Il s'est enfui. On va essayer de l'intercepter. Il sait sûrement des choses intéressantes.

***

Obok Hui Kang n'arrivait pas à avaler son thé, la gorge nouée par la rage. Installée dans un petit tabong du centre de Séoul, un pistolet au fond de son sac, une balle dans le canon, elle faisait le point. Cette salope de Suédoise l'avait trahie! L'idée revenait comme une obsession.

Elle avait posé la carte de « Hyun Furniture », bien en évidence. Si on ne savait pas de quoi il s'agissait, impossible de soupçonner quoi que ce soit.

Seulement, il fallait faire contre mauvaise fortune bon cœur... Elle avait encore besoin d'Anita Kalmar.

Sa mission s'avérait encore plus difficile que prévu et elle avait l'impression que la seconde partie allait devoir être sacrifiée. Elle n'arrivait pas à comprendre comment son réseau logistique avait été démantelé. Même Anita Kalmar ne connaissait pas Ok Zun...

Elle but son thé, savourant d'avance sa vengeance. La Suédoise et l'Américain paieraient les premiers.

*
**

La route n° 1 filait vers les collines du nord dans un paysage de rizières à sec, bordée de villages aux toits de tuiles multicolores. Hyun roulait lentement, pour ne pas attirer l'attention de la police. Le jour les barrages routiers étaient levés dans le sens sud-nord, mais les policiers demeuraient vigilants.

Il se trouvaient entre Kumchon et Munsan. Juste après Munsan, il franchirait l'Imjin River sur le Freedom Bridge normalement interdit aux citoyens sud-coréens. Lui possédait un laisser-passer spécial, car il portait souvent des meubles à réparer à un artisan installé dans un village au nord de l'Imjin River. Non loin se trouvait l'entrée d'un étroit tunnel conduisant en Corée du Nord, creusé sous la ligne de démarcation. Précieux pour les exfiltrations. Il était interdit de l'utiliser pour entrer clandestinement en Corée du Sud, en raison de la sévérité des contrôles le long de l'Imjin River.

Hyun aperçut soudain un embouteillage au carrefour de la route n° 1 se scindant en deux, une branche allant vers le Freedom Bridge, l'autre suivant l'Imjin River. Son cœur sauta dans sa poitrine. Des policiers en bleu contrôlaient tous les véhicules et une herse était dressée en travers de la route gardée par des soldats en arme. Aucun chemin de traverse et s'il faisait demi-tour, il se ferait immanquablement remarquer. Il se mit à rouler au ralenti. La file avançait assez vite et cela lui donna bon espoir...

Jusqu'au moment où il réalisa que les policiers ne fouillaient que les véhicules utilitaires, laissant passer les voitures de tourisme... La sueur dégoulinait dans sa nuque. Il voulut se convaincre que tout irait bien. Au moment d'arriver sur le barrage, il prit l'air le plus idiot possible. Un policier se pencha à sa glace et lui demanda :

– Qu'est-ce que tu transportes?

– Des meubles à réparer.

– Où vas-tu?

– A Pang-Mok.

– Tu as un laisser-passer?

– Oui. Il y a un artisan qui travaille pour moi, là-bas.

Il tendit le document au policier qui l'examina et leva la tête vers lui, soudain tendu.

– Descends!

Le vieux Hyun prit la décision en une fraction de seconde. Claquant la portière, il mit en route, passa la première et fonça. Il vit des soldats s'écarter, entendit un choc sourd et la route fut libre devant lui. Quelques coups de feu claquèrent. Puis plus rien.

Dans le rétroviseur, il réalisa qu'il avait deux cents mètres d'avance. S'il parvenait à les semer, il se cacherait avant de pouvoir passer de l'autre côté.

CHAPITRE XV

La voiture de police bleue et blanche fonçait à tombeau ouvert sur l'étroite route n° 32, écartant les autres véhicules à grands coups de sirène. Les quatre policiers qui l'occupaient avaient dégainé, mais pour l'instant le fourgon Kya poursuivi était hors de vue.

Ils arrivèrent à un carrefour, bloquèrent les freins et le conducteur hurla à un paysan :

– Tu as vu un fourgon Kya passer?

– Il a tourné là.

C'était un chemin rural s'enfonçant à travers les collines, sur lequel ils s'engagèrent aussitôt. Donc, l'antiquaire ne cherchait plus à franchir l'Imjin River. Cinq cents mètres plus loin, ils virent la poussière soulevée par le fourgon. Encore quelques minutes et ils le talonnaient. Son conducteur les avait aperçus et zigzaguait pour les empêcher de passer. A l'aide d'un haut-parleur fixé sur le toit, le conducteur lui intima l'ordre de stopper.

Sans résultat, bien entendu...

Un des policiers, penché à l'extérieur, lâcha une rafale dans les pneus. Le fourgon zigzagua. Trente mètres plus loin, il ratait son virage et versait dans le fossé. Les quatre policiers sautèrent à terre et s'approchèrent du véhicule, armes braquées.

– Sortez!

Le conducteur était effondré sur son volant. Un des policiers ouvrit la portière et le tira à l'extérieur, hébété, le front ouvert sous le choc, le visage en sang, tandis que les autres s'occupaient des portes arrière.

– Où allais-tu? demanda un des policiers.

Hyun, l'antiquaire, resta muet. Ils se doutaient bien qu'il essayait de gagner un des tunnels creusés par les Nord-Coréens. Mais l'entrée était si bien dissimulée que, sans son aide, on ne la trouverait jamais. On le poussa dans la voiture de police.

– On saura bien te faire parler au Bingo Hotel, fit un des policiers.

L'antiquaire baissa la tête. Il avait soixante-huit ans et se sentait très fatigué. Toute sa vie, il avait servi son pays, la Corée du Nord, s'installant à Séoul depuis dix ans, coupé de sa famille, sans aucune communication. Par conviction. Déjà, du temps de la guerre contre les Japonais, il avait lutté dans les rangs du Parti communiste. C'était sa famille et ses amis. Il se dit qu'il ne supporterait pas la torture. Qu'on le ferait parler. Qu'il deviendrait un traître...

Depuis longtemps, il s'était préparé à cet instant. Il demanda au policier à côté de lui :

– J'ai des cigarettes dans ma poche, je peux en prendre une?

L'autre acquiesça. Ce vieux bonhomme lui faisait un peu pitié.

Hyun prit dans le paquet une cigarette à bout filtre. Le policier alluma gentiment son briquet. L'antiquaire, la tête rejetée en arrière, ne le regardait pas. Il mordit de toutes ses forces le bout filtre et exhala un profond soupir.

Il eut le temps de sentir une odeur d'amandes amères, eut l'impression que son cœur se contractait jusqu'à n'être plus qu'une mandarine et, avec un hoquet, mourut en quelques secondes.

*
**

Le général Kim débarqua dans le hall du *Chosun* en fumant sa pipe, où l'attendaient Michael Kotter, deux policiers en civil et Malko. L'officier coréen semblait dépité.

– On a coincé Hyun, annonça-t-il, mais il a eu le temps de se suicider. Il ne reste plus que Miss Kalmar pour nous aider à retrouver Obok.

– Elle est dans sa suite, dit Malko, nous vous attendions.

Ils demeurèrent silencieux dans l'ascenseur. Malko frappa longuement à la porte de la Suédoise qui finit par ouvrir. Malgré son maquillage, on voyait qu'elle avait les traits tirés. Son visage se figea en reconnaissant le général Kim. Elle esquissa le geste de repousser la porte, mais Malko lui lança :

– Il vaut mieux nous laisser entrer...

De mauvaise grâce, la Suédoise obtempéra. Sa fabuleuse poitrine était mise en valeur par un pull de mohair beige enfoncé dans un pantalon très moulant. Les cinq hommes pénétrèrent dans la suite et Malko prit la parole.

– Anita, dit-il. J'ai retrouvé votre amie Obok grâce à l'adresse de l'antiquaire de It'aewon. Vous m'aviez menti en prétendant ne pas savoir où elle se trouvait...

La Suédoise alluma une cigarette, décomposée, tandis que Malko lui faisait le récit des derniers événements.

– Vous êtes complice de cette terroriste, conclut-il. Les Coréens ne plaisantent pas avec ce genre de choses.

Anita Kalmar était d'une pâleur de marbre. Elle murmura :

– Que voulez-vous de moi?

– Il faut nous aider à retrouver Obok et nous dire ce qu'elle est vraiment venue faire en Corée.

La Suédoise affronta son regard.

– Je l'ignore, je vous le jure. Elle m'avait donné la carte de l'antiquaire pour laisser un message; ce que je vous ai dit est vrai... J'ignore où elle se trouve.

– Cela m'étonnerait, insista Malko. Dites-nous la vérité.

Elle baissa la tête, butée.

– Je ne sais rien.

Malko échangea un regard avec le général Kim qui lui fit signe de venir dans la pièce voisine, là où s'était dissimulée Obok. Dès qu'ils furent seuls, le Coréen lui dit :

– Cette histoire est très ennuyeuse. Le gouvernement a fait de Miss Kalmar une héroïne. Ce serait une perte de face terrible de reconnaître la vérité. La KCIA ne s'en remettrait pas et le nouveau président non plus. Avoir accueilli une espionne comme une sœur...

– Elle est dure, et amoureuse, remarqua Malko, elle ne parlera pas...

– Il faut lui tendre un piège, proposa le général, lui faire croire que nous sommes dupes. Ce n'est pas une professionnelle, elle finira par nous mener à son amie.

– D'accord, dit Malko, mais demandez à vos hommes de fouiller sa suite. Si nous ne trouvons rien, comme je le pense, cela nous donnera un prétexte pour ne pas nous montrer trop exigeants.

Ils regagnèrent le sitting room. Anita Kalmar n'avait pas rompu le silence pesant. Les deux policiers bayaient aux corneilles et Michael Kotter regardait le ciel par la fenêtre. Le général Kim lança un ordre en coréen. Aussitôt, les deux policiers se précipitèrent sur la penderie et les commodes.

– Qu'est-ce que vous faites? glapit aussitôt la Suédoise.

– Nous perquisitionnons, n'est-ce pas, dit le général. Vos liens avec une dangereuse terroriste le justifient. Vous pouvez être en possession d'armes illégales.

– C'est grotesque, protesta la Suédoise, je n'ai rien à cacher.

Le général Kim éclata de son rire joyeux.

– Si nous ne trouvons rien, je vous ferai mes excuses, avec des fleurs, n'est-ce pas...

Anita Kalmar semblait un peu rassurée. C'est d'une voix plus ferme qu'elle lança :

– C'est vrai que j'ai connu cette femme en Corée du Nord, mais j'appartiens à un pays neutre qui a des relations avec les deux Corées. Ce n'est pas un crime et il s'agit de relations purement personnelles.

Les policiers étaient en train de vider systématiquement les tiroirs. L'un d'eux fit tomber un carton d'où s'échappèrent des paquets de chewing-gum. Le policier les ramassa et, machinalement, en prit un.

– C'est bon pour les dents, remarqua le général Kim avec un petit sourire.

Le policier prit une plaquette, la tordit, la mit dans sa bouche, puis reprit sa fouille, plongé dans la penderie.

Il était en train d'écarter une robe quand il tituba, se raccrochant à un manteau qui se déchira sous son poids, tandis qu'il s'effondrait sur les escarpins d'Anita Kalmar... Celle-ci rugit.

– Mes vêtements, qu'est-ce que vous faites!

L'autre policier se précipita à la rescousse de son collègue, ainsi que le général. Ils le tirèrent hors de la penderie, le retournèrent et l'allongèrent sur le dos. Michael Kotter s'approcha et s'exclama :

– *My God!* Qu'est-ce qu'il a?

CHAPITRE XVI

La main crispée du policier tenait encore le tissu. Il avait la bouche ouverte et le teint bleuâtre...

Son collègue se précipita pour lui faire du bouche à bouche, mais le général Kim l'écarta. Il avait vu assez de morts au Vietnam pour les reconnaître.

– Laissez! fit-il. On ne peut plus rien faire. Il a été empoisonné.

Tous se tournèrent vers Anita Kalmar. Les mains agrippées à la table derrière elle, elle était livide, les yeux fixés sur le cadavre. Encore plus bouleversée que les quatre hommes. Ses lèvres bougeaient mais elle n'arrivait pas articuler un mot. Tout à coup, ses yeux se révulsèrent et elle glissa sur le sol, évanouie.

***

Allongée sur le lit, Anita Kalmar ouvrit les yeux et croisa le regard de Malko. Aussitôt, ses larmes jaillirent, coulant sur son visage et elle gémit des mots indistincts en suédois... Puis en anglais, elle dit d'une voix suppliante, s'accrochant au bras de Malko :

– Je n'y suis pour rien, je vous promets! Je ne savais pas. Il faut me croire.

Elle le secouait, en proie à une véritable crise d'hystérie... Le général Kim était au téléphone ainsi que

Michael Kotter, dans la pièce voisine. Malko eut l'impression que cette fois, la Suédoise ne jouait pas la comédie.

– Anita, fit-il, vous nous avez beaucoup menti. Ce qui vient d'arriver prouve que votre amie Obok est encore plus dangereuse que nous ne le pensions. Dites-moi la vérité. C'est elle qui vous a remis ce chewing-gum?

– Oui, avoua-t-elle, dans un souffle.

– Vous saviez ce qu'il contenait? Cela ressemble à du cyanure, d'après les symptômes de ce malheureux.

– Non, non, cria-t-elle, je ne savais pas... Elle m'avait dit autre chose.

– Commençons par le commencement, fit-il. Votre « évasion » de Pan Mun Jom? C'était une véritable fuite?

– Non, souffla-t-elle, mais j'ai quand même failli mourir. Ce soldat nord-coréen n'était pas dans le secret. Il a vraiment voulu me tuer.

– Et la Japonaise?

– Elle devait venir avec moi. Sa mort a été un accident.

– Comment en êtes-vous arrivée là?

Elle essuya ses larmes, reniflant.

– C'est une longue histoire. Au départ, je suis allée en Corée du Nord, innocemment. Comme Miss Suède. Cela m'amusait et c'était très bien payé. On a été très gentil avec moi. Kim Jong Il m'a reçue à plusieurs reprises, m'a proposé de fabuleux contrats. J'ai accepté de rester quelques semaines.

– Quand avez-vous rencontré Obok?

Elle baissa les yeux, continuant d'une voix moins ferme.

– Dès le début. On me l'a présentée comme une interprète. Elle m'a accompagnée partout, elle était adorable et nous avons beaucoup sympathisé. Elle m'emmenait passer le week-end dans les montagnes, sous la tente, elle était aux petits soins. Je me suis attachée à elle.

– Vous avez fait un peu plus que sympathiser...

Le regard d'Anita Kalmar dérapa.

– Oui bien sûr, mais...

– Ne mentez pas, je vous en prie.

La Suédoise se redressa et cria presque.

– Oui, c'est vrai, je suis tombée très amoureuse d'elle! Pas seulement pour le physique, mais j'ai découvert une personnalité extraordinaire. Fascinante.

– Une fanatique...

– Si vous voulez. Peu à peu, elle a commencé à me raconter ses histoires et j'ai découvert sa vraie nature : responsable d'actions clandestines à l'étranger, sous les ordres directs de Kim Jong Il, le fils du Grand Leader. J'avoue que cela m'a fascinée. Elle m'a complètement engluée, lavé le cerveau. Et puis, je ne pouvais plus me passer d'elle.

– Et elle vous a demandé quelque chose?

Anita Kalmar renifla.

– Oui.

– Quoi?

– Ça ne paraissait pas grave. Elle m'a expliqué que les Sud-Coréens avaient refusé à la Corée du Nord la participation aux Jeux Olympiques, même pour quelques épreuves. J'ai trouvé cela injuste.

– Et vous avez décidé quoi? D'empoisonner des gens?

– Non, non.

De nouveau, elle secoua la tête comme une furieuse, et devint volubile.

– Non, Obok m'a expliqué son idée. M'introduire en Corée de façon à ce que je sois insoupçonnable et que je puisse y demeurer jusqu'aux Jeux Olympiques. Ensuite me faire parvenir des paquets de chewing-gum contenant des purgatifs violents. Elle se chargerait de me faire confectionner un faux uniforme d'hôtesse des J.O.

C'était prévu aussi pour la Japonaise. Quand j'ai su que j'allais être engagée par le *Korea Herald*, j'ai pensé que ce serait encore plus facile... Le plan était d'aller en distribuer aux athlètes américains les plus performants, afin de ridiculiser la Corée du Sud... De leur faire perdre la face.

– Et vous avez accepté? demanda Malko, médusé.

– Oui.

– Vous saviez que vous auriez été prise de toute façon.

– Bien sûr, mais ce n'était pas grave. Les Coréens du Sud pouvaient m'expulser, au pire me mettre en prison quelques semaines. Sinon, ils auraient été ridicules...

Elle se tut. Le général Kim, qui avait fini de téléphoner, écoutait en tirant sur sa pipe. Il hocha la tête.

– Vous aviez vraiment cru cette histoire, Miss Kalmar?

– Oui.

– Obok Hui Kang est une dangereuse terroriste, dit-il, elle ne s'amuse pas à provoquer des diarrhées chez les gens, elle les tue. Il y a dans ces paquets de chewing-gum de quoi empoisonner une centaine de personnes, de façon foudroyante...

– Je vous demande pardon, je ne savais pas, murmura Anita Kalmar. Je ne pensais pas faire une chose pareille.

– Vous deviez les distribuer vous-même?

– Oui, et puis en disposer partout sur le campus olympique.

– Vous saviez donc qu'Obok allait vous rejoindre ici.

– Bien sûr.

– Et Sun-Bong?

– C'était mon lien avec elle. Recrutée depuis longtemps.

– Vous connaissiez d'autres membres du réseau. L'antiquaire? Ok Zun?

– Non.

– Où est Obok maintenant?

– Je ne sais pas. Je vous le jure. Elle ne va sûrement pas me recontacter puisque vous l'avez découverte chez Hyun l'antiquaire. Elle doit se méfier de moi... ajouta-t-elle d'un ton douloureux.

A son regard, Malko comprit qu'elle était toujours amoureuse de la terroriste. On frappa à la porte qui s'ouvrit sur un homme au visage sinistre, à la mâchoire chevaline, avec des lunettes sans monture, sanglé dans un costume mal coupé. Anita lui jeta un regard affolé.

– Le général Lim, de la KCIA, présenta le général Kim.

Les deux hommes se lancèrent dans un long aparté à voix basse, qui dura près de dix minutes. Violent, parfois. Michael Kotter se rongeait les ongles. Enfin les deux généraux coréens se séparèrent et le général Lim s'approcha du lit de la Suédoise.

– Miss Kalmar, fit-il d'une voix sévère en mauvais anglais, nous sommes extrêmement déçus de ce que nous venons de découvrir. Mon pays vous avait accueillie à bras ouverts et vous nous avez honteusement trahis...

– Je vous demande pardon, murmura-t-elle.

– Si nous étions à Pyongyang, continua-t-il, vous seriez torturée et probablement exécutée. Ici, nous ne vous ferons rien. Nous considérons que vous êtes, vous aussi, une victime du terrorisme d'Etat nord-coréen. Vous ne serez même pas expulsée tout de suite, afin de préserver votre image.

– Merci.

Le général Lim continua.

– Bien entendu, il va falloir faire une confession écrite que nous utiliserons, si besoin est. Vous continuerez à vivre normalement et vous attendrez d'autres instructions.

Il salua d'un bref signe de tête et sortit de la pièce. Le policier était en train d'envelopper les chewing-gum dans un papier. D'autres hommes arrivèrent et commencèrent à tout photographier : le cadavre du policier empoisonné, Anita Kalmar, les chewing-gum, elle avec un paquet à la main... Du vrai cinéma. Son visage ruisselait de larmes. Cela dura plus d'une heure. On emporta le cadavre. Malko était mal à l'aise. Seul le général Kim tirait sur sa pipe, imperturbable.... Le calme revint enfin, le cadavre évacué sur une civière, les pièces à conviction enveloppées dans des sachets en plastique. Anita Kalmar avait pris vingt ans en deux heures.

Prostrée, des cernes mauves sous ses superbes yeux bleus.

– Je voudrais me reposer maintenant, murmura-t-elle.

– A plus tard, dit Malko.

Kim, Michael Kotter et lui se retrouvèrent dans le couloir. Le général eut son fameux rire plein de gaieté forcée.

– Si mon ami Lim était japonais, il se ferait harakiri! Je crois que sa carrière à la KCIA est terminée. C'est lui qui avait dirigé l'enquête sur Anita Kalmar... Il perd complètement la face.

– Anita Kalmar s'en tire bien, dit Malko.

– Quand je pense qu'elle allait empoisonner nos athlètes, soupira Michael Kotter. Ces Nord-Coréens sont fous furieux...

– Ils sont surtout diaboliques! ajouta Malko. Ils ont aussi manipulé Anita en jouant sur ses sentiments pour Obok. C'est du beau travail. Maintenant, il faut retrouver Obok.

Michael Kotter eut un geste fataliste en entrant dans l'ascenseur.

– Ce n'est plus un problème urgent. Puisque son complot est percé à jour. Son réseau est démantelé et les

Sud-Coréens sont après elle. Ils ne la traiteront pas comme Anita Kalmar s'ils l'attrapent; ils la découperont en morceaux...

– Je ne suis pas d'accord, dit Malko. Il faut retrouver Obok. Le plus vite possible.

– Pourquoi? demanda l'Américain.

– Obok n'avait rien à faire si tôt à Séoul. Elle pouvait introduire le chewing-gum empoisonné plus tard. Nous sommes encore à plusieurs mois des Jeux Olympiques. Chaque jour passé à Séoul représente un risque considérable pour elle. Donc, il y a une autre raison à sa présence actuelle.

– Laquelle?

– Un autre attentat, dit Malko. Dont Anita Kalmar n'est probablement pas au courant. Ou bien Obok lui a demandé un innocent service qui doit dissimuler un piège effroyable.

Le général Kim ôta la pipe de sa bouche.

– Je crois que vous avez raison. Elle ne nous a pas tout dit et le raisonnement de Mr Linge est impeccable. Obok Hui Kang est à Séoul pour commettre un attentat.

– Mais les athlètes ne sont pas encore là, dit Michael Kotter.

Le général Kim le fixa avec un sourire très doux.

– Il y a dix millions de Coréens à Séoul, Mister Kotter. C'est une bonne cible également.

*
**

Obok Hui Kang étala sur un linge les cartouches de calibre « 25 » et les graissa soigneusement avant de les remettre dans le chargeur du petit pistolet UNIC qu'elle portait accroché au-dessus de sa cheville droite, dans un holster fait sur mesure. Elle n'avait jamais eu confiance dans les armes à feu, mais parfois, c'était nécessaire. Le tranchant de ses mains, endurci par des heures d'entraînement au taek won do pouvait briser la nuque d'un homme d'un seul coup.

En slip, elle commença ensuite à faire sa gymnastique quotidienne.

La pièce était si petite que ses mains touchaient les murs. Par terre, un matelas, un réchaud à alcool et un peu de nourriture. L'aige odeur du kimshi imprégnait l'atmosphère. La rumeur du trafic d'It'aewon montait de la fenêtre ouverte. Certes, ce n'était pas confortable, mais il y avait deux entrées et elle pouvait s'enfuir à travers le dédale des ruelles surplombant le quartier commerçant. Cette planque avait été louée par son complice Yechong. C'était sa dernière ressource. Au fond se dressait la silhouette blanche de l'hôtel *Hyatt* dominant le quartier. Elle le fixa avec haine. Comme elle aurait aimé le voir exploser, se réduire en poussière. Hélas, ce n'était pas au programme...

Au bout de dix minutes, Obok se passa un linge imbibé d'eau glacée sur tout le corps et enfila une combinaison en nylon doublé et des baskets. Elle se sentait parfaitement calme. En ce dimanche matin, le ciel était radieux et tout se présentait bien. Le petit atelier sous son logement était désert. En semaine, le grondement des machines à coudre faisait trembler la maison de bois au toit de tuiles bleues.

Habillée, Obok prit dans un sac de toile une petite radio japonaise Panasonic. Elle l'ouvrit. A l'intérieur, se trouvait une minuterie à côté des trois piles, reliée au bouton de réveil. Avec précaution, Obok poussa le bouton. Le circuit se ferma et une lampe rouge se mit à clignoter. Il n'y avait plus qu'à mettre l'heure en disposant le curseur de recherche des stations. Chaque cran représentait dix minutes.

L'appareil activé, elle le remit dans son sac de toile. Il contenait cent grammes de C.4, largement assez pour servir de détonateur à une charge plus importante. Elle essuya ses mains humides de transpiration. Les explosifs lui faisaient toujours un peu peur, même les plus stables. Puis, assise dans la position du lotus, les yeux fermés, elle se concentra longuement. Ce qu'elle avait à accomplir ne choquait pas sa sensibilité. Mais elle devait posséder une parfaite maîtrise d'elle-même. Vingt minutes plus tard, elle émergea de son hypnose, reposée et l'esprit clair. Son sac à la main, elle descendit l'escalier de bois, débouchant dans une ruelle. Presque tous les ateliers étaient fermés. De là, elle gagna It'aewon Street, au milieu des étals encombrant le trottoir.

La foule l'étourdissait. Bousculée, serrée, elle eut brutalement peur. Elle parcourut une centaine de mètres pour atteindre une petite impasse. Elle s'arrêta devant une porte de bois, celle d'un garage, dont elle possédait la clé.

Obok se glissa à l'intérieur et attendit d'avoir refermé pour allumer. Une Hyundai « Le Mans » bleue quatre portes tenait presque toute la place. Au fond se trouvait un établi, avec un téléphone et des outils. La voiture avait été volée au parking du *Chosun* quinze jours plus tôt par Yechong, déjà à Séoul depuis longtemps.

Elle ouvrit le coffre de la Hyundai. Il était bourré de pains de C.4 arrivés clandestinemnt de Corée du Nord et amenés ensuite à Séoul par Hyun, l'antiquaire. Il y en avait une cinquantaine de kilos. Plus deux grosses bonbonnes de gaz.

La Nord-Coréenne sortit le Panasonic de son sac et le coinça entre deux pains d'explosif. Il n'y avait plus qu'à régler la minuterie. Elle hésita. Si elle obéissait strictement aux ordres, elle aurait dû sortir la voiture et rejoindre son objectif. Mais la jalousie et la rage lui tordaient le ventre. Le désir de gagner un défi aussi. Elle ne risquait guère que sa vie... Après s'être essuyé les mains, elle alla au téléphone et composa un numéro.

– Hôtel *Chosun*, bonjour, annonça la voix de la standardiste.

– *Miss Kalmar, please.*

A cette heure-ci, Anita était dans son lit. Obok pensa à l'espion des Américains et cracha de haine. Cette chienne était capable de se trouver avec lui.

– Allô?

C'était la voix de la Suédoise.

– Mr Jones? demanda Obok.

Un temps de silence, puis la réponse vint d'une voix parfaitement naturelle.

– C'est une erreur.

– Pardon.

Elle raccrocha. Les dés étaient jetés... Après avoir ouvert la porte du garage, elle se glissa au volant et fit ronfler le moteur, sortant ensuite en marche arrière dans l'impasse. Elle referma la porte et gagna It'aewon Street, se perdant tout de suite dans le flot de la circulation... Des Hyundai comme la sienne, il y en avait des dizaines de milliers. Surtout en ce beau dimanche de pré-printemps où tous les hatitants de Séoul étaient dehors.

Dans peu de temps, elle allait savoir si Anita Kalmar tenait encore à elle.

CHAPITRE XVII

Malko observait Anita Kalmar enroulée dans une serviette, qui venait de poser le plateau du petit déjeuner sur le lit. Depuis ses aveux, il ne quittait pas la Suédoise. Celle-ci avait refait l'amour avec lui, comme si de rien n'était.

Rien n'avait filtré dans la presse de l'affaire du chewing-gum empoisonné. Les Coréens ne tenaient pas à effrayer les visiteurs étrangers. Dans leurs cauchemars, les rares membres du gouvernement au courant se demandaient s'ils n'avaient pas découvert qu'un morceau de l'iceberg... Imperturbablement, Anita Kalmar continuait à répondre aux interviews sur son évasion.

Seule différence : elle était maintenant suivie pas à pas par un soi-disant cameraman de la KBS, en réalité agent de la KCIA.

A part Malko et le colonel Kim, personne ne pensait sérieusement qu'elle reverrait Obok.

Le téléphone sonna. Malko était trop loin pour répondre et Anita décrocha.

– C'est une erreur, fit-elle avant de raccrocher.

Elle commença ensuite à verser le café et prit du sucre. Malko l'observait. On aurait dit qu'ils avaient vécu toute leur vie ensemble. Drapée dans sa robe de chambre de soie ivoire, la Suédoise représentait le rêve impossible de tout célibataire normal. Et pourtant...

– Qui était-ce?

– Une erreur. On demandait Mr Jones.

Elle s'allongea près de lui, s'étira et ses seins tendirent la soie ivoire. Malko effleura ses fesses cambrées. Il en avait usé et abusé, de toutes les façons. Prise de guerre...

Ils n'avaient plus reparlé d'Obok Hui Kang ou du cyanure. Rien de suspect ne s'était passé. Elle regarda le ciel bleu.

– Il fait un temps splendide, nous pourrions sortir! Je voudrais acheter des livres. Il y a une énorme librairie dans le sous-sol du Kyobo Building, à côté de l'ambassade américaine.

– Bonne idée, approuva Malko.

Il disposait toujours de Ung Sam et de la voiture de Michael Kotter. Bien que le chef de station ne mette pas dans ses priorités immédiates l'arrestation d'Obok. Considérant que c'était le problème des Coréens. Seul le général Kim maintenait la pression.

Malko était certain qu'Anita craquerait, que quelque chose se produirait. Un sixième sens lui soufflait qu'Obok était toujours à Séoul. Il ne sortait jamais sans son pistolet extra-plat, une balle dans le canon. Il avait appris à connaître la Nord-Coréenne.

Il observa la Suédoise pendant qu'elle enfilait un slip de dentelle blanche, un pull et pantalon serrant ses fesses somptueuses. Leurs regards se croisèrent, et ce qu'elle y lut la fit sourire.

– Tout à l'heure, quand nous rentrerons... dit-elle.

On circulait un peu mieux le dimanche. Ung Sam attendait en bas avec la Daewoo. Le faux cameraman prit place à côté et ils foncèrent vers le centre. Le panneau lumineux, en face du City Hall, indiquait 164. De grands drapeaux olympiques flottaient en haut de l'hôtel *Koreana*.

Le Kyobo Building avec ses vingt-deux étages en verre fumé était digne de Manhattan. L'entrée se trouvait sur l'arrière, en face d'une cour où les voitures défilaient avant d'aller se garer. Ung Sam les débarqua et s'engouffra dans le parking souterrain. Anita et Malko flanqués du « cameraman » pénétrèrent dans le grand hall d'où partaient les escalators menant à la librairie en sous-sol, la plus importante de Séoul. Une foule compacte s'y pressait. Malko s'y engagea le premier. Il se retourna, s'apercevant que la Suédoise ne l'avait pas suivi. En contemplation devant les grandes fresques ornant les murs. Impossible de rebrousser chemin : coincé dans la foule, il dut descendre puis reprendre l'escalator en sens inverse.

Anita Kalmar était toujours plantée dans le hall, le cameraman à côté d'elle. Elle fixait maintenant l'extérieur, là où les voitures déchargeaient leurs passagers. Malko surgissait de l'escalator quand il aperçut une Hyundai « Le Mans » stopper devant l'entrée. Il entendit un coup de klaxon et aussitôt la Suédoise se dirigea vers la porte-tambour. Malko, émergeant de l'escalator, aperçut au volant de la Hyundai une femme avec des lunettes noires. La glace avant droite était baissée.

Anita Kalmar traversa le trottoir en courant.

Elle se rua à l'intérieur de la voiture, ouvrant la portière arrière. Le cameraman courut derrière elle.

Malko, écartant les badauds, se lança à son tour, arrachant son pistolet extra-plat de sa ceinture. Il aperçut un bras tendu dans la voiture, prolongé d'une arme dont le canon lui parut énorme. Le cameraman tomba les mains en avant et s'étala au moment où la Hyundai démarrait sur les chapeaux de roue.

Elle sortit du parking, se faufilant dans une petite allée sans trottoir bordée de restaurants et disparut. Impossible de tirer à cause de la foule. Des passants s'étaient précipités pour aider le cameraman à se relever. Une femme poussa un hurlement de terreur en voyant son visage inondé de sang. Malko s'approcha.

Le Coréen avait reçu deux balles en pleine tête. Une dans l'œil droit, l'autre dans la joue. Personne n'avait entendu les détonations. Etouffées par un silencieux.

Ivre de rage, Malko se rua vers le haut-parleur destiné à appeler les voitures garées au sous-sol.

– *I-o-, i-o*, (1), hurla-t-il.

Les deux premiers chiffres de sa voiture. Ung Sam mit quand même trois minutes à arriver. Malko savait que ce n'était même pas la peine de poursuivre la Hyundai. C'était chercher une aiguille dans une botte de foin...

– A la KCIA, chez le général Kim, dit-il.

Obok Hui Kang avait enlevé la Suédoise sous son nez, tué son garde du corps et se préparait sûrement à faire un coup. Et cette fois, ils n'avaient pas le plus petit début de piste...

*
**

La Hyundai s'enfonça dans un des tunnels qui trouaient la colline de Namsan comme un gruyère. Aussitôt, dans l'obscurité, Anita Kalmar repassa sur le siège avant. Secouée de sanglots, elle vint se blottir contre la Nord-Coréenne.

– Oh, je ne croyais jamais te revoir! C'est horrible. Pourquoi as-tu fait cela?

– Quoi? demanda sèchement Obok, sans ralentir.

– Le chewing-gum empoisonné. Je...

– Qu'est-ce que c'est que cette histoire?

Anita lui raconta l'épisode du policier empoisonné au cyanure. Obok la balaya d'un haussement d'épaule négligent.

– C'est une manip de la KCIA. Ils ont changé celui que je t'avais donné. Tu es bien naïve.

(1) 25, 25.

Elle se tourna vers la Suédoise, flamboyante de mépris.

– Tu m'as trahie. Tu as dit où je me cachais.

– Non, non.

Anita Kalmar se tordait les mains. Brusquement elles se retrouvèrent à l'air libre dans une avenue contournant Namsan Park. Dans le lointain, au sud, on apercevait la Han River. Obok leva le pied, se dirigeant vers It'aewon. Sûre que ses adversaires n'avaient pas eu le temps de relever le numéro de sa voiture volée.

– Comment l'ont-ils su, alors? insista méchamment Obok.

Anita Kalmar ravala les larmes.

– C'est le, l'homme, le...

– Ton amant?

– Non, oui. Il est venu après toi. Il a vu la carte de Hyun l'antiquaire. Il a compris. Je ne lui avais rien dit... Je te jure.

Obok haussa les épaules.

– Peu importe, mais le vieil homme est mort à cause de toi. C'était un combattant courageux.

Anita Kalmar se recroquevilla sur son siège, en larmes, buvant Obok des yeux. Timidement, elle posa une main sur sa cuisse.

– Je te demande pardon...

Obok la repoussa.

– Laisse-moi, tu n'es qu'une chienne corrompue par l'impérialisme et les hommes. Tu m'avais juré que tu n'en toucherais plus jamais un.

– Je ne suis pas aussi forte que toi, répliqua humblement Anita Kalmar. Mais je te promets...

Son ventre commençait à la brûler. Elle était fascinée par la dureté de la Nord-Coréenne, par son fanatisme, son courage physique. Tout ce qu'elle aurait aimé être. L'idée que ce soit une tueuse la rendait encore plus amoureuse. Elle revint à l'assaut et cette fois, Obok ne repoussa pas la main qui rampait le long de sa cuisse.

Anita Kalmar en tremblait d'excitation, les pointes de ses seins étaient dressées sous le chandail à lui faire mal. Lorsque ses doigts s'immobilisèrent entre les cuisses d'Obok, elle réprima un gémissement de désir. Son ventre à elle était inondé.

Elle ne voyait pas les passants, les boutiques, l'animation sur les trottoirs, toute à la joie d'avoir retrouvé la femme dont elle était éperdument amoureuse. Même l'histoire du chewing-gum, elle l'avait effacée de sa mémoire. Tout à coup, elle plongea sur la banquette, posant sa tête sur les cuisses de la Nord-Coréenne, murmurant :

– Je vais te faire tout ce que tu voudras...

Obok envoya sa main droite sous le chandail. Sadiquement, elle attrapa un sein et le serra de toutes ses forces. Anita Kalmar gémit.

– Tu me fais mal!

Obok remonta à la pointe, cisaillant à coups d'ongle.

– J'aurais dû te tuer tout à l'heure, dit-elle. Au lieu de ce pauvre con de flic...

Anita gémissait, de plaisir et de douleur. La dureté des mains d'Obok lui causait une sensation extraordinaire, plus qu'aucun homme ne pouvait le faire.

– Où allons-nous? demanda-t-elle.

– Tais-toi ou je te jette hors de cette voiture.

La Suédoise leva un visage implorant.

– Non! non!

– Tu feras ce que je te dirai, cette fois.

– Oui, tout.

Obok venait de tourner dans l'impasse où elle avait pris la Hyundai. Elle descendit ouvrir la porte et rentra le véhicule dans le garage. Après avoir refermé à clé, elle entraîna Anita Kalmar dans un appentis attenant. Il y avait des bidons entassés, un établi, des nattes sur le sol, dans un coin. Un peu de jour filtrait d'une étroite lucarne. C'était sordide mais la Suédoise s'en moquait.

Elle enlaça le corps robuste d'Obok comme une pieuvre, l'embrassant partout, se laissant glisser peu à peu jusqu'à être à genoux devant elle. L'autre se laissait faire. A un moment, elle lui releva la tête, en la tirant par ses cheveux blonds.

– Pourquoi penses-tu que je t'ai fait venir?

– Je ne sais pas.

– Pour ça. Tu me manquais.

Anita poussa un couinement de bonheur inouï. Ainsi, Obok lui pardonnait! Fièvreusement, elle s'attaqua aux fermetures de la combinaison. Un sourire amusé et méprisant aux lèvres, la Nord-Coréenne laissa Anita la dépouiller de sa combinaison, puis de son slip. La Suédoise caressa d'un regard énamouré le pubis rasé, le corps musclé, la poitrine aussi dure que celle d'un boxeur. Puis elle enfouit ses cheveux blonds entre les cuisses d'Obok. Celle-ci se détendit imperceptiblement quand la langue de la Suédoise remonta le long de sa cuisse, comme un coquin petit serpent.

Elle se laissait faire, passive, en apparence froide. Lorsque les mains d'Anita effleurèrent ses hanches puis ses fesses musclées, elle ne put s'empêcher pourtant de frémir. Aussitôt, la Suédoise leva le visage vers elle.

– Tu aimes?

– Tais-toi!

Elle était redevenue la dominatrice. Anita obéit, remontant lentement jusqu'à ce qu'elle soit debout contre elle. Fièvreusement, elle se dépouilla alors de son pull et de son pantalon. Timidement, elle embrassa Obok au coin des lèvres, pressant ses seins généreux contre la petite poitrine ferme de la Coréenne. Son corps était brûlant d'excitation.

Son pubis se colla à celui d'Obok. Elle haletait mais contenait son désir, sachant qu'Obok ne lui aurait jamais pardonné de se laisser aller si vite. Elle avait oublié le décor sordide, l'odeur de choux, le froid, même. La première fois qu'elle avait fait l'amour avec

Obok, en Corée du Nord, c'était après un sauna et un bain glacé. La Coréenne l'avait bouchonnée, comme un cheval, brutalement, puis s'était emparé d'elle à la façon d'un homme.

Pour l'instant, Obok demeurait d'une immobilité de statue, comme si le corps brûlant et souple collé au sien n'avait pas existé. Encouragée, Anita commença à l'embrasser; le visage, puis la bouche et s'enhardit à glisser un bout de langue pointue entre ses lèvres sèches. C'était le jeu et son excitation était telle qu'elle en gémissait. Elle réprimait une furieuse envie de glisser une main entre ses cuisses et de se caresser jusqu'au plaisir.

Mais ça, c'était interdit.

Enfin, les lèvres d'Obok s'écartèrent et leurs langues se rencontrèrent. Anita en gémit de bonheur. C'était la première réaction de sa partenaire. Ses mains se firent plus fébriles, caressant inlassablement les fesses dures, comme elle aurait fait d'un homme.

– Tu es belle, murmura-t-elle, interrompant son baiser.

Pas de réponse.

Elle abandonna la bouche pour descendre lentement, léchant chaque centimètre carré de peau, s'attardant aux seins, faisant tourner sa langue de plus en plus vite autour des mamelons. Elle sentait le corps d'Obok se détendre progressivement, comme quelqu'un qu'on masse, mais elle demeurait les bras ballants sans rendre de caresses. Anita haletait d'excitation, en s'approchant du ventre rasé. Elle picora autour, de nouveau agenouillée, puis leva un regard suppliant.

– Viens.

Avec un soupir en apparence excédé, Obok s'accroupit d'abord sur la natte, puis s'allongea, la tête calée sur un billot de bois, les jambes légèrement ouvertes.

Tout cela était un rite que les deux femmes n'avaient pu accomplir depuis des mois. Anita en retrouvait tous les gestes, toutes les sensations. Elle s'agenouilla entre les jambes ouvertes d'Obok, penchée sur elle, reprenant les caresses sur ses seins, tandis que ses doigts se faufilaient dans son ventre.

Elle en massa longuement l'ouverture, remontant vers le haut, décapuchonnant la petite crête de chair, la caressant avec une douceur diabolique, du bout de l'ongle, comme elle se le faisait parfois.

Obok restait de marbre et Anita avait envie de pleurer de déception. Pourtant, l'autre la laissait faire. Elle s'entêta ainsi, jusqu'à ce qu'Obok lance d'une voix contrôlée :

– Tu me fais mal ! Tu es maladroite.

L'injure suprême. Anita s'interrompit aussitôt. Reculant un peu, elle reprit le léchage des seins, descendant ensuite au nombril et attaquant dans la foulée le ventre. Agenouillée, la croupe surélevée, elle semblait offrir ses reins à un invisible partenaire. Une seule idée en tête : arracher du plaisir à Obok.

Son visage se posa sur son ventre plat. Puis s'enfouit peu à peu. Lorsque la pointe de sa langue effleura l'intérieur du sexe, Obok eut enfin une réaction, un frémissement du bassin qui arracha un gémissement de bonheur à Anita. Elle s'appliqua, à plat ventre, glissant ses mains sous les fesses de sa partenaire, à lécher longuement le corail du sexe pour remonter et attaquer la partie la plus sensible.

Elle y mettait toute son âme. Obok s'animait peu à peu. Anita fit une pause de quelques secondes pour reprendre son souffle et aussitôt Obok lui jeta, la voix rauque :

– Continue !

Docilement, elle replongea, retenant de toutes ses forces son orgasme. Maintenant, Obok ondulait sous sa langue et elle s'enhardit à la mordiller, lui arrachant enfin un gémissement de plaisir.

– Doucement, plus doucement !

Anita savait comment la faire jouir, mais pouvait prolonger le plaisir à l'infini. Elle continua, caressant Obok du bout de la langue, l'effleurant à peine.

D'un coup, la Coréenne se mit à rugir, lançant son ventre en avant comme un homme qui pénètre une femme, tendue en arc de cercle. Anita Kalmar soufflait bruyamment, partageant le plaisir d'Obok. Celle-ci poussa un gémissement rauque et ses mains saisirent la nuque d'Anita comme pour enfoncer son visage dans son ventre.

– Aaaah!

Elles criaient ensemble. Fièvreusement Anita effleura son propre sexe, explosant en même temps que sa partenaire.

Obok était retombée, les mains encore crispées dans les cheveux blonds.

Elles demeurèrent ainsi de longues minutes puis Obok regarda sa montre et dit d'une voix égale :

– Nous avons à faire.

Docilement, Anita se releva. Quand elle voulut enlacer Obok, celle-ci la repoussa sèchement.

– Ça ne te suffit pas? Tu es vraiment une chienne!

En un clin d'œil, elle fut rhabillée. Elle prit Anita par le bras et l'amena devant la Hyundai.

– Tu vois cette voiture, dit-elle. Tu sais ce qu'il y a dedans?

– Non.

– Cinquante kilos d'explosifs.

Anita Kalmar sentit son cœur se rétrécir. Elle redescendait sur terre. Son regard hagard se posa sur la Coréenne.

– Pour quoi faire?

– Donner une leçon aux fantoches impérialistes.

– Pourquoi m'en parles-tu?

Anita sentait la panique la gagner, sachant très bien qu'Obok ne bluffait pas.

– Parce que tu vas m'aider. C'est le seul moyen de racheter ta trahison. Tu es d'accord?

– Oui, fit-elle faiblement.

– Très bien. Une fois notre mission accomplie, nous gagnerons le Nord. Tu pourras demeurer avec moi, aussi longtemps que tu le voudras.

– Il faut vraiment faire cela? demanda plaintivement Anita Kalmar.

– Oui. Tu refuses?

Obok menaçait déjà.

– Non! non!

Le cerveau en bouillie, la Suédoise n'arrivait plus à penser.

– Bien, je vais t'expliquer comment nous allons procéder.

CHAPITRE XVIII

Un coup léger frappé à la porte du garage interrompit Obok. Sa main droite plongea vers sa cheville, remontant avec le petit pistolet. Anita Kalmar la regardait, fascinée comme par un cobra. C'est dans ces moments-là qu'elle était le plus amoureuse de la Coréenne. Celle-ci, visant le battant, ne bougeait plus.

Trois autres coups à espace régulier furent encore frappés. Obok se détendit et alla ouvrir la porte. C'était Yechong. La Suédoise jeta un regard étonné à son visage enfantin.

– Voilà notre camarade Yechong, annonca Obok. Je vais t'expliquer maintenant ce que tu dois faire.

– Oui, fit docilement Anita.

Elle avait l'impression de s'être dédoublée.

– Tu vas conduire cette voiture jusqu'à la place Youido. Tu connais?

La plus grande place du monde qui pouvait contenir trois millions de personnes, dans le quartier sud.

– Oui.

– Tu l'abandonneras sur le côté ouest de la place, là où il y a les locations de bicyclettes. Moi, je t'attendrai avec Yechong en face du building du KBS. Dans une Kia blanche.

Anita ouvrit de grands yeux.

– Mais pourquoi moi?

– Pour te racheter. Je veux que tu participes à cette action.

Domptée, la Suédoise baissa la tête. Obok lui tendit les clés de la Hyundai.

– Je pars la première dans la Kia. Nous t'attendons au bout de l'impasse. Ne fais pas de bêtises, je te suivrai. Si tu désobéis, tu sais ce qui t'arrivera...

Elle tourna les talons, tandis qu'Anita Kalmar se mettait au volant de la Hyundai. Ses mains tremblaient tellement qu'elle eut du mal à trouver le contact. Obok l'observait. Lorsque le moteur fut en route, elle sortit du garage en compagnie de Yechong. Anita aperçut dans le rétroviseur une petite Kia blanche toute neuve qui partait en marche arrière... Elle pleurait toute seule, partagée entre son désir de plaire à Obok et le sentiment qu'elle allait commettre une monstruosité.

Le cerveau en bouillie, elle démarra à son tour sachant qu'elle devait faire quelque chose, mais sans savoir quoi.

L'intensité de la circulation dans It'aewon Street l'étourdit. Du coin de l'œil, elle repéra la petite Kia blanche qui se colla derrière elle. Les deux voitures descendirent l'artère particulièrement animée en ce dimanche matin. Anita Kalmar conduisait le plus lentement possible, tentant de trouver une solution.

Certes, elle pouvait stopper pour demander la protection de la police. Mais elle parlait à peine coréen et un agent de la circulation ne comprendrait pas. Obok aurait dix fois le temps de l'abattre et de récupérer la Hyundai bourrée d'explosifs.

Chaque mètre était une torture. Elle se demanda soudain si Obok ne lui tendait pas un piège diabolique pour voir ce qu'elle avait dans le ventre, pour se venger de sa prétendue trahison. Les Nord-Coréens aimaient bien les faux-semblants, les simulacres d'exécution... Peut-être que la Hyundai ne contenait rien de dangereux...

Elle oscillait entre les deux hypothèses. Tellement distraite qu'elle grilla le feu rouge au coin de It'aewon et de Hannamno! Alors que la Kia s'arrêtait normalement.

Le flic au carrefour siffla furieusemnt. En Corée, on ne badinait pas avec la discipline. Comme la Hyundai ne stoppait pas, il en releva le numéro et le communiqua aussitôt au Q.G. de la police à l'aide du talkie-walkie qu'il portait accroché à l'épaule.

Anita hésita. Normalement, pour gagner Youido, elle aurait dû tourner à droite, afin de descendre Hannamno vers la rivière et le pont Hannam. Brutalement, elle prit à gauche, Sowolgil, une avenue calme qui serpentait au flanc de Namsan Hill.

A sa gauche, s'étalaient en espalier des résidences assez luxueuses, et, à sa droite, les flancs de la colline, à cet endroit aménagés en parc. Peu fréquenté à cette heure matinale.

Elle accéléra et le carrefour disparut. L'avenue était déserte. Anita Kalmar hésitait. Obok l'avait vue tourner et allait sûrement la rattraper. Elle n'aurait jamais le temps de trouver un poste de police. Il fallait prévenir de ce qui était en route. Trouver du secours. Elle continuait, conduisant comme une automate.

Soudain, au détour d'un virage, elle apercut une cabine téléphonique, au début d'une allée s'enfonçant dans la colline, interdite aux véhicules par une grosse chaîne. Elle obliqua brusquement, vérifiant que la Kia n'était pas derrière elle, stoppa et se rua dans la cabine.

***

Obok lança une exclamation dépitée. Le dos du policier était juste devant le capot de la Kia. Inutile de se faire repérer... Elle dut patienter pendant l'interminable feu, fixant l'endroit où Anita avait disparu. Pourquoi avait-elle tourné à gauche? Son estomac était tordu d'angoisse et de haine.

– Tu n'aurais pas dû lui donner la voiture tout de suite! remarqua Yechong qui était pourtant son subordonné.

– Tais-toi, fit-elle brutalement pour se rassurer. Je suis sûre d'elle.

Elle démarra en faisant crisser les pneus et tourna dans Sowolgil. Pas de Hyundai! Concentrée sur la route, elle faillit passer devant la cabine sans voir la voiture arrêtée devant. Yechong poussa un rugissement.

– Regarde!

Elle tourna la tête et eut l'impression que son cœur s'arrêtait. Anita Kalmar était en train de composer fiévreusement un numéro. En cette seconde, elle eut envie de la déchirer de ses mains, de lui arracher le cœur. Virant brutalement, elle s'engagea dans le chemin, bloquant la Hyundai. Puis, elle jaillit de la Kia, se ruant vers la cabine.

*
**

– Ne quittez pas, lança la voix chantante de la standardiste du *Shilla*.

Anita Kalmar avait envie de hurler. Elle avait d'abord appelé en vain le *Chosun*. Malko n'y était pas. Il était le seul qu'elle puisse prévenir. La sonnerie battait au rythme de son cœur. Enfin, on décrocha et elle entendit Malko dire « Allô ». A cet instant, elle se retourna et aperçut Obok qui fonçait sur elle. Son regard la liquéfia. Il lui restait quelques secondes. Malko répéta « Allô ».

– C'est Anita! Elle sanglotait. Pardon, pardon, elle me force. Il y a une voiture avec...

La porte de la cabine venait pratiquement d'être

arrachée. Anita Kalmar sentit les griffes d'Obok s'enfoncer dans la chair de son bras et hurla.

– Arrête! Laisse-moi!

– Où êtes-vous? cria Malko dans le récepteur.

Les deux femmes luttaient. Obok essayant de l'entraîner hors de la cabine, Anita s'accrochant au récepteur comme une malade. D'un coup féroce sur le poignet, la Coréenne réussit à le lui faire lâcher. La saisissant par les cheveux, elle la tira violemment, lui cognant la tête contre un montant métallique. Anita Kalmar eut encore le temps de crier sans savoir si son interlocuteur l'entendait.

– Youido...

Elle tomba à terre. Sauvagement, Obok lui envoya de toutes ses forces un coup de pied dans le ventre et la Suédoise se recroquevilla, vomissant de la bile, parcourue d'une douleur inhumaine. Yechong était descendu, regardant avec inquiétude les rares voitures qui défilaient non loin d'eux. Heureusement, la Kia cachait le corps étendu à terre. D'une voix calme, il lança :

– Finis vite, camarade, nous sommes pressés.

Il savait que d'une seule prise de taek won do, Obok pouvait tuer son amie. Celle-ci regarda le chemin qui montait vers la colline, barré par une chaîne, réservé aux piétons. Elle vit que celle-ci n'était pas cadenassée. Elle la décrocha, la posa à terre et lança à Yechong :

– Aide-moi.

Ils traînèrent Anita Kalmar jusqu'à la Hyundai. Le Coréen eut un sourire cruel.

– C'est une bonne idée.

– Non, fit Obok, il y a mieux pour cette chienne.

Elle bouillonnait de fureur et de haine, elle aurait aimé la dépecer vivante. Yechong regarda autour de lui, inquiet.

– On risque de donner l'alerte.

– N'aie pas peur, lança Obok, je remplirai ma mission comme toujours...

Elle avait sauté au volant de la Hyundai. Yechong voulut monter à côté d'elle, mais elle le repoussa.

– Prends l'autre et suis-moi.

Il obéit et les deux véhicules s'engagèrent dans le sentier. Obok redescendit pour remettre la chaîne. Trois cents mètres plus loin, ils étaient hors de vue de la route. Obok stoppa et ouvrit le coffre de la Hyundai. Yechong la regardait avec curiosité.

– Qu'est-ce que tu veux faire?

– La punir comme elle le mérite.

Elle sortit du coffre un rouleau de cordelette hyper-résistante. Anita gémissait sur le plancher de la Hyundai. Obok l'arracha du véhicule en la tirant par les cheveux. Son visage était déformé par la haine. Elle lui donna encore quelques coups de pied dans les seins qui arrachèrent un cri horrible à Anita, puis elle s'accroupit auprès d'elle.

– Tu vas mourir, dit-elle. Mais pas d'une façon agréable. Tu te souviens de la Thaïlandaise à Pyongyang?

Anita Kalmar eut un sursaut de tout son corps et s'accrocha aux jambes de la Coréenne.

– Oh non, pas ça!

Son cri se termina en gargouillement. Obok venait de lui écraser la bouche d'un coup de talon...

Aussitôt, elle noua une des extrémités de la corde sur la jambe gauche juste au-dessus de la cheville. Anita Kalmar se débattait, le visage en sang. D'une manchette féroce, Obok lui brisa le cartilage du nez, déclenchant une hémorragie et des hurlements. Yechong surveillait les alentours, réprobateur. Ils prenaient trop de risques.

Obok fixa la corde de façon à ce qu'aucune traction ne puisse la détacher. Elle noua ensuite l'autre extrémité de la corde autour d'un tronc d'arbre. La Suédoise se débattait, rampant sur le sol, gémissant, trop faible pour tenter quelque chose d'utile. Calmement, Obok attacha une autre corde à la jambe droite de la Suédoise. Elle s'approcha alors de la Hyundai et accrocha solidement l'autre bout de la corde aux crochets prévus pour le remorquage. Ensuite, elle se tourna vers Yechong.

– Vas-y. Prends la Kia et pars le premier.

Il obéit, sans un regard pour la Suédoise. Celle-ci se mit à hurler, suppliant Obok de l'épargner. La Coréenne vint se pencher sur elle avec un sourire cruel.

– Tu cries moins fort que la Thaïlandaise! Tu te souviens? Attends de souffrir.

Elle remonta dans la Hyundai et enclencha la marche arrière, reculant avec lenteur, les yeux fixés sur Anita, allongée au milieu du sentier... Les deux morceaux de corde se tendirent, forçant la Suédoise à un grand écart abominable.

Obok donna encore un petit coup d'accélérateur, déclenchant un hurlement d'Anita dont les tendons étaient étirés à craquer. Il n'y avait plus de mou dans la corde... Obok regardait les cuisses grandes ouvertes devant elle, en proie à des sentiments confus. La haine, la vengeance et aussi quelque chose de trouble. Sadiquement, elle prolongeait l'angoisse de sa victime. Encore un tout petit coup d'accélérateur et un cri glaçant...

Un coup de klaxon derrière elle. Yechong s'impatientait. Les yeux rivés sur l'entrecuisse de la Suédoise, elle appuya lentement sur l'accélérateur.

***

Malko regarda le récepteur qui bipait, bouleversé. Que s'était-il passé? Anita Kalmar avait disparu depuis trois heures maintenant. Toute la police de Séoul la recherchait. Apparemment, elle avait changé de camp de son plein gré. Pourtant ses derniers hurlements n'étaient pas de la comédie... Que s'était-il passé?

Il composa le numéro du général Kim, de veille à son QG de la KCIA, depuis l'évasion d'Anita.

– Il y a du nouveau, dit-il.

– De mon côté aussi, annonça le général Kim. Un policier dans It'aewon Street a cru apercevoir la Hyundai avec Miss Kalmar. Elle a brûlé un feu.

– Il se prépare quelque chose de grave, dit Malko.

Il lui relata sa courte conversation avec la Suédoise et conclut :

– J'ai l'impression qu'Obok lui a demandé une chose qu'elle n'a pas pu faire. Comme de conduire quelque part une voiture piégée.

– Pourquoi dites-vous cela? sursauta le général.

– Anita Kalmar a parlé de Youido, d'une voiture... Et vous avez trouvé du C.4. chez Hyun, l'antiquaire.

Lourd silence, puis le général lança :

– Très bien, je fais mettre en alerte tous les gens dont je dispose et je fais surveiller les ponts. S'il est encore temps.

– Je vais là-bas aussi, dit Malko. Je dispose de la voiture de Michael Kotter.

Malko retrouva la voiture et Ung Sam devant le *Shilla*, et demanda au chauffeur de lui donner sa place. Maintenant, il savait se diriger dans Séoul et préférait ses réflexes à ceux du chauffeur coréen.

– Nous allons à Youido Plaza, annonça-t-il. Nous recherchons une Hyundai claire, conduite soit par Anita Kalmar, soit par une Coréenne aux cheveux courts.

Il réalisa tout à coup qu'il était le seul à avoir vu Obok, en chair et en os. La photo d'identité trouvée chez Sun-Bong n'était pas suffisante.

*
**

Férocement, Obok appuya sur l'accélérateur de façon continue, afin d'éviter une rupture possible de la corde. Celle-ci s'allongea encore sous la traction, se soulevant du sol, en même temps que les jambes de la Suédoise qui griffait le sol de ses ongles avec un hurlement atroce et continu. Obok avait le cœur qui battait délicieusement. Les dents serrées, elle appuya encore un peu.

La Hyundai patinait.

La tension sur les ligaments de la Suédoise devait être abominable. La bouche ouverte, elle criait à se déchirer les poumons. Son cri augmenta d'un cran... Quelque chose venait de se déchirer dans son aine. Obok cria aussi, mais de plaisir.

Elle n'avait plus beaucoup de temps. Cette fois, elle écrasa l'accélérateur jusqu'au plancher. Pendant une seconde, la voiture ne bougea pas, puis elle bondit en arrière, entraînant la jambe gauche d'Anita Kalmar dans un arrachement de muscles, de tendons, d'os et d'artères. Le sang jaillit de l'artère fémorale sectionnée et la Suédoise se roula par terre, se vidant de son sang... Calmement, Obok stoppa la voiture, descendit et détacha la corde du pare-chocs, encore attachée à la jambe ensanglantée d'Anita Kalmar. Celle-ci, allongée au milieu du chemin, agonisait, le sang s'enfuyant par son moignon. Obok lui jeta un dernier regard, sans bien savoir ce qu'elle éprouvait. Au fond, elle était heureuse, la Suédoise ayant représenté l'unique faiblesse dans une vie bien réglée. Et elle avait eu tort de lui faire confiance. Il lui restait à remplir sa mission et à regagner le Nord.

Anita Kalmar ne bougeait plus et le sang suintait à peine de sa hanche où un morceau de fémur blanc nacré apparaissait...

Obok remonta dans la Hyundai et partit en marche arrière.

***

Malko déboucha par le pont Mapodaegyo sur la place Youido. La vue était saisissante. L'esplanade devait mesurer deux kilomètres de long sur cinq cents mètres de large, bordée de buildings hypermodernes. Et elle était noire de monde! Des stands louaient des bicyclettes et des patins à roulettes et des milliers de jeunes s'ébattaient sur la place interdite aux voitures.

Il repéra des policiers en bleu à côté d'une voiture de police à la sortie du pont. Examinant tous les véhicules. Un hélicoptère de la police bourdonnait dans le ciel. Il tourna à droite, longeant le parc le long de la Han River, gagnant le second pont, Wonhyo, guidé par les indications d'Ung Sam, assis à côté de lui. Même dispositif. Des centaines de voitures se ruaient vers les espaces verts en ce dimanche ensoleillé. C'était infiltrable. Il prit à droite, revenant sur ses pas par le fond de l'énorme place.

Il longea un canal, aboutissant devant le building de la KBS hérissé d'antennes. De ce côté-là aussi, des centaines de patineurs et de promeneurs du dimanche mais presque pas de policiers. Il doubla une voiture bleue et blanche dont les occupants scrutaient les rues avec attention. L'hélicoptère volait plus bas. Tout à coup, une Hyundai hérissée d'antennes lui fit un appel de phares, garée devant les chaînes qui interdisaient l'entrée de l'esplanade. Il s'approcha.

Le général Kim, pipe à la bouche, descendit sa glace. Pour une fois, il avait le visage grave.

– C'est sérieux, n'est-ce pas, fit-il, une ronde vient de découvrir à Namsan le corps mutilé d'une jeune femme blonde sans papiers. Il semble bien qu'il s'agisse d'Anita Kalmar. Elle a été écartelée entre un arbre et une voiture, ajouta-t-il. C'est une horreur...

Malko en avait la chair de poule.

– Et Obok?

– Aucune trace, mais je crains qu'elle ne tente un coup d'éclat ici, comme vous le pensiez.

– On ne peut pas faire évacuer cette place? demanda Malko.

Le général secoua la tête.

– Impossible. Cela créerait une panique pire que tout et nous n'avons pas assez d'hommes. Il faut intercepter cette terroriste avant qu'elle ne frappe. Tous les policiers de Séoul sont mobilisés ici, avec ordre de tirer à vue. Il en arrive d'autres. Hélas, personne ne la connaît!

– Je vais me remettre à sa recherche, dit Malko. Ung Sam, restez avec le général.

Il préférait être seul. Non armé, le chauffeur ne lui était d'aucun secours. Le général Kim lui tendit un Motorola :

– Tenez, la fréquence est réglée sur la mienne. Si j'ai quelque chose, je vous appelle. Faites-en de même.

Malko repartit, passant devant la Bank of Korea. Obok savait que la police risquait de la guetter, après l'appel d'Anita Kalmar. Elle n'était pas stupide. Les policiers qui gardaient les ponts ne servaient à rien. Elle avait dû prévoir autre chose, mais quoi?

CHAPITRE XIX

Obok s'engagea sur le Songsan Bridge, bien au nord de Youido Plaza. L'âme en paix. Sa mission était aux trois quarts accomplie. Dans son rétroviseur, elle pouvait voir le museau de la Hyundai conduite par Yechong. Ils avaient procédé à l'échange de voiture tout de suite après le meurtre de la Suédoise, transférant également l'explosif dans la Kia. Obok avait également modifié le réglage de la minuterie commandant les explosifs.

Elle ralentit : la circulation était bloquée aux alentours de Youido Plaza. Elle esquissa un sourire nerveux. Les policiers cherchaient une Hyundai bleue avec une ou deux femmes à bord, pas une Kia blanche. En plus, elle n'était pas physiquement connue des services sud-coréens. Sinon, sa photo serait depuis longtemps dans tous les aéroports. Seul, l'agent des Américains pouvait l'identifier. Ce qui donnait encore plus de sel à sa mission. Elle l'accomplirait à la barbe de la police sud-coréenne.

Ajoutant la perte de la face à l'horreur...

Yechong, au volant de la Hyundai, ne risquait rien non plus. Il avait de faux papiers en règle et il y avait des milliers de Hyundai semblables à la sienne. Dès qu'elle aurait accompli sa mission, Obok rejoignait la

Hyundai et ils regagnaient une nouvelle planque, le temps de laisser les choses se calmer.

Deux policiers la dévisagèrent et lui adressèrent ensuite un sourire. Avec sa belle bouche et ses grands yeux, Obok était plutôt appétissante. Elle baissa la tête en bonne bourgeoise timide.

Quel pied...

Se traînant à dix à l'heure sur Yoiusoro Avenue, elle passa sous le Yangwha Bridge. Un bateau-mouche donna un coup de sirène. Des gens prenaient le soleil sur les berges du fleuve aménagées en parc.

Elle prit la file de droite, pour sortir sur l'esplanade de Youido Plaza. La voie était presque vide. Encore cinq cents mètres. Elle consulta sa montre. Elle avait largement le temps. La Hyundai, derrière elle, avait emprunté la même file.

Tout allait bien.

Loin devant, le feu passa au vert et elle progressa de vingt mètres... Quelques rares véhicules arrivaient en face, venant de Youido Plaza, dont une Daewoo sombre qui roulait très lentement. Chose rare chez les Coréens. Elle la suivit machinalement des yeux et sentit soudain son pouls s'accélérer : il n'y avait qu'une personne au volant. Un étranger dont elle distinguait les cheveux clairs et qui portait des lunettes noires...

Il inspectait visiblement les occupants des véhicules roulant sur la même file qu'Obok. Celle-ci poussa un rugissement de haine. L'agent de la CIA avait deviné sa manœuvre! Il n'était plus qu'à quelques mètres et il allait fatalement l'apercevoir. Fiévreusement, elle saisit le pistolet accroché à sa cheville et l'arma, puis baissa la glace. Calculant tout dans sa tête. Elle l'abattait, puis déboîtait, remontant les voitures arrêtées. Les policiers au carrefour n'auraient pas le temps de réagir...

Seulement, il fallait que la Hyundai suive...

Sinon, elle se retrouvait, sa mission accomplie, seule et à pied, poursuivie par des centaines de policiers. Elle se retourna. Yechong croisa son regard. Par gestes, elle lui fit comprendre ce qu'elle voulait faire. Il acquiesça. La Daewoo n'était plus qu'à dix mètres. Elle passa le petit pistolet dans sa main gauche, dissimulé par sa paume, pratiquement invisible si on n'avait pas le nez dessus.

*
**

Malko n'aurait probablement pas remarqué la Kia blanche si un bras n'en était sorti. Machinalement, il regarda le conducteur, réalisa que c'était une femme.

C'est là que cela se joua.

Les autres voitures de la file avaient démarré et la Kia demeurait immobile, comme si elle attendait quelque chose, ce qui attira son attention. Il l'examina avec plus de soin et, soudain, plus par intuition que par mémoire, se dit qu'il s'agissait d'Obok. Son pouls s'accéléra. Elle avait donc fait ce à quoi il s'attendait : passer par un autre pont.

En un clin d'œil, il eut saisi son pistolet extra-plat posé sur la banquette. Obok le vit, tendit le bras. Ils tirèrent en même temps et deux trous apparurent sur leurs parc-brise respectifs. Obok n'insista pas, déboîtant aussitôt et se jetant dans la circulation à contre-sens, suivie de la Hyundai qui se fraya un passage en écrasant l'aile de la voiture qui la précédait.

Malko vit filer sous son nez les deux véhicules, aperçut le visage crispé de haine d'Obok. Le feu était passé au vert et un maigre flot de voitures se dirigeait vers eux.

Malko effectua un demi-tour et les trois véhicules remontèrent à contresens Youisoro dans un concert de klaxons. Les mains moites, Malko se demandait comment il allait stopper la terroriste maintenant certain de ses intentions. L'astuce avait été de changer de voiture. Si elle n'avait pas attiré son attention, jamais il ne l'aurait vue... Un policier sauta du trottoir et se plaça les bras en croix devant la Kia qui arrivait à toute vitesse. Obok le heurta à la hanche et il vola en l'air, retombant au milieu de la chaussée. La Hyundai qui suivait ne put l'éviter et lui passa sur le corps.

Tous les policiers dégainaient leurs armes. Malko surgissait à son tour, talonnant les deux voitures. Il vit plusieurs armes se braquer vers lui et baissa la tête, continuant en aveugle.

Ironie du sort, il pensa en une fraction de seconde que c'est lui qui risquait de mourir à la place d'Obok... Son pare-brise vola en éclats, il entendit des chocs sourds dans la carrosserie, risqua un œil et réalisa que les policiers s'étaient écartés devant lui. Pourtant, un projectile pulvérisa encore sa lunette arrière. Derrière, c'était la folie. Des policiers couraient dans tous les sens. Il se redressa : Obok avait disparu. Devant lui, la large avenue longeant Youido Plaza était vide!

Il saisit le Motorola et appela le général Kim. Pas de réponse! Il essaya quatre fois, n'obtint que des parasites.

La gorge nouée, il continua, tourna à droite dans Uisadangno, la première rue où Obok avait pu se réfugier. Il contourna le building du *Dong A Ilbo*, le grand quotidien du soir de Séoul, aboutissant dans une impasse.

Il revint sur ses pas, la rage au cœur, se retrouva dans Uisadangno, continua un peu puis fit demi-tour. Où la terroriste était-elle passée? Il était impossible de se dissimuler dans ces grandes avenues rectilignes, bordées d'énormes buildings de bureaux, déserts le dimanche. Au loin, il entendit hurler des voitures de police.

Il était presque arrivé à Youido Plaza lorsqu'il pensa aux parkings! Chaque building en avait un. Aussitôt, il fit demi-tour.

*
**

Obok reprenait son souffle et calmait sa fureur. Il lui avait suffi d'un gracieux sourire pour pénétrer dans le parking de surface du *Dong A Ilbo* suivi de la Hyundai. Ils avaient inspecté les dégâts. Heureusement, aucun projectile n'avait touché les parties vitales des deux véhicules. Elle enrageait encore en pensant à l'Américain et à cette salope d'Anita Kalmar. La Suédoise avait bien eu le temps de prévenir la police, comme elle le craignait, sinon l'autre n'aurait pas zoné dans le coin...

Elle regarda Yechong qui ressortit par l'entrée des fournisseurs pour se garer dans l'impasse derrière le grand building. Elle-même se préparait à repartir pour la dernière étape. La Kia étant repérée maintenant, c'était la partie la plus dangereuse. Au moins, personne n'irait chercher Yechong au milieu des camions de papiers dans l'impasse. Il lui restait cinq cents mètres à parcourir. Les plus durs. Il aurait été plus prudent d'attendre, mais elle n'avait pas le choix. La minuterie de la machine infernale était enclenchée et si elle continuait, c'est elle qui sautait avec la voiture... Essuyant ses mains trempées de sueur à sa combinaison, elle recompléta le chargeur de son arme et reprit le volant.

Elle retraversa le parking désert et sortit à petite allure, adressant un petit signe de tête au gardien. Elle tourna à droite, l'avenue Uisadangno était déserte. Au bout, elle apercevait l'esplanade noire de monde. Cinq cents mètres à parcourir. Elle avait tout mémorisé. Arrivée à la voie qui longeait la place Youido, elle tournerait à gauche, arriverait devant le stand de location des patins à roulettes.

Là, se trouvait un passage destiné aux véhicules de

nettoyage. Même s'il était gardé par un policier, il ne pourrait pas l'arrêter. Au pire, elle l'abattrait.

Elle consulta sa montre : elle aurait juste le temps de se sauver après avoir abandonné le véhicule. Si la police la repérait, ils n'auraient pas le loisir d'intervenir. Baissant les yeux, elle vérifia que son pistolet était à portée de main sur la banquette. Lorsqu'elle les releva, elle aperçut, venant en face d'elle, une Daewoo sombre.

*
**

Embusqué au coin de l'avenue, Malko vit sortir la Kia blanche du parking du *Dong A Ilbo,* alors qu'il s'en trouvait encore à une centaine de mètres. Son estomac se contracta brutalement.

Aucun policier en vue. Si Obok parvenait à l'éviter, il n'y aurait plus aucun obstacle entre elle et son objectif : l'esplanade noire de monde, de femmes, d'enfants, de promeneurs. Le capot blanc grandissait devant lui. Il éprouva un curieux picotement sur le dessus des mains, en même temps qu'une sorte de détachement. Ce n'était pas la première fois qu'il jouait sa vie à la roulette russe. Mais là, c'était une chance sur deux... Ou la Kia explosait sous le choc et il était transformé en chaleur et en lumière... Ou il gagnait...

La petite voiture blanche fit une embardée, cherchant à l'éviter et monta sur le trottoir.

A son tour, il donna un coup de volant, pour lui barrer la route. Toute sa raison lui criait de la laisser passer. Le ciel était bleu, il faisait un temps de rêve et les gens qui risquaient de mourir étaient de parfaits inconnus pour lui.

Son cœur ne battait même pas plus vite. Machinalement, il donna un coup de volant pour se retrouver en face de la Kia. Maintenant, il pouvait voir le visage de la Nord-Coréenne à travers le pare-brise. Elle devait hurler, car elle avait la bouche ouverte. Sa main droite brandissait futilement un revolver.

Elle tenta une dernière manœuvre pour passer entre le mur et la Daewoo, mais Malko se rabattit.

Solidement accroché à son volant, il fonça sur la voiture blanche. Il restait une seconde avant le choc.

Le temps qu'il restait à vivre à Obok et à lui si le choc déclenchait l'explosion de la voiture piégée.

CHAPITRE XX

L'avant gauche de la Daewoo heurta de plein fouet la petite Kia, faisant exploser sa calandre et rabattant son capot sur le pare-brise. Malko, cramponné à son volant, réalisa à la dernière seconde qu'il hurlait à gorge déployée.

Le choc le projeta vers le pare-brise déjà en miettes. Sa tête heurta le montant avant et il perdit connaissance avec une violente douleur dans la poitrine, causée par le volant. Quand il rouvrit les yeux, il ignorait combien de temps s'était écoulé. Il aperçut une silhouette en train de s'extraire péniblement des débris de la Kia. Obok. La Nord-Coréenne titubait. Malko crut qu'elle allait s'effondrer, mais elle s'éloigna en claudiquant vers le parking du *Dong A Ilbo,* passant devant le gardien qui accourait. Ce dernier aida Malko à sortir de la Daewoo encastrée dans l'autre voiture.

Obok avait presque disparu au fond du parking. Malko essuya le sang qui suintait de deux grosses coupures au visage. L'accident était passé inaperçu dans Youido Plaza. Brutalement, il réalisa que la Kia pouvait exploser à chaque seconde. Le Motorola était resté dans la voiture. Le gardien tournait autour de lui, répétant :

– *OK? OK? OK?*

Malko lui fit signe de s'enfuir. Lui-même dominant la

douleur de sa poitrine, courut aussi vite qu'il le pouvait vers le parking. Il était presque arrivé au fond quand le bruit d'une explosion assourdissante lui parvint. Un millième de seconde plus tard, il fut balayé par un souffle brûlant qui l'enveloppa comme une langue de feu. Sans la protection d'un gros camion, il aurait été pelé vif. Il ouvrit la bouche, cherchant de l'air, roula à terre, tandis que ses tympans semblaient s'arracher sous l'onde de choc. Sa dernière vision fut une colonne de fumée blanche montant vers le ciel au milieu de l'avenue Uisadangno.

*
**

Malko cligna des yeux sous une lumière violente. Il les ouvrit, les referma, devina la silhouette replète du général Kim penché sur lui. Quelque chose le gênait. Il porta la main à sa bouche, découvrit qu'il s'agissait d'un masque à oxygène.

– Ça va bien? Vous êtes bien, Mister Linge?

La voix du général Kim vibrait d'anxiété. Malko réalisa que la lumière violente n'existait pas. Ce n'était que l'image de l'explosion imprimée sur ses rétines. Il avait mal partout, surtout dans la poitrine et ses poumons le brûlaient affreusement. Il était étendu sur une civière, en face du *Dong A Ilbo*. Tournant la tête, il découvrit un spectacle de désolation.

La plupart des véhicules du parking étaient détruits. Des pompiers arrosaient ceux qui brûlaient encore. Le sol était jonché d'éclats de verre, de bois, de pierre, de morceaux de fer, arrachés des grilles qui n'existaient plus. La façade de la Korean Federation of Small Business était soufflée par endroits et on distinguait l'intérieur des bureaux. Un balcon pendait le long du mur, presque arraché.

De la Daewoo et de la Kia, il ne restait qu'un amas de ferraille noircie, au milieu de l'avenue, à demi tombé dans le cratère de l'explosion. Malko se dressa sur son séant. Le général Kim, aussitôt, se précipita.

– Il faut faire attention, n'est-ce pas. Vous avez été très choqué.

– Obok! où est-elle? demanda Malko.

– Elle a disparu. Nous la recherchons.

– Et le gardien?

– Quel gardien?

Il comprit que l'homme qui avait voulu le secourir avait été littéralement mis en pièces par l'explosion... Aidé par le général, il s'arracha à sa civière. Cela grouillait de policiers et de pompiers, des barrières en bois interdisaient le périmètre aux curieux. Il gagna Uisadangno et aperçut l'immense esplanade de Youido Plaza pratiquement vide.

– Il y a eu un moment de panique terrible, lors de l'explosion, expliqua le général Kim. Les gens se sont enfuis. Il y a des blessés et même des morts, des gens piétinés... Mais sans vous, cela aurait été un carnage. Obok Hui Kang a pu prendre la fuite avec son complice. Mais toutes les sorties de Séoul sont surveillées et surtout, les routes qui vont vers le Nord.

– Elle va rester à Séoul, dit Malko. Elle est très intelligente. Elle a sûrement une planque où elle peut attendre quelques jours que les choses se tassent.

– C'est possible, admit le général Kim, mais nous devons quand même tout prévoir, n'est-ce pas? Mr Kotter est très inquiet.

– Laissez Mr Kotter tranquille, fit Malko, je veux aller au *Shilla* et me reposer. Demain, j'irai faire des radios.

D'un pas mal assuré, il se dirigea vers la voiture du général et se laissa tomber à l'arrière. Il avait l'impression de ne pas avoir dormi depuis des mois et de revenir de vacances dans une essoreuse. A peine sur les coussins de la Daewoo, il ferma les yeux et le monde ne fut plus qu'un trou noir.

*
**

Obok Hui Kang courait et se retournait de temps à autre, montrant un visage grimaçant. Malko tirait, tirait, il entendait les détonations claquer dans ses oreilles, mais les projectiles semblaient traverser la Nord-Coréenne comme si elle avait été un zombi. Ils arrivaient à un grand passage à niveau. Les barrières s'abaissèrent. Obok les sauta d'un geste gracieux. Malko demeura devant, immobilisé par une force invisible, tandis que la sonnerie annonçant le passage du train lui vrillait les oreilles.

Il ouvrit brusquement les yeux, mit quelques secondes à réaliser qu'il se trouvait au *Shilla* et que le téléphone sonnait.

– Allô?

– Mister Linge?

C'était la voix joyeuse du général Kim, teintée d'anxiété. L'officier eut son rire habituel.

– J'avais peur que vous soyez mort, n'est-ce pas...

Toujours l'humour coréen.

Malko regarda sa montre : six heures dix. Du soir... Il avait dormi près de dix-huit heures. Passant sa main sur son visage, il sentit les croûtes de sang de ses coupures. En voulant se dresser, il poussa un cri. Chacun de ses muscles était douloureux et il avait des élancements lancinants dans le côté de la tête, là où elle avait heurté le montant du pare-brise. Il essaya de respirer profondément et eut l'impression qu'il rejetait du feu. Sa quinte de toux dura plus d'une minute. A l'autre bout du fil, le général s'inquiétait.

– Je vais vous envoyer une ambulance. Pour un check-up, n'est-ce pas...

– Demain, dit Malko qui haïssait les hôpitaux. Vous avez des nouvelles?

– Oui. On a retrouvé la Hyundai abandonnée dans un parking. Très loin dans le sud de la ville.

– C'est tout? demanda Malko, déçu.

– Pas tout à fait. Je voudrais vous parler de vive voix. Je peux venir?

– Le temps de prendre une douche.

Après avoir raccroché, il se leva : la tête lui tournait et il avait l'impression d'avoir cent ans.

*
**

Le général Kim tirait sur sa pipe en dégustant son troisième Johnny Walker Carte Noire, au petit bar du quinzième étage. Après vingt minutes sous l'eau chaude, Malko se sentait un peu mieux. Le général poussa vers lui un paquet de journaux, en anglais et en coréen. Tous avaient l'attentat de Youido Plaza en Une. Le conglomérat Samsung qui fêtait son cinquantième anniversaire offrait une prime de dix millions de wons aux familles des victimes de l'explosion.

– On ne parle pas du véritable héros, n'est-ce pas, remarqua le général. Mais nous, à la KCIA, nous savons. le général Lim m'a prié de vous transmettre toutes ses félicitations les plus chaleureuses. (Il égrena son petit rire.) Ce sont les dernières. Il a démissionné ce matin et sa démission a été acceptée.

– Et Obok?

Kim tira un peu sur sa pipe, les yeux rieurs.

– Je crois qu'elle est toujours à Séoul. Comme vous le deviniez. Et je pense même savoir où elle se trouve...

Malko sursauta.

– Vous plaisantez?

– Non, non, affirma le général. Je vous explique. J'ai un petit réseau d'informateurs, n'est-ce pas, que je paie sur ma caisse noire, n'est-ce pas? Des gens que personne ne connaît. Parmi eux, il y a une jeune fille...

euh... (Il se tordit de rire.) Enfin, une prostituée, n'est-ce pas...

Il ne semblait pas vraiment faire la différence...

– Quel est le rapport?

– Cette fille qui s'appelle Anh, travaille à Texas Allee dans Myari, vous connaissez?

– Non.

Nouveau rire.

– Un endroit très extraordinaire. Beaucoup de jeunes filles dans des vitrines, comme à Amsterdam. Par un canal un peu compliqué, Anh m'a fait dire ce matin qu'elle avait une information importante. Il faudrait la vérifier, n'est-ce pas.

– Elle ne peut pas se déplacer?

– Non. Ces filles vivent dans des chambres à l'étage, sous la surveillance d'une mama-san (1). Elles ne sortent pas pendant plusieurs semaines, puis vont passer des vacances dans leur village. Ce sont des paysannes, n'est-ce pas. Moi, je ne peux pas y aller et je n'ai personne de confiance, n'est-ce pas.

– Elle parle anglais?

– Un peu.

– Je vais me faire passer pour un client?

– C'est ça, c'est ça... Je vais vous expliquer où elle se trouve. C'est elle qui vous fera signe. Je vais vous donner une photo, en plus.

Pourvu qu'elle ne subisse pas le sort d'Ok Zun.

– Qu'est-ce qui vous fait penser que cette information peut être liée à Obok? demanda-t-il.

– J'ai relu le dossier de l'affaire, expliqua le général Kim. Ok Zun, la prostituée qui a prêté son passeport, a travaillé à Myari. Je n'ai pu trouver aucune trace de liens anciens entre elle et Sun-Bong. Je pense donc que les Nord-Coréens ont une base logistique là-bas. C'est relativement facile dans ce milieu. (Il égrena son rire.)

(1) Sous-maîtresse.

Si je me trompe, au pire, vous passerez un moment avec une très jolie jeune fille.

Il s'obstinait à ne pas faire vraiment la différence.

A l'idée de récupérer Obok, Malko ne sentait plus sa fatigue.

– Je peux y aller ce soir.

– C'est parfait. Je vais vous déposer là-bas, enfin assez loin, n'est-ce pas?

*
**

Malko s'immobilisa, stupéfait. On aurait cru un décor de film. Derrière une grande vitrine éclairée, cinq Coréennes en costume traditionnel étaient assises à même le sol, maquillées, coiffées, peintes comme des geïsha, dans la position du Lotus. Derrière elles, un immense aquarium rempli de poissons tropicaux. Dans un coin, un récepteur télé Samsung qu'elles guignaient du coin de l'œil. Un escalier partait à gauche, montant à l'étage. Devant, deux paires de chaussures d'homme : des clients en train de consommer... Les filles avaient un maintien discret, des sourires timides de bon aloi. Myari était la coqueluche des GI, d'où le nom de Texas Allee.

La mama-san, debout près de l'entrée, attrapa Malko par le bras.

– *Please, you come in...*

Il se dégagea et continua. Il y avait une trentaine de vitrines bout à bout et, derrière, une autre allée, sur le même modèle. En face, un parking et un peu plus loin une grande avenue avec la station de métro Chang-Yongni. Tout autour sur les collines de l'est de Séoul flamboyaient les croix de néon rouge d'innombrables églises qui semblaient veiller sur cet étalage de stupre. La Corée comptait 20 % de chrétiens et il y avait à Séoul plus d'églises qu'à Rome.

Malko continua sans se presser. L'informatrice du

général Kim se trouvait au numéro 34, presque au bout de l'allée.

Cela grouillait de marchands de beignets, d'huîtres grosses comme la main, et de crabes. Les clients en puissance, Coréens ou Américains, seuls ou par groupes, échangeaient des plaisanteries salées avec les mama-san, tenues à moins de dignité que leurs « fleurs ». Le plus extraordinaire était cette présentation folklorique, sophistiquée avec ces robes chatoyantes et chastes, qui ne montraient rien. Certaines vitrines étaient vides : toutes les filles officiaient. Malko parvint au numéro 34. Il n'y avait que trois « fleurs » sur la natte devant un modeste aquarium. Il repéra assez facilement Anh, l'informatrice du général Kim, une petite au visage rond et enfantin; les deux autres étaient nettement moins attrayantes. Comme il s'arrêta, la mama-san, une grande fille osseuse, se précipita et le tira vers l'intérieur.

Pour la forme, Malko résista un peu, puis avec un sourire, désigna Anh. Celle-ci se leva, s'inclina profondément et commença à monter l'escalier tandis que la mama-san essayait d'extorquer à Malko cent dollars, se contentant finalement de soixante. En prime, elle l'aida à se déchausser.

Anh attendait dans une pièce minuscule avec une couchette large de trente centimètres, à côté d'un petit réchaud à *bulgogi.* Le repas était compris dans la prestation. Malko se pencha vers elle :

– Vous êtes Anh?

Elle inclina affirmativement la tête. Puis elle lui ôta sa veste, lui défit sa cravate, ouvrit sa chemise et le fit s'allonger sur le lit, tandis qu'elle allumait le *bulgogi.* Elle paraissait décidée à le traiter comme un client ordinaire. A mi-voix, il demanda :

– Vous avez un message pour le général Kim?

Elle mit un doigt devant sa bouche, visiblement

terrifiée... Trente secondes plus tard, la mama-san passait la tête à la porte avec un sourire commercial.

– *Everything OK?* (1)

Elle s'éclipsa. Malko comprit alors pourquoi Anh voulait effectuer sa prestation comme pour un client normal... Délicatement, elle lui tendit un bout de gingembre, censé activer la vigueur sexuelle. Et, avec ses baguettes, entreprit de nourrir Malko. La fumée du *bulgogi* rendit très vite l'atmosphère de la pièce quasi-irrespirable. Une nouvelle fois, la mama-san fit une inspection éclair.

Anh s'enduisit alors les mains d'une crème odorante et, passant aux choses sérieuses, se mit à masturber Malko avec un entrain de bon aloi, agenouillée à côté de lui. Sa bouche contre la sienne, elle murmura sans s'arrêter :

– *House Number 10. A new girl. No good.*

Malko voulut en savoir plus.

– *Tall?*

Anh inclina la tête affirmativement. Cependant, étant donnée sa taille, tout le monde devait lui sembler immense...

Elle continuait avec entrain. Malko insista :

– *No other information?*

– *No. You turn on your side* (2).

Il obéit, s'allongeant sur le côté, lui tournant le dos. Anh s'activait comme une bonne ménagère. Ses mains couraient sur le sexe oint à une vitesse stupéfiante. Elle se pencha et dit :

– *You too big, no fuck!* (3)

Toujours la xénophobie. Ses traits enfantins étaient crispés par la concentration. Malko la vit soudain prendre sur une étagère un chapelet de boules d'ivoire

(1) Tout va bien?
(2) Vous vous tournez sur le côté.
(3) Vous êtes trop gros. On ne baise pas.

reliées entre elles par une fine chaînette d'or. Elle agita l'objet devant Malko, l'air ravi.

– *Number one!*

D'un geste habile, elle introduisait déjà la première boule dans son orifice le plus intime. Il sursauta et voulut l'écarter, mais elle arrêta fermement sa main et répéta :

– *Number one!*

Avec une dextérité diabolique, elle faisait pénétrer les boules une à une, les poussant d'un ongle aigu. Cela chatouillait bizarrement. La masturbation s'accéléra. A ce rythme-là, Malko ne résista pas longtemps. Penchée sur lui, Anh guettait la montée du plaisir. Quand il explosa, d'un geste sec, elle arracha en même temps le chapelet de ses reins.

Il n'avait pu s'empêcher de pousser un hurlement de plaisir. La sensation était extraordinaire, décuplant l'orgasme. Anh, pleine de fierté, répéta à nouveau.

– *Number one!*

Mais déjà, elle essuyait Malko avec une serviette brûlante et humide, puis l'aidait à se rhabiller. Après une ultime courbette, elle lui montra l'escalier, tandis qu'elle remettait la pièce en ordre. Il émergea dans la rue sous le regard indulgent de la mama-san. Il ne restait plus qu'une fille en vitrine.

Dehors, il frissonna, encore groggy de plaisir. Ses pas l'entraînaient irrésistiblement vers la maison de rendez-vous n° 10.

CHAPITRE XXI

Obok Hui Kang sentit le sang se retirer de son visage. Elle avait d'abord cru à une ressemblance, mais c'était bien l'agent des Américains qui venait de passer devant sa « vitrine »! Il la cherchait! Heureusement, elle était au troisième rang, son maquillage outrancier la rendait presque méconnaissable, et deux de ses collègues étaient aussi grandes qu'elle. Vivement, elle plaça une glace devant son visage, comme si elle se recoiffait. Quand elle la rabaissa, son ennemi avait disparu.

La rage et la haine l'étouffaient. Comment l'avait-il retrouvée? Il ne passait pas dans Texas Allee par hasard... Pourtant, Yechong et elle avaient abandonné la Hyundai à l'autre bout de la ville et gagné Muyri en métro. La maison de rendez-vous où elle s'était réfugiée était depuis longtemps une base logistique nord-coréenne, servant de couverture à des agents qui demeuraient quelque temps à Séoul. Jamais la KCIA ne s'y était intéressé. Les filles recrutées étaient toutes des opposantes au régime du Sud. Comme Ok Zun qui avait accepté avec enthousiasme de servir le Nord.

Peu importe : Obok était repérée. C'était maintenant une question d'heures. Et elle n'avait plus de planque de réserve. Seule dans la nature, elle ne tarderait pas à se faire prendre. Il n'y avait qu'une solution : engager un dernier combat et ne pas mourir seule.

Elle se leva et se glissa jusqu'à l'escalier. Yechong était au premier étage, en train de se reposer. Inconscient du danger qui menaçait. Obok se sentait glacée intérieurement. L'idée de se venger enfin de celui qui avait fait rater sa mission la consola d'avance de tout ce qui pouvait arriver. Elle disposait d'un dernier avantage. Il ignorait qu'elle l'avait repéré. D'autres en auraient profité pour fuir. Pas Obok Hui Kang.

*
**

Malko se sentit bousculé. Il se retourna et aperçut, dans la pénombre de Texas Allee, un homme en blouson. Il lui fallut quelques secondes pour reconnaître le général Kim. Sans sa pipe, sans cravate, en baskets! Le Coréen l'attira dans une ruelle étroite, avec un sourire amusé.

– Je ne pouvais pas attendre. Miss Obok nous a déjà joué trop de tours, n'est-ce pas. Vous avez appris quelque chose?

– La maison de rendez-vous n° 10. D'après votre amie, il y aurait là une femme suspecte.

– La maison n° 10... répéta pensivement le général Kim. Il faut vérifier. J'ai amené une dizaine d'hommes. Ils attendent un peu partout, nous allons cerner le quartier. Vous désirez aller vous rendre compte par vous-même, n'est-ce pas?

Il n'y avait aucune ironie dans sa voix. De la déférence, presque. Malko regarda la grande croix rougeoyante de néon sur la colline et se dit qu'il allait peut-être enfin voir la fin de sa longue traque... Son pistolet extra-plat pesait à sa ceinture, mais il espérait prendre Obok Hui Kang vivante. Ce qui ne serait pas aisé. Le général Kim l'observait. Il lui serra le bras affectueusement.

– Allez-y, nous veillons sur vous! Mais c'est à vous que revient l'honneur de la débusquer.

Il se fondit dans l'obscurité. Malko retourna vers Texas Allee, la gorge serrée. Il n'arrivait pas encore à y croire.

Avançant lentement dans la foule, il contourna les marchands ambulants, ignorant les offres des mama-san. La vitrine n° 8 présentait quatre filles, la 9 était vide, à part l'aquarium. Tout le monde était au travail. La mama-san lui adressa un coup d'œil désolé. Il était déjà passé devant la 10. Cette fois-ci, il s'arrêta. Juste en face, se trouvait un marchand de fruits de mer, offrant d'énormes huîtres, des crabes et des sushis, le tout éclairé par une lampe à pétrole. Derrière, une petite haie séparait Texas Allee du parking.

Malko, dissimulé derrière l'éventaire du marchand, regarda la vitrine de la maison n° 10. Il y avait encore sept filles étalées comme des fleurs multicolores sous l'éclairage violent. Il les examina une à une. Leur maquillage était tel qu'il était difficile de les différencier. Surtout à cette distance. Après une hésitation, il se dit qu'Obok pouvait être, soit la dernière à droite, ou au milieu au second rang. Il était obligé de se rapprocher pour en être certain.

L'estomac noué par la tension, il fit un pas en avant. Obok risquait de le voir, mais il n'avait pas d'autre choix. Heureusement, d'autres clients le dissimulaient et il se trouvait encore dans la pénombre de l'allée.

Cette fois, sa certitude fut acquise rapidement. Obok était bien la dernière à droite, à côté de l'aquarium. Il la dévisagea avec soin. Le maquillage transformait sa grande bouche sensuelle en une petite fleur rouge minuscule comme les geisha d'antan. Ses sourcils étaient presque invisibles et le maquillage blanc la faisait paraître beaucoup plus jeune.

Il avait du mal à réaliser que cette jeune femme habillée de façon si gracieuse avait pu tuer et torturer aussi férocement, tant elle semblait inoffensive. Les mains dissimulées dans les plis de sa robe, les yeux baissés, elle souriait mécaniquement comme les autres *Tipisang* (1). Un homme entra dans la maison de rendez-vous, discuta quelques instants avec la mama-san et monta au premier, avec la voisine d'Obok. Malko regarda autour de lui. Dans le noir, impossible de distinguer les hommes du général Kim. Où se trouvait le complice d'Obok?

Des rires bruyants lui firent tourner la tête. La mama-san de la n° 10 avait forcé un homme à s'asseoir sur ses genoux et le retenait de force avec de grands rires. Impassibles, les filles attendaient la fin de la discussion.

Malko retardait le moment d'agir. Non parce qu'il hésitait, mais plutôt pour savourer cet instant rare.

Discrètement, il tira son pistolet extra-plat de sa ceinture, fit monter une balle dans le canon et le laissa pendre au bout de son bras, invisible dans la pénombre. Ecartant un ivrogne puant le soju qui s'accrochait à lui, il fit un pas en avant et apparut en pleine lumière. Son cœur battait plus vite. Toutes les « fleurs » avaient les yeux fixés sur lui, sourire commercial au vent. Obok ne pouvait pas ne pas le voir.

Pourtant, elle ne broncha pas, levant juste un peu la tête, lui adressant un sourire comme à n'importe quel client. Pensait-elle qu'il ne la voyait pas? C'était difficile à croire de la part de la Coréenne.

Il fit un nouveau pas en avant pour entrer dans la boutique. A cette seconde précise, une main lui serra l'avant-bras droit. Deux doigts pressèrent sur les muscles à un endroit précis. Il ressentit une douleur fulgurante et sa main droite devint inerte. Le pistolet extra-plat tomba à terre. Les doigts gourds, il demeura la main paralysée. Encore une prise de taek won do. Avant qu'il puisse se retourner, un homme surgit derrière lui, le prit à bras-le-corps avec une force

(1) Geisha, en coréen.

herculéenne, collant ses deux bras contre son torse. Il sentit ses os craquer. Le souffle coupé, il tenta de se débattre. En vain. Baissant les yeux, il aperçut deux énormes mains noueuses, avec des articulations démesurées, nouées sur son ventre. Pourtant, l'homme qui le tenait était beaucoup plus petit que lui.

Sûrement celui qui avait déjà voulu l'abattre une fois.

Soudain, ses pieds décollèrent du sol. Son adversaire invisible le portait littéralement dans la maison de rendez-vous!

Il y eut des rires et les gens s'écartèrent. Pensant à une plaisanterie.

Comme dans un cauchemar, il vit soudain Obok Hui Kang se lever d'un lent mouvement gracieux. Comme ses camarades, quand elles étaient choisies par un client. Machinalement, il regarda ses mains croisées devant sa poitrine : elle n'avait aucune arme. Tout en se débattant, il cherchait à comprendre. Son agresseur aurait pu le tuer en l'attaquant par-derrière, lui brisant la nuque. Avec ces mains, c'était d'une facilité dérisoire...

Pourquoi l'épargnait-il ainsi?

Obok avait fait un pas en avant. Un petit cercle rigolard observait cet étranger porté par un jeune Coréen au visage d'ange, jusque dans la maison des putes.

Malko croisa le regard de la Nord-Coréenne et y lut un mélange de jubilation et de haine. Il comprit en cette seconde qu'elle l'attendait. De chasseur, il était devenu gibier. Sadiquement, elle faisait durer le plaisir. Elle allait le tuer. Il ignorait encore comment. Il avait beau se débattre, il semblait soudé au petit Coréen. Ses côtes enfoncées lui faisaient mal. L'autre ne semblait même pas sentir ses coups de pied. Collé à lui, la tête enfouie dans son dos, il avançait pas à pas, comme pour un sacrifice rituel. Approuvé par les badauds, qui ne voyaient là qu'une aimable plaisanterie.

Il y eut soudain un brouhaha autour de lui. Malko vit surgir des visages durs, inconnus, des hommes en blouson. Ils lancèrent des interjections et sautèrent sur celui qui tenait Malko. Pendant quelques instants, il y eut une lutte confuse, puis, terrassé à son tour par une terrible clef au cou, l'agresseur de Malko dut lâcher prise. Celui-ci eut l'impression de respirer en une seconde tout l'oxygène du monde. Il baissa les yeux, cherchant son pistolet extra-plat. Impossible de le retrouver dans le noir. La lutte continuait, féroce, à côté de lui, ponctuée d'interjections et de cris rauques.

Trois hommes tentaient de maîtriser le tueur et n'y parvenaient pas. Il leur fila entre les doigts comme une anguille, prit un peu de recul. Malko reconnut alors le complice d'Obok, l'homme au visage d'enfant. Au lieu de fuir, il sauta en l'air. Son pied se détendit, cassant net la mâchoire d'un des deux policiers qui s'effondra, hurlant de douleur. Yechong tournoyait à la façon d'une toupie folle. Malko vit ses poings énormes, les avant-bras repliés, prêts à se détendre comme la foudre. Malgré ses traits crispés, il ressemblait encore à un gamin. Le second policier, aussi large que haut, fonça vers lui.

Cri sauvage! Fendu en deux comme un escrimeur, Yechong avait frappé. Son poing s'enfonça littéralement dans les côtes du policier, les brisant avec la force d'un marteau. Déjà, il achevait son adversaire d'une manchette portée au-dessus de la lèvre supérieure.

Foudroyé, le policier s'écroula.

Le troisième avait sorti un pistolet et le braquait sur Yechong. La foule s'écarta précipitamment. Yechong se ramassa sur lui-même. Il semblait ne pas voir l'arme. Les deux poings fermés, à la hauteur du visage, comme pour se protéger, il fonça vers le policier.

Celui-ci l'attendait, bien campé sur ses jambes. Il n'attendit pas que l'autre soit sur lui et ouvrit le feu. Deux détonations claquèrent.

Yechong s'arrêta net, oscilla quelques instants. Une balle en pleine tête, l'expression étonnée. L'autre projectile s'était enfoncé dans sa main énorme et avait dévié. Puis, d'un coup, il s'effondra en avant. Les filles s'enfuyaient dans toutes les directions en hurlant. Les voisines d'Obok se bousculaient dans l'escalier étroit. Malko sentait l'usage de sa main droite revenir peu à peu.

Il reporta son attention sur Obok Hui Kang.

La Coréenne n'avait pas bougé, fixant la scène d'un regard noir de haine. Leurs yeux se croisèrent et elle eut un curieux sourire. Elle avait souhaité cette confrontation. Comme une automate, elle fit un pas en avant. Derrière Malko, c'était une pagaille innommable, d'autres policiers arrivaient, couraient partout, repoussaient les badauds. Malko entendit la voix du général Kim.

– Mister Linge! Attention! Attention!

Malko ne comprenait pas ce qu'il voulait dire. La maison et le quartier étaient cernés. Obok se trouvait devant lui, seule et sans armes. Que risquait-il? Bien sûr, il y avait le terrible taek won do. Mais il était sur ses gardes. De plus, la robe folklorique n'était pas la tenue idéale pour se battre. D'ailleurs, il sentait qu'Obok ne se préparait pas à bondir dans une de ses cabrioles mortelles.

Il surveillait néanmoins ses pieds chaussés de socques de bois et ses mains.

Tout à coup, quelque chose le frappa dans ses mains.

Ses ongles. Démesurés et rouges. Or, il était certain qu'elle les portait courts.

Obok vit son regard posé dessus. Une lueur féroce passa dans ses yeux noirs et, sans crier gare, elle se rua en avant dans un envol de soie multicolore. Littéralement toutes griffes dehors. Malko banda ses muscles pour recevoir le choc.

*
**

Un des hommes du général Kim voulut barrer la route à Obok. D'un revers, ses ongles tracèrent quatre sillons dans sa joue, si profonds que le sang se mit à couler à flots. Malko comprit aussitôt. De vrais ongles n'auraient pas pu infliger des coupures aussi profondes.

Obok s'était « greffé » des ongles en acier en les collant sur les siens. Avec sa force, elle pouvait lui déchirer la gorge. Néanmoins, il se ramassa pour la bloquer. Au même moment, le général Kim se dressa devant lui. D'un violent coup d'épaules, il rejeta Malko en arrière. Le souffle coupé, ce dernier fut déporté de plusieurs mètres, abasourdi.

Il eut le temps de voir les bras d'Obok battre l'air, griffer encore trois policiers avant de tomber sous une masse indistincte de corps. Luttant encore de toutes ses forces.

Malko revint à la charge. Il aperçut soudain le premier policier griffé par Obok. Il était appuyé à l'aquarium, immobile, le visage bleuâtre. Mort.

Empoisonné.

Malko sentit une coulée glaciale lui bloquer l'estomac. C'était donc le piège d'Obok. Elle l'attendait et avait tout joué sur sa vengeance, alors qu'elle aurait encore pu fuir. Le général Kim surgit à nouveau, bredouillant des excuses.

– Vous me pardonnez, n'est-ce pas, Mister Linge? Mais, n'est-ce pas, je n'avais pas le temps de vous expliquer. Je savais, n'est-ce pas, que les Nord-Coréens utilisent souvent le poison, n'est-ce pas, des ongles artificiels, n'est-ce pas.

Il bredouillait plus que jamais. Malko secoua la tête,

horrifié rétrospectivement. Quatre policiers gisaient sur le sol de la maison de rendez-vous. Le visage cyanosé eux aussi. Les autres avaient enfin pu immobiliser les mains d'Obok. La Nord-Coréenne était sur le dos, chacun de ses poignets tenu par un homme, deux policiers à califourchon sur elle. Un cinquième maintenait entre ses dents un morceau de bois, l'empêchant de refermer la bouche. Un nouveau accourut, une sorte de pince à la main. Accroupi, il se mit à arracher, un par un, les faux ongles, les disposant dans une soucoupe, comme on enlève les griffes d'un animal. Obok tentait encore de se débattre, raidissant ses muscles, parvenant presque à soulever les hommes qui pesaient sur elle. Le général Kim regarda autour de lui et aperçut une pince à épiler échappée du sac d'une des Tijigang. Il la ramassa et saisit délicatement un des faux ongles, le montrant à Malko.

C'était effectivement de l'acier dont les bords étaient effilés comme un rasoir. Le vernis était remplacé par une substance brune.

– C'est du cyanurc, expliqua Kim, c'est mortel, n'est-ce pas. Les Nord-Coréens l'utilisent beaucoup.

– Pourquoi le morceau de bois?

– Pour qu'elle ne se suicide pas. Les agents du Nord ont souvent une pastille de cyanure dans la bouche. Il leur suffit dc presser les mâchoires l'une contre l'autre avec beaucoup de force, n'est-ce pas...

Obok Hui Kang écumait, mordant avec furie le morceau de bois qui l'empêchait de fermer la bouche... Malko la regarda longuement. Enfin, elle était maîtrisée. Après quelle traînée de sang! Cynthia Jordan, Anita Kalmar, Sun-Bong, Ok Zun et tous les autres. Une véritable machine à tuer. Qu'est-ce qui pouvait se passer dans sa tête?

Le général Kim l'entraîna.

– Venez, Mister Linge, ils vont s'en occuper.

Ils remontèrent Texas Allee. Les maisons de rendez-vous étaient vides, les filles réfugiées au premier. Seuls les poissons des aquariums apportaient une touche de vie.

*
**

Intrigué, Malko pénêtra dans le bureau du général Kim. Ce dernier lui avait annoncé une importante nouvelle, dont il ne voulait pas parler au téléphone. Malko souhaitait s'arrêter au bureau d'Air France pour réserver une place pour son retour. Il avait le choix entre un Séoul-Tokyo-Paris ou un Séoul-Anchorage-Paris un peu plus long, mais sans changer d'appareil. De toute façon, il en avait pour 17 heures de vol. L'arrestation d'Obok Hui Kang remontait à deux jours et tous les journaux en parlaient encore. Photographiée sous toutes les coutures, la Nord-Coréenne était devenue la personnalité la plus connue de Séoul. Les journalistes assiégeaient les putes de Myari pour obtenir des informations sur elle. Le *Dong A Ilbo* avait même, soi-disant, retrouvé un « client » d'Obok durant son court séjour dans la maison de rendez-vous qui décrivait avec force détails son accouplement avec elle...

Le gouvernement annonçait qu'Obok dûment sermonée commençait à se repentir et avait accepté de faire une confession complète de tous ses crimes. Y compris l'assassinat horrible de la malheureuse Suédoise. Celle-ci était encore plus une héroïne nationale. La version officielle étant qu'Obok l'avait tuée parce qu'elle l'avait dénoncée comme espionne nord-coréenne. On était en pleine image d'Epinal... Le sinistre général Lim bien qu'il ait démissionné avait même consenti à passer à la télévision avec son menton de cheval, expliquant comment la KCIA avait maîtrisé toute l'affaire.

Bien entendu, pas un mot de Malko ou de la CIA. Michael Kotter fulminait dans son bureau, menaçant de tenir une conférence de presse...

Le général Kim vint vers Malko, la main tendue, ravi. Le soleil entrait à flots par la baie vitrée, donnant un air coquet au mirador ouest du mur d'enceinte de la KCIA.

– Mon cher ami, fit l'officier sud-coréen, je voulais vous inviter à une petite promenade cet après-midi.

– C'est la nouvelle? demanda Malko, un peu déçu. Où allons-nous?

– A Pan Mun Jom.

– Pour quoi faire?

Le général Kim lui adressa un long regard joyeux, prolongeant le suspense, avant de laisser tomber.

– Nous allons remettre Miss Obok Hui Kang à la Corée du Nord!

Malko crut avoir mal entendu.

– Vous plaisantez! Après ce qu'elle a fait!

– Son repentir semble sincère, fit le général Kim sans rire. Nous considérons qu'elle est, elle aussi, une victime du terrorisme d'Etat nord-coréen. Ainsi, nous la renvoyons dans son pays. Afin de montrer que nous pratiquons le pardon des offenses, comme Confucius le recommande.

Si Michael Kotter avait été là, il aurait dit « *bullshit* (1) ». Malko se contenta de plonger ses yeux dorés dans ceux du général en demandant :

– Maintenant, dites-moi la vérité.

Le général Kim s'étrangla presque de rire.

– Vous êtes très malin, n'est-ce pas... Mister Linge. C'est vrai, il y a quelques raisons plus cachées, n'est-ce pas. (Il reprit son souffle et essuya ses yeux pleins de larmes de joie.) D'abord, s'il y avait un procès, le rôle de Miss Kalmar serait révélé. Cela ternirait l'image de la KCIA, n'est-ce pas. Et puis...

– Et puis?

(1) Conneries.

– En rendant Obok Hui Kang aux gens du Nord, nous leur faisons signer leurs crimes, n'est-ce pas...

– Et que dit-elle?

– Rien. A part sa confession, elle a très peu parlé.

Il préférait ne pas savoir comment cette confession avait été obtenue.

Le général regarda sa montre.

– La voiture attend. Allons-y. Je veux que vous assistiez à ce dernier épisode. Vous le méritez.

– Ce n'est pas imprudent de la renvoyer? Elle est encore dangereuse.

– Non. Elle est grillée, n'est-ce pas. Elle ne sortira plus de Corée du Nord.

La Daewoo hérissée d'antennes attendait dans la cour. Derrière, il y avait deux autres Daewoo identiques. Le général entraîna Malko vers la première. A travers la glace teintée, Malko aperçut Obok Hui Kang, menottes aux mains, en survêtement gris, assise entre deux policiers. Son visage était absolument inexpressif et son regard ailleurs. Elle semblait droguée, et ne tourna même pas la tête.

– Nous partons, dit le général.

Les trois Daewoo franchirent le portail vert de la KCIA et commencèrent à descendre les flancs de Namsan Hill.

*
**

Un soleil radieux donnait aux barbelés et aux miradors de Pan Mun Jom un air guilleret. Les trois Daewoo avaient fait escale au camp de Bonifas, s'enrichissant d'une escorte militaire de trois véhicules. A petite allure, ils venaient de traverser la Joint Security Area, passant devant le Sunken Garden. Des cars de touristes étaient arrêtés devant la Freedom House et de vieilles Américaines se pressaient sur le pagodon-mirador, photographiant les Nord-Coréens à quelques mètres. De part et d'autre, les sentinelles veillaient, automates bien réglés. Dans le lointain, les haut-parleurs du Propaganda Village vociféraient leurs slogans à la gloire de l'inoubliable Leader Kim Il Song.

Les trois Daewoo et leur escorte descendirent alors vers la Sachon River, qui marquait grosso modo la frontière entre le nord et le sud. Cette route asphaltée se terminait en impasse, par une boucle servant de parking juste avant un pont de bois enjambant la rivière. Un petit bâtiment au toit en pagode, inhabité, se dressait à côté.

Le général Kim émergea de sa Daewoo et montra à Malko un écriteau rouillé à l'entrée du pont, en coréen et en anglais : *Military Demarcation Line.*

– Voilà le seul lien terrestre entre Séoul et Pyong-Yang, annonça-t-il. Nous l'appelons « the Bridge of No Return (1) ». C'est ici qu'on échange les prisonniers de guerre et les autres...

Malko examina le paysage bucolique : la rivière presque à sec, les herbes jaunies, quelques bosquets; du côté nord-coréen du pont, un bâtiment blanc qui semblait abandonné, ensuite la plaine et quelques montagnes dans le fond. Personne en vue. Il s'attendait à voir au moins un véhicule de l'autre côté.

– Ils sont prévenus? demanda-t-il.

– Bien sûr, mais ils ne veulent pas se montrer, n'est-ce pas, fit le général. Ils sont très bizarres, n'est-ce pas.

Cet endroit respirait tellement la paix qu'on avait du mal à croire qu'on s'y était tant battu... Obok Hui Kang émergea à son tour, encadrée par deux hommes de la KCIA. On lui ôta ses menottes et elle se frotta machinalement les poignets, le regard toujours absent. Le général Kim prit alors un porte-voix et lança une longue tirade en coréen.

(1) Le pont sans retour.

Aucune réaction.

Il haussa les épaules en souriant, reposa le porte-voix.

– Ils ne veulent jamais nous parler, n'est-ce pas...

Malko fixait Obok. Leurs regards se croisèrent. Elle fit comme s'il n'existait pas. Elle se tenait les bras le long du corps, un peu voûtée. Le général Kim s'approcha et lui adressa quelques phrases en coréen auxquelles elle ne répondit pas.

Sans un mot, elle se mit en marche sur les vieilles planches du « Bridge of No Return ». Marchant bien au milieu, sans se presser. Observée par tous les Sud-Coréens sortis de leur voiture. La scène avait quelque chose d'irréel. Malko s'attendait à ce qu'elle se retourne, qu'elle crie une injure, qu'elle se mette à courir. Rien, un robot.

Elle avait atteint le milieu du pont lorsque la détonation claqua. *Crraaac.* Un coup sourd d'une arme de gros calibre. Malko vit distinctement s'envoler un morceau de la calotte crânienne d'Obok Hui Kang. Sous le choc d'un projectile à très haute vitesse initiale, sa tête avait littéralement éclaté. Rejetée en arrière, elle tomba, appuyée à la rambarde de ciment. Tous les Sud-Coréens avaient sorti leurs pistolets, les soldats avaient bondi dans les buissons longeant la route. Seuls le général Kim et Malko n'avaient pas bougé. Malko fit un pas en avant, mais l'officier coréen le retint fermement.

– Non.

Le silence était revenu. Personne ne s'était montré. Le tireur pouvait se trouver dans le bâtiment blanc de l'autre côté du pont, ou dissimulé dans un bosquet. S'il n'y avait pas eu le corps de la Nord-Coréenne étendu sur les planches du pont, on aurait pu croire à une hallucination. La tension diminua peu à peu, les armes disparurent.

Seuls les militaires demeuraient le doigt sur la détente. Le général Kim émit son petit rire, et dit :

– Mon ami, le général Lim, avait bien dit que cela se passerait ainsi. Il connaît vraiment bien les gens du Nord...

– Pourquoi? demanda Malko.

– Ils ne veulent pas être compromis, n'est-ce pas, expliqua, volubile, le général. Comme ça, ils peuvent dire qu'elle n'a jamais travaillé pour le Nord. C'est logique, n'est-ce pas...

– Elle le savait?

Nouveau petit rire.

– Elle devait s'en douter.

– Et elle n'a pas protesté quand vous avez parlé de la rendre?

Encore le rire. Franchement gai.

– Elle avait pris beaucoup de médicaments pour dormir, n'est-ce pas... Elle était très nerveuse, n'est-ce pas. Peut-être, elle ne se rendait pas vraiment compte, n'est-ce pas. Venez, il ne faut pas rester ici trop longtemps, ils seraient tentés, n'est-ce pas...

Malko se dirigea vers la voiture, sans pouvoir détacher les yeux du corps au milieu du pont.

– On va la laisser là?

– Elle est dans leur zone, affirma le général. C'est à eux de faire le ménage, n'est-ce pas...

Déjà les autres véhicules repartaient. Alors qu'ils s'éloignaient vers Camp Bonifas, Malko se retourna, regardant une dernière fois la silhouette immobile.

Jamais « the Bridge of No Return » n'avait aussi bien mérité son nom.

... Et bientôt

UNE

NOUVELLE

COLLECTION

GÉRARD DE VILLIERS
PRÉSENTE

POLAR U★S★A

DUR, DUR...

James Grady

GÉRARD DE VILLIERS
PRÉSENTE

POLAR
U ★ S ★ A

LE
MENTEUR
NU

Harold Adams

IMPRIMÉ EN FRANCE PAR BRODARD ET TAUPIN
Usine de La Flèche (Sarthe), le 27-11-1991.
4006A-5 - Dépôt Éditeur 6125 - 11/1991.
Dépôt légal : novembre 1991

42/5237/5